中國文學批評小史

◎周勛初 著

三聯書店（香港）有限公司

責任編輯　羅　芳
裝幀設計　鍾文君

書　　名　中國文學批評小史
著　　者　周勛初
出　　版　三聯書店（香港）有限公司
　　　　　香港鰂魚涌英皇道一〇六五號一三〇四室
　　　　　JOINT PUBLISHING (HONG KONG) CO., LTD.
　　　　　Rm.1304, 1065 King's Road, Quarry Bay, Hong Kong
香港發行　香港聯合書刊物流有限公司
　　　　　香港新界大埔汀麗路三十六號三字樓
印　　刷　陽光印刷製本廠
　　　　　香港柴灣安業街三號六字樓
版　　次　二〇〇八年五月香港第一版第一次印刷
規　　格　十六開（170×240 mm）三二〇面
國際書號　ISBN 978 · 962 · 04 · 2760 · 2

本書原由復旦大學出版社以書名《中國文學批評小史》出版，經由原出版者授權本公司在除中國內地以外地區出版發行本書。

香港版序

歲月如流，轉眼已到八十高齡。人到老年，常是回憶過去。今應香港三聯書店之請，為即將出版的《中國文學批評小史》作序，不禁又想起有關這書的許多往事。

我們這一輩人，生當社會劇烈震蕩之時，「革命」不斷，「運動」不歇。但在有些人說來，卻又似乎風平浪靜，國泰民安。我因薄有著述，在當今的學生看來，就像是舒舒服服過了一輩子，終日關在書齋內，伏在灑滿陽光的書桌上，不斷著書立說的一個時代寵兒。實則在我寫作的每一本書中，都有一些離奇曲折的故事，為此我已為幾種著作的產生介紹過時代背景，在此也不妨對《小史》的問世說明一些情況。

我在上世紀五十年代考入南京大學中文系，老師中有中國文學批評史這一新興學科的奠基者羅根澤先生，只是這一課程在新中國成立後已經停開，因此羅先生沒有教過我批評史。他只教過我一年文學史。其時我已患了好幾年肺病，平時常躺在床上休養，學習很差，真是辜負了包括羅先生在內的許多老師的教導。

但到一九五八年時，中國文學批評史課卻又突然走紅起來。原來這時社會主義陣營發生分裂，中蘇糾紛尖銳化，中國急於消除「老大哥」的影響，在教育領域內，要對「蘇修」的各種思想徹底消毒。新中國的政治領導人一向重視老百姓的思想教育，然而前此高等院校中文系的文藝思想卻一直以蘇式理論為指導，這時中國共產黨的宣傳部副部長周揚便挑起重擔，組織編寫各種大學教材，要用毛澤東思想統率一切。就文藝思想而言，《在延安文藝座談會上的講話》主要闡發的是針對當前文藝界各種問題的方針政策，這時為了強調中國各方面的獨立自主，理論上還要尋找傳統的依據，於是寫作新的中國文學批評史提上了議事日程。

中國建立中國文學批評史這一學科的幾位元老其時都集中在復旦大學與南京大學。周揚便讓兩校各編一種批評史與古代文論選。這時郭紹虞先生與朱東潤先生便起到了重要作用。郭先生在中共華東局的大力支持下，還集中了多位學養深厚的外校教授，住進上海國際飯店，先後編出了《中國歷代文論選》三卷本；而在劉大杰教授與王運熙教授的領導下，先後又編成了《中國文學批評史》三卷本。通過這些大項目的鍛煉，復旦大學中文系培養出了一大批中國文學批評史的年輕專家。中國步入改革開放之後，他們先後編出了《中國文學批評通史系列叢書》七卷本和《中國文學批評史新編》兩卷本。其後很多學者還出版了專題研究著作多種，成績可謂洋洋大觀。

相映之下，南京大學的情況不免陷於淒涼。第一本《中國文學批評史》的撰寫者陳中凡先生已是七十高齡，無法投入突擊，羅根澤先生患高血壓與肝硬化，也已無力緊跟形勢。況且前時展開「拔白旗」運動時，羅先生被列為主要批判對象，這時心有餘悸，思想上也轉不過彎來，因此處在大躍進運動中掀起的大批判之後，轉入大編教材之時，羅先生便再也調動不起積極性，即使參加會議，也只是稍作敷衍便了事。

大編教材前期，我被吸收進《中國文學史》的編寫隊伍。所謂學生大編教材，實際上有年輕教師與研究生參加，而且往往擔任主力。南京大學組織了好幾個班子，分別編寫各種教材。後來發現中國文學批評史的編寫隊伍力量過弱，遂把我抽調了過去。這時我的身份還是先秦兩漢文學的副博士研究生，入學後一直在跟導師胡小石先生學習甲骨文與金文，這時胡先生又應同學譚優學之請，正在講授「楚辭」，為此我當然不肯輕易放棄聽課。廁身大編教材的隊伍中，真是「身在曹營心在漢」。

南京大學大編教材的陣勢也可謂轟轟烈烈，結果可是不妙。同學大編而成的批評史，開頭有的同學還頗為自我欣賞，還想送到文壇大佬郭沫若那裏去領回幾句好話，結果落了個空。其後我與其他兩位年輕教師合編了一種文論選，送到一位老教師那裏去審訂，結果也石沉大海，成了一堆廢紙。為了編這兩種書，我卻是浪費了不少精力。

到了一九五九年時，系裏把我改為助教，讓我立即去上中國散文選等課程。這時各校都已紛紛開設中國文學批評史課，我校本在老大學的行列，這時自不甘落後，可羅先生已無法再上講堂，於是系領導讓我立即去開這一新課。

中國文學批評史是五年級的課程。我在大學畢業之後做了兩年多行政幹部，回校當研究生也僅兩年，而且大部分時間用在大鳴大放、大字報、反右派、交心、大批判、拔白旗、大煉鋼鐵，以及平時的大搞衛生，加上中間穿插進去的打蚊子拍蒼蠅「除四害」等任務上，這時倉促上陣，壓力很大，但已成了過河卒子，只得拚命向前。

郭紹虞、羅根澤、朱東潤三位先生的著作已嫌觀點陳舊，同學大編而成的革命著作又嫌粗糙，我就只能邊學邊幹。這時畢竟還年輕，肺病已癒，平時讀書還算用功。這樣一連教了四年，同時講授《文心雕龍》。其中有半年輪空，我就每天上南京圖書館讀書，認真積累原始資料，編成了一種《中國文學批評重要專著篇目索引》。

應該說，我的這段學習經歷還是效率頗高的，前後寫了幾篇稿子，《梁代文論三派述要》一文發表在《中華文史論叢》第五輯上，說明我在古代文論的領域中還是可以佔有一席之地。只是這時已經處在「文化大革命」的前夕，極左思潮排山倒海而來，我的這一文章，可以說是僥倖漏網，其後還會在台灣的多種學術選本中轉錄，簡直有些不可思議。

一九六四年時，教學工作結束，下鄉去上階級鬥爭的主課，投入四清運動。一九六五年回城，校領導又忙着動員師生到溧陽去辦分校。一九六六年時，「文化大革命」爆發，千千萬萬的中國知識份子整整浪費了十年生命。像我這樣的一名白色小知識份子，自然處境艱難。前後數年，渾渾噩噩，先是充當批判鬥爭對象，後是下農場走五七道路，身心交困，度日為艱。家中的書都已奉命上繳，因此已與中國文學批評史徹底告別。

但我的身份本屬使用對象，正像列寧所說的，已是擰在教育機器上的一隻小小螺絲釘，政治任務到來時，還是可以廢物利用，因此「文化大革命」後期又開始忙起來。一會兒編《辭海》；一會兒被吸收進《馬恩列斯文藝論著選讀》的編寫工作，為馬克思、恩格斯《德意志意識形態》中一段文字和史達林《給高爾基的信》作注；一會兒參加「評法批儒」，注釋法家著作《韓非子》。這可不是生來就是打雜的命麼，突擊之餘忙裏偷閒卻也寫下了不少札記。

就在「文化大革命」前夕，中華書局上海編輯所來約稿，讓我為他們的一套暢銷書「古典文學基本知識叢書」編一本《中國文學批評簡史》，我就利用四年講課時逐步修改而成的講義，很快寫出了初稿，但還沒有來得及交出，橫掃傳統文化的「大革命」就爆發了。

我前期寫的好幾本書，情況大體相同，都是在運動的間隙中搶着趕出來的。大躍進隨後帶來大饑荒，接着有三、四年較穩定的時期，所謂調整階段，《中國文學批評簡史》就是在「調整」的過程中見縫插針寫下來的。

「文化大革命」結束，情況逐步好轉，但我已不再去教中國文學批評史課，因為已有其他專職教師承擔，我就不斷轉變方向，應付各種突發任務，如三次參加高考出題等。這時我就抽空整理先前寫下的幾部稿子，於是在一九八〇年時分別出版了《高適年譜》與《韓非子札記》二書。

正在這時，偶然看到一份人民文學出版社的出版通訊，云是敏澤的《中國文學理論批評史》一書已經訂入明年的出版計劃，這倒使我緊張起來了。「文革」之後，出現書荒現象。上海古籍出版社（其前身即中華書局上海編輯所）急着抓此前的約稿計劃，讓我把《簡史》的初稿寄去。只是過後不久就退回來了，說是內容與體例均不合。這也不奇怪，畢竟是「文化大革命」前夕寫的麼，事後看看腔調都不對，我也不以為意，忙着幹其他工作，因此稿子一直閒放着，這時看到有另外一種批評史要出版，也就感到不能再大意了。通史一類著作，基本材料大體相同，這時我已決定把《簡史》改名《小史》，「小史」的內容必然要比人家的著作少得多，假若二者出現相同之處，那就難逃抄襲的嫌疑。為此我必須搶在別人出書之前，一年之內把自己的書趕印出來。

經過程千帆先生的介紹，《中國文學批評小史》終於搶着與人同步，一九八一年時在長江文藝出版社出版。

上世紀八十年代，中國學界風起雲湧，一片繁榮氣象。「文化大革命」之後，壓抑下的創造力一下子爆發出來。中國文學批評史類的著作先後出版了一、二十種，其中有個人著作，也有集體編寫的，篇幅一般都很大，我的這本《小史》，薄薄的一小冊，擠在裏面很不起眼，但八千本書不久就賣完了。這也說明它還是具有一些優點，能為學界所接受。

一九八六年時，我赴汕頭大學參加韓愈學術討論會，遇到新加坡國立大學講授中國文學批評史的楊松年先生，承告已把《小史》列為教學主要參考書。當時頗感詫異，原來此書竟已「走出國門」了。

一九九一年時，在新加坡國立大學主辦的「漢學研究之回顧與前瞻國際會議」上，從台灣大學張靜二教授提交的論文中，始知彼處崧高書社已經出了一種《小史》的盜版。隨後我在前來學習的一位韓國博士生那裏，又看到了一種盜版的《小史》，不知是在韓國還是在香港印刷的？只是將長江文藝的版本加以影印，其他未留絲毫痕跡。台灣的盜版書印得很差，我就想到，可以出一種正規的書去替代它，於是請高雄的麗文文化公司出了一種新版，然而我於一九九五年、一九九六年去台灣開會時，卻是發現盜版書、新版書在書店中並列出售。朋友告訴我，應該見怪不怪。你想制止人家盜版，就是請律師去打官司，得到的賠償還不夠支付請律師的費用，因而不必勞神，一切得順乎自然。

這時大陸書架上也缺書已久，於是遼寧古籍出版社在一九九五年時又出了一次新版。二〇〇〇年時，江蘇古籍出版社為我出了一套《周勛初文集》，又把《小史》納入其中。二〇〇七年時，復旦大學出版社又印了一種新版。就在此書即將出版時，北京一家很出名的出版社來與我商量，打算印行《小史》，當我告知復旦大學出版社已捷足先登時，來人表示遺憾。

隨着國際交往的日益開展，我曾先後多次到東亞地區的許多地方開會或講學，得知香港大學、日本奈良女子大學、韓國的首爾大學以及其他多所大學都曾用作教材。上世紀九十年代初，時任韓國首爾大學東亞文化研究所所長的李炳漢教授來南京大學訪問，他熱情奔放，與我一見如故，還把我拉到一邊，說：「漢城大學（當時大家都用這一名稱）是韓國最著名的大學。用你的著作做教材，是很光榮的。」聽到這話，直有受寵若驚之感。

一九九三年時，韓國外國語大學的全弘哲先生等三人將《中國文學批評小史》譯成韓文，由理論與實踐出版社出版。二〇〇七年時，日本鹿兒島大學的高津孝教授將之譯為日語，由勉誠出版社出版。或許可以說，這也是頗為難得的事，說明這一《小史》至今還能為世界各地的讀者所接受。

這些年我一直在想，為什麼這本貌不驚人的《小史》在大浪淘沙般的潮流中未遭淘汰，還能夠取得較好的效應，分析起來，下列幾點似可供大家參考。

一、正確定位。寫一種書，要有個人的特點，不要千篇一律，與其他人的著作大同小異，這樣很難脫穎而出。現在學生負擔很重，不大可能啃大部頭的書，我的這本《小史》，向「少而精」的方向努力，寫得還算簡明扼要，可以提供一些基本知識，滿足本科生學習和碩士、博士生考試的需要，或許由此得到大家認可的吧。

二、不要花哨。現在的人總是喜歡高談理論，而理論界的情況是：三十年河東，三十年河西，老是此起彼伏，變化多端。有的學者喜歡介紹時髦理論，他們寫的著作，像是在用中國古代文論去為洋式理論作注腳，這樣常是鬧得不倫不類，讀起來很吃力。我就想到，寫書不能故作高深，用平常心去對待，努力做到深入淺出，反而會受到讀者的歡迎。

三、注重原文。從事中國古代文學研究的人，最好接受一些清代樸學的訓練，一切從文獻出發，有一分材料說一分話，不要渲染，不能拔高。既是寫史，還要把史料串起來，勾勒出一條清晰的線索，盡量講清前因後果，好讓讀者有所啟發。

上述云云，當然卑之無甚高論，錄之僅供參考。但我自覺慶幸。三、四十年前的一本小書，居然還能流傳至今，廣泛傳播在世界各地。對此我還有那麼一點人生感悟，為人不必大紅大紫，像當年的一些培養對象，政治條件優越，成長環境良好，輕鬆愉快過日子，結果卻未必會有什麼預期的成就。而作為一名使用對象，儘管像是棋盤上的一隻小卒，任人擺佈，到處拋擲，東一榔頭西一棒，談不上什麼專業方向，但只要認真對待每一項工作，一步一個腳印，努力使自己的知識深化與系統化，這樣儘管辛苦些，也未必做不出成績。當然，在我人生旅程中最大的慶幸，是在步入中年之後趕上了改革開放的新時期，否則一切不堪設想。

目錄

第二編　兩漢的文學批評……一三

第三編　魏晉南北朝的文學批評……二九

第四編　隋唐五代的文學批評……八七

第五編　宋金元的文學批評……一一五

第六編　明至清中葉的文學批評……一五七

第七編　清代中後期的文學批評

題記

我在把這本小書呈獻給讀者之前，覺得有必要把考慮中的幾個問題先提出來，表明我對中國古典文學理論批評總的看法，並藉此説明我在學習這門科學時努力的方向。今將一些粗淺的意見陳述如下：

（一）中國文學批評史這門科學，是在古代詩文評的基礎上發展起來的。詩文評中固然不乏體系完整的著作，曾對文藝上的許多問題進行過深入而全面的探討，只是其中大部分的論著卻往往偏於就事論事，僅對個別作家或個別作品進行片斷或零星的研究，缺乏有系統的分析與敍述，因而看不清文學理論發展歷史的脈絡。這些作品只能算是批評史的素材。中國文學批評史應該研究歷代文學的發展情況，總結各個時代詩文評的研究成果，從而勾勒出中國古代文學理論批評的歷史發展線索來。

（二）文學理論的產生，首先與產生這種理論的創作實際有關。但是它的形成，還受到當時社會的政治、哲學、藝術等其他因素的影響。只有進行綜合的研究，考慮到產生各個時代文學理論的多種因素，才能正確闡明文學批評的發展歷史。如果只對若干人物的個別論點進行孤立的研究，也就很難闡明一個時代文學理論的形成與發展，顯示其整體的風貌。

（三）古代文人評論詩文時，當然也有他們的共同語言，但因時代不同，他們使用的一些詞彙，後人往往難以掌握，有時甚至還會使人起含混不清的感覺。寫作供當代人閱讀的批評史，最好能夠遵用現代文學理論上通用的名詞術語，擺脱古代詩文評傳統的束縛。但是現在文學理論上通用的某些概念，原是由西方引進的，是總結了西洋以小説、戲劇為主體的文藝創作的經驗而提出的，用在中國古代以詩歌、散文為主體的文學問題上，有時也會使人產生不很貼切的感覺。解決這一問題，既要克服佞古的傾向，也要克服過於現代化的傾向。不能讓人產生這樣的印象：批評史的研究只是在用中國古代豐富的創作經驗和理論批評證明現代文學理論中的若干一般原理。

（四）中國歷史悠久，歷代文論著作汗牛充棟，其中有很大一批陳陳相因的庸濫之作。也有一些頗有聲名的作品，論點細密周到，似乎頗見功夫，但若放到史的線索中去考察，也就覺得沒有什麼突出之處可言了。因此，研究一種文學論著，應該特別注意其論點的創造性。有些理論，儘管只是片言隻語，但能開創一代風氣，這樣的理論就應考慮列入；而有些理論，儘管全面平穩，但按產生這種理論的時代來說，已經沒有什麼新鮮的意義，也就不一定要在「史」中佔個位置了。

（五）古代寫作詩文評一類著作，受先秦儒家語錄體的影響很深，文筆一般都很簡練。而他們的評論文學，或受道家「得意忘言」說的影響，或受佛家講求「妙悟」的影響，喜作啟發式的提示，讓讀者自行參悟。初學者缺乏這方面的修養，則常是難以領會。如何幫助讀者學習這些精粹而又抽象的評論，應該考慮採用多種方法。對於某些重要的論點，應作解剖式的細緻分析，但如遇到有關風格等問題的評語時，則可選擇若干具有典型意義的作品或例句去印證，讀者自可玩味得之。

（六）這部《中國文學批評小史》，就想遵循上述原則，扼要地敍述古代文學理論批評的發展歷史。由於筆者學識淺陋，書中一定會有掛一漏萬和片面錯誤之處，但我仍願把探索過程中一些不成熟的意見寫出來，希望得到廣大讀者和專家學者的指正。在研究的過程中，也曾參考過當代學者的許多專著和論文，當然也融入了我個人的一些考慮，限於小史的體例，不能一一提示出處，則是應向學術界說明的。

小引

什麼叫做「文學批評史」？

回答這個問題時，先得從理論和創作的關係說起。一個作家，不論創作什麼樣子的作品，都有某種文學思想作為指導。他們通過創作反映了所屬階層的情趣、要求和宗旨。由於政治形勢或其他原因的影響，分屬不同集團或不同流派的作家之間也經常展開着爭論。一般情況下，他們採取的是思想鬥爭的形式。歷代文學理論家總結了創作上的成果，加以綜合提高，使之成為有系統的學說，指導着創作的開展。而一種學說的形成，又有先驅者傳給他們的思想資料作為前提，後起的人則受其影響而又作出新的發展。文學批評史就是研究歷代文學思想發展的歷史的一門科學。

中國文學有着幾千年的發展歷史。作家們在實踐中積累了許多寶貴的經驗，他們對文學理論上的一些基本原理，如內容與形式、世界觀與創作……也作了反覆的探討；他們對中國語言文字的特徵也作了深入的研究。這些認識成果，也包含在歷代文學理論家寫作的理論著作中。因此，文學批評史又是總結歷代文學創作經驗的結晶的歷史。

這本《中國文學批評小史》，限於篇幅，限於作者水平，不可能把各方面的問題都介紹得很詳細，只能把歷史上的一些基本理論作綜合的敍述，盡可能清楚地勾勒出一條歷代文學理論批評的發展線索來。

第一編

先秦的文學批評

⊙春秋、戰國之時，奴隸社會正在向封建社會轉化。前後數百年間，時局劇烈動盪。代表新舊生產關係的各個階級和階層，通過他們的思想家，對社會問題紛紛發表意見，展開熱烈的論戰。這就是中國學術史上第一次出現的百家爭鳴的局面。

⊙一切文學藝術都是在自由的爭鳴空氣中得到發展的。先秦時代的學術繁榮就是明顯的例證。但因當時還處在歷史發展的初期階段，各門科學處在草創的時期，因而先秦之時還未出現過系統的文學批評。各大學派曾對文學藝術問題發表過意見，但這些材料大都比較零星片斷，而且和其他學術問題混雜在一起，因此我們必須聯繫各大學派其他方面的學術思想進行綜合的研究，才能掌握這一階段文學批評的發展線索。

⊙當時的人使用的詞語也值得注意。他們所謂「文」，包括文化學術、典章制度、道德修養等方面的內容，含義甚廣；他們所謂「文學」，則是文化學術的總稱，但也包括文學問題在內。當他們討論詩歌問題時，則是在對文學問題發表專門的見解。儒家學派對「詩」作了很多探討，道家學派的文學見解則更多地是從它的哲學思想中派生出來的，法家人物基於政治上的需要而提出了功利主義的主張。

⊙總之，先秦的文學批評雖已獲得一定的成就，但它畢竟處在萌芽狀態，缺少體系完整的著述。不過先秦學術又是中國文化的源頭，後代文人無不受其影響，因而它在批評史的發展過程中卻也起了濫觴的作用。

第一章 「詩言志」說的形成

中國文化發展很早，從商代起就有完整的記載，而自西周到東周，更有大量的詩歌流傳下來。有人把它匯輯成書，叫做《詩》或《詩三百》，這就是後來的人稱之為《詩經》的一部詩歌總集。《詩經》內容豐富，包括古代的神話傳説，商、周各族的史詩、史實，以及當時各地區的民情風俗。詩人運用詩歌的形式反映了社會上的各個側面，有的詩人明白説出了自己的感受和作詩的目的。

維是褊心，是以為刺。（《魏風．葛屨》）
夫也不良，歌以訊之。（《陳風．墓門》）
家父作誦，以究王訩。式訛爾心，以畜萬邦。（《小雅．節南山》）
作此好歌，以極反側。（《小雅．何人斯》）
寺人孟子，作為此詩。凡百君子，敬而聽之。（《小雅．巷伯》）
君子作歌，維以告哀。（《小雅．四月》）
王欲玉汝，是用大諫。（《大雅．民勞》）
吉甫作誦，其詩孔碩，其風肆好，以贈申伯。（《大雅．崧高》）

詩人作詩的目的，不外讚美和怨刺兩個方面。這就形成了後來的所謂「美刺」說。但不管這詩是「美」是「刺」，無非都是表達了詩人的思想感情。後人學習《詩》時，自然會接觸到詩歌的這項特點。

因此，到了春秋、戰國時，就有許多論述詩的性質的意見出現。《左傳》襄公二十七年記趙文子對叔向說「詩以言志」，《莊子·天下》篇說「詩以道志」，《荀子·儒效》篇說「詩言是其志也」，都已認識到了文學作品的這種基本特徵。《尚書·堯典》上更有系統地說：

> 詩言志，歌永言，聲依永，律和聲。

《堯典》當然不可能是唐堯時代的作品，它產生在春秋、戰國時期，說明那時的人對於文學藝術的性質已有比較清楚的認識。

戰國時，屈原繼承了《詩經》中「言志」的優秀傳統，寫作了《離騷》等不朽的浪漫主義詩篇，用以抨擊楚國的黑暗政治，抒發他滿懷激情的政治理想。他也明白地表達了創作的目的和要求。

> 惜誦以致愍兮，發憤以抒情。（《惜誦》）

這種創作思想曾給後代作家以深刻的啟示。

第二章　道家對有關文學問題的一些看法

道家是中國歷史上最早出現的著名學派之一。春秋時期的老子，懷着沒落階級的感情，否定人類一切知識成果。這種學說到了戰國時期的莊子及其後學時有了更為系統的論述。

老子認為「知者不言，言者不知」（《老子．五十六章》），「信言不美，美言不信」（《老子．八十一章》）。莊子也抱同樣的觀點，認為人類認識和表達的能力有限制。《莊子．秋水》篇中說：「可以言論者，物之粗也；可以意致者，物之精也。言之所不能論，意之所不能察致者，不期精粗焉。」他認為宇宙之中存在着超乎思維活動和感覺經驗的事物，所謂「道」，包括一些具體體驗的「道」，大約就是這類不可言傳的東西了。

莊子認為記載「聖人之言」的書籍都是古人的糟粕，其中不可能寄寓精妙的道理。為了說明這種論點，他在《天道》篇中還舉了「輪扁斫輪」的例子。造車輪的木匠扁通過幾十年的勞動，掌握了運用斧子的純熟技巧，但他卻無法把用勁的分寸和心中的體會說出來。莊子的本意是想藉此否定語言的表達能力，證明上述否定人類知識成果的論點，但是寓言本身卻能給人多方面的啟示，因而產生過不同的影響。後代文人言及寫作中的精妙之處，感到難以用文字加以表達時，也就經常援用「輪扁不能語斤」作為比喻；而從閱讀方面的人來說，對於作品中的精妙之處也常覺得無法用語言來加以分析，因而又有所謂只能「神遇」等說，這正是莊子學說本意之所在。但是寓言本身也能給人另一種啟示，說明人的表達能力固然受着各種條件的限制，但客觀事物的規律卻可以通過不斷接觸與長期鍛煉而掌握，這就能夠激勵後人通過不懈的努力而爭取達到神化的境界。

莊子還用很多寓言宣傳消極無為的處世哲學。和上面那則寓言一樣，他們對後人也曾產生過各種不同的影響，例如《達生》篇中敍述蹈水之道：呂梁丈人能「從水之道而不為私」，故而能在「黿鼉魚鱉之所不能游」的瀑布中游泳，其目的本在說明順應客觀規律的重要，而在文學上卻又成了主張「自然」的很好的說明。《達生》篇中還有「佝僂承蜩」的寓言，駝背老人刻苦練習，舉竿粘蟬猶如俯身撿物，「用志不分，乃凝於神」，道家用來說明無視外物的得道之方，而這又可以作為有關學習的寶貴經驗看待。

道家學派還曾提出所謂「虛靜」的學說。《老子．十六章》云「致虛極，守靜篤」，《莊子．人間世》篇中說「唯道集虛」，《天道》篇中說：「萬物無足以饒（撓）心者，故靜也。水靜則明燭鬚眉。」這種學說，後人論及寫作時的修養問題時也常引用，一般都把它看作是創作之前心理上必要的準備功夫。

第三章　儒家在文學理論上的貢獻

一、孔子重視文學的社會作用

孔子熱心參加政治活動，但仕途很不得意，只得把主要精力放在教育事業上，但培養學生的目的仍在「學而優則仕」。

春秋時政界有「賦詩言志」的風氣。卿大夫在外交活動中經常通過吟詠《詩》中的若干篇章，作政治上的暗示，對方理解詩意時，不能停留在字面上，而應注意弦外之音。這就是「斷章取義」的做法。孔子以詩為主要教材，訓練學生參加政治活動，討論詩時也就表現出同樣的特點：不太注意鑽研詩的原意，只是注意詩意的引申與作品的活用，例如《論語．八佾》中記載子夏問他如何理解「巧笑倩兮，美目盼兮，素以為絢兮」這幾句詩時，孔子就以繪畫後加素彩作譬喻，子夏也就聯想到為人要用禮來提高修養。從這種不斷引申而又歸結到政治禮制問題的學詩方法中，可以看到儒家利用文藝從事教化活動的特點。孔子還曾給《詩三百》作過「一言以蔽之」的總評價，歸之為「思無邪」（《論語．為政》），這可不是說《詩》中沒有什麼抗激之音和男女歡愛之詞，而是表達了孔子對文藝的要求。他認為作品之中不能包含什麼「邪」思，也就是要警惕一切異端思想出現的意思。

孔子首先注意的是文學的社會作用。

子曰：小子何莫學乎詩？詩可以興，可以觀，可以群，可以怨；邇之事父，遠之事君；多識於鳥獸草木之名。（《論語．陽貨》）

所謂「興」，就是「引譬連類」（孔安國說），並可用以「感發志意」（朱熹說）；所謂「觀」，就是「觀風俗之盛衰」（鄭玄說），旁人可以從中「考見得失」（朱熹說）；所謂「群」，就是「群居相切磋」（孔安國說）；所謂「怨」，就是「怨刺上政」（孔安國說）。孔子把詩歌作為從政和教育的工具，通過對作品的鑽研，考察詩歌的政治作用，看到了文學的社會價值，但他隨後又把文學的作用歸結到「事父、事君」上去，則又表現出了利用文藝為統治階級服務的用心。

孔子在闡述「文」與「行」的關係時，把「行」放在第一位，主張「行有餘力，則以學文」（《學而》）。在他看來，德行是文章的根本，所以他又說：「有德者必有言，有言者不必有德。」（《憲問》）這也就是說，只有具備了良好的德行，學文才有意義；學文的目的就在表現德行，服務於政治倫理活動。「誦《詩》三百，授之以政，不達；使於四方，不能專對；雖多，亦奚以為？」（《子路》）學習文學之後，如果還不能處理實際事務，縱然讀詩再多些，也歸無用。

他在闡述「文」與「質」的關係時，曾經多方面地提出過意見。《衛靈公》篇說：「辭達而已矣。」表現出他一貫重視實用的觀點；《左傳》襄公二十五年載孔子曰：「志有之：言以足志，文以足言；不言，誰知其志？言之無文，行而不遠。」則又說明他並不一味排斥文采。總的看來，他已初步認識到內容和形式是互為依存而又相互影響的。《論語．雍也》篇中有一段論及文化修養的話：「子曰：質勝文則野，文勝質則史；文質彬彬，然後君子。」主張二者並重，不可偏廢，曾對後世起過深遠的影響。

二、孟子提出評論文學作品的一些原則

孟子也以參加政治活動和從事教育為要務，但他處在戰國時期，「賦詩言志」的風氣已經衰歇，而在百家爭鳴的情況下，大家習慣於引經據典時曲解《詩》意，證成己說。孟子既以教學為職志，就應駁斥其他各家提出的不同解說，並對講解作品提出一些基本原則。例如戰國時有舜作《小雅．北山》的傳說，《呂氏春秋．孝行覽．慎人》篇中就有這方面的記載，而且《墨子．非儒下》和《韓非子．忠孝》篇中都有「舜見瞽叟，其容造（蹙）焉」的記載，說明當時廣泛流傳着舜把堯和瞽叟作為臣子看待的傳說，而這卻是嚴重地違反了儒家的倫理觀念，因此一當咸丘蒙提出這個問題時，孟子立即加以駁斥，並進一步申述道：

> 故說詩者，不以文害辭，不以辭害志；以意逆志，是為得之。如以辭而已矣，《雲漢》之詩曰：「周餘黎民，靡有孑遺。」信斯言也，是周無遺民也。（《孟子．萬章上》）

這就提出了解釋作品的一項原則，那就是不能拘泥於個別字句，應該根據整篇作品的內容，注意文學的特點，考慮到誇張手法等方面的問題，探討作者的創作意圖，才不致歪曲作品原意。

當然，如果光憑讀者個人的「意」而逆探作者的「志」，還會出現莫衷一是的情況。孟子曾經提出另一種叫做「知人論世」的批評方法，雖然沒有明說它與上一學說有無聯繫，實際上卻是起到了相互補充的作用。孟子認為「尚（上）論古之人」時：

> 頌（誦）其詩，讀其書，不知其人可乎？是以論其世也，是尚友也。（《萬章下》）

這裏他又認為：若要理解作品，還應瞭解作者的生平和時代環境，這樣可以起到防止主觀臆斷的作用。

這些學說，對於指導文學批評的開展，都是很有價值的，然而這卻不是說孟子本人批評作品時就沒有什麼問題了。他在援引詩書之時，仍然不免時常故意曲解文意，說明他本人還是不能擺脫時代風氣的局限，做到言行一致。

孟子還曾提出「養氣」之說，「我善養吾浩然之氣」（《公孫丑上》），這種強調內心道德修養的意見，也對後代文人發生過很大的影響，而從創作方面的表現來說，則又與文章的氣勢等問題有關。

三、荀子建立正統的文學觀

荀子生於戰國中後期，那時全國統一的趨勢已經出現，百家爭鳴的局面將告結束，因此他主張樹立一種為新興的地主階級政權所需要的理論，作為折衷群言的準則。他在《荀子．正論》篇中提出了「立隆正」（最高原則）的學說：「凡議，必將立隆正然後可也。無隆正則是非不分而辨訟不決。故所聞曰：

『天下之大隆，是非之封界，分職名象之所起，王制是也。』故凡言議期命，是非以聖王為師。」這就為後代建立中央集權專制政體作了理論上的準備。荀子成了適應時代要求從儒家向法家轉化的一位大師。

荀子再三強調聖人的地位，認為他是維繫道的樞紐，所有的經典都是由他闡發而產生的。

> 聖人也者，道之管也。天下之道管是矣，百王之道一是矣，故《詩》《書》《禮》《樂》之（道）歸是矣。（《儒效》）

這就給文學批評史上的原道、徵聖、宗經之說奠下了基礎。這在幾千年的封建社會中一直佔有正統的地位。

第四章　法家的功利主義文學觀

法家無不重視功利。韓非是先秦法家的集大成者，他的學說反映了這種特點。

韓非是戰國時期的最後一個思想家。以前許多不同學派的學說，一一遭到他的清算。但他的學說，卻也吸收了前人的許多思想資料，從而又表現出各學派之間批判繼承的複雜關係。

他在解釋《老子》三十八章時說：「夫恃貌而論情者，其情惡也；須飾而論質者，其質衰也。」隨後他又舉例說，和氏之璧，隨侯之珠，都用不着外加什麼裝飾，因為它們的本質極為美好，無論什麼樣的裝飾品都配不上去。反過來説，「夫物之待飾而後行者，其質不美也」。《解老》中的這種思想，推崇自然的美，本質的美，是有見地的；但由此否定一切加工修飾的作用，則又不免趨於極端。

韓非在《外儲説左上》中還曾通過田鳩之口，説明墨家的作品不注意文采的原因。這裏就引用了著名的「買櫝還珠」的故事。「今世之談也，皆道辯説文辭之言，人主覽其文而忘其用。」等於楚人刻意修飾這個「櫝」，結果鄭人看上了它，反而把盛在「櫝」中的「珠」忽視了。顯然，韓非認為「文」是害「用」的。他始終把作品的實際效用放在首要地位。

這也是中國文學批評史的特點。自古至今，很少見到什麼「形式第一」的主張。這跟先秦時期的文學觀念有關。當時出現的各大學派，都是出於當前政治鬥爭上的需要而提出其學説的，於是他們在論述到事物內容和形式之間的關係時，無不主張把內容的表達置於首位。這就成了後代文學批評中的傳統見解。實際説來，墨家並不截然否定形式的作用，他們只要求內容充分得到保證，然後講求適當的形式。《説苑．反質》篇引墨子之言曰：「先質而後文，此聖人之務也。」韓非則似乎認為華美的形式必然有害於內容，所以他在《亡徵》篇中説：「好辯説而不求其用，濫於文麗而不顧其功者，可亡也。」説明人們的言行必須符合功用的原則。後代一些強調文學的政治作用的人經常也有類似的意見發表。

荀子已經提出了思想界定於一尊的要求，到了他的學生韓非時，有了進一步的發展。為了適應全國趨向統一的新形勢，韓非提出了「言行而不軌於法令者必禁」（《問辯》）的主張，要求結束百家爭鳴的局面。這是地主階級為了建立中央集權的封建專制主義國家而提出的重要政治主張，它對秦代的政治方針起過重要的作用。

第二編

兩漢的文學批評

⊙秦統一六國，建立了第一個地主階級的中央集權專制政體，但因殘暴無道，激起了廣大人民的反抗，結果立國不久便告覆滅。漢代統治階級總結前代統治失敗的經驗，決定在文化思想方面採取新的措施。漢武帝劉徹獨尊儒術，罷黜百家，先秦時期百家爭鳴的流風餘韻遂告結束，儒家思想從此成為封建社會中法定的正統思想。

⊙儒家用於教學的《詩》，本是一部文學作品，裏面還有不少優秀的民歌民謠，這時作品的內容盡被曲解，把它說成是體現統治階級意圖的一部經典。漢代文人還以《詩》為最高準則，評論其他一些文體。他們把《詩》和辭賦作比較，由於時代和評論者立場的不同，產生了各種不同傾向的評價。他們對樂府詩和五言詩卻缺少應有的注意；或許因為前者起於民間，後者成熟較遲，故而在理論上未能總結。漢代的文學理論圍繞着詩、辭、賦這三種文體的探討而展開。

⊙ 比起前代來，漢代文人對文學特點的認識已有進步。他們一般用「文學」一詞指學術，「文章」一詞指文學。《漢書·藝文志》中列有《詩賦略》一類，藉與《六藝略》《諸子略》區別。這時還出現了像王充《論衡·自紀》篇那樣多方面討論文學問題的理論文章。

第一章　漢儒詩歌理論的總彙《毛詩大序》

漢代曾有魯、齊、韓、毛四家傳授《詩經》。前三家的著作已經散佚，只有《毛詩》風行當代和後世。這一學派對《詩經》各篇都有說明，後人稱為《毛詩小序》；《關雎》篇下則有一段較長的文字，自「風，風也，教也」起，縱論文學上的許多根本問題，後人以其地位重要，稱為《毛詩大序》。《毛詩大序》作者不明，有人說是前代子夏所作，有人說是東漢衛宏所作，其實這篇文章的作者很難確指，它應當是漢代學者綜合先秦儒家和當代經師有關詩樂的理論而寫成的。文章直接援引了《荀子》和《樂記》中的許多論點，「詩有六義」之說則又與《周禮》中的「六詩」之說有關。

《毛詩大序》對「風、雅、頌」這三種體制作了詳細的解說，對「賦、比、興」這三種寫作手法則未作說明，漢末經師鄭玄在《周禮．春官》「〔大師〕教六詩」的注中作過解釋，並且引用了另一經師鄭眾的學說。鄭玄以為「比、興」乃是美刺手法的曲折表現，並不符合《詩經》的實際情況，但他釋「賦」曰：「賦之言鋪，直鋪陳今之政教善惡。」則有合理的地方，後人大都沿襲此說。鄭眾認為「比者，比方於物也；興者，托事於物」。說得過於簡單，尤其對興的解釋嫌不明了，但對比的解釋則是清楚而合理的。

比興是中國詩歌創作中的傳統手法。《詩》中已經廣泛運用，它能使作品富有含蓄之美，寄寓深意，讓讀者起豐富的聯想作用。漢人已經注意到了文學作品中的這個特點，後代的學者對此不斷進行探討而接觸到了形象思維的問題。

《毛詩大序》的主要內容則在宣揚封建教化的觀點。它在闡釋「風」的含義時，似乎能從兩方面考慮問題，實則強調的是自上而下的說教。

上以風化下，下以風刺上，主文而譎諫，言之者無罪，聞之者足以戒，故曰風。

這就是說，統治者和被統治者都可利用文藝影響對方，滿足各自的要求。但它認為「上以風化下」是無條件的，這是文藝的主要作用。文中曾經反覆申說：「風，風也，教也；風以動之，教以化之。」「先王以是經夫婦，成孝敬，厚人倫，美教化，移風俗。」相反，《毛詩大序》認為「下以風刺上」是有條件的，首先就得注意態度。所謂譎諫，按照鄭玄的解釋，即「詠歌依違不直諫」。被統治者若要發表某種意見，應該注意方式方法，必須委婉曲折，不得徑直顯露。但它還怕有些橫暴而短見的統治者連這樣的意見也不能聽取，無從瞭解下情，故而又提出了「言之者無罪」的要求，藉安言者之心。這種意見和詩教說的精神是一致的。《禮記．經解》篇曰：「溫柔敦厚，詩教也。」這些都是「下以風刺上」時必須遵循的準則。

儒家的這些文藝觀點在封建社會中一直起着指導性的作用。它認為下層百姓窮苦無告時，詩人也可通過文藝向上提出警告，這對指導後代一些進步作家寫作現實主義的作品曾經起過良好的影響，儘管這些作品的最終目的還在「補察時政」。婉而多諷，則是這類作品常見的重要特點。它成了後代詩文作品中基本的創作傾向。

《毛詩大序》還總結了歷史上的經驗，提出了「變風」「變雅」之說。周初社會比較安定，而自懿王之後，秩序漸趨混亂，這在詩歌中都有所反映。「國史明乎得失之跡，傷人倫之廢，哀刑政之苛，吟詠情性，以風其上，達於事變而懷其舊俗者也。故變風發乎情，止乎禮義。發乎情，民之性也；止乎禮義，先王之澤也。」看來這也就是「下以風刺上」的具體說明了。這種理論排斥風格豪放而多抗激之音的作品，但它也肯定了文學起着反映現實政治的作用。

第二章　漢代學者對辭賦的不同看法

楚辭起於戰國後期，風行於漢代，它有顯著的創作特點，和《詩經》中的作品有着很大的不同。漢人既已尊《詩》為經，奉為最高典範，那對楚辭又將作何評價，自然引起了不同意見的爭論。問題集中在對屈原的思想作風和楚辭的藝術特色的評價上。

漢初淮南王劉安對此作了極高的評價，認為「國風好色而不淫，小雅怨誹而不亂，若《離騷》者，可謂兼之矣」。推崇屈原為「皭然泥而不滓者也。推此志也，雖與日月爭光可也！」司馬遷徵引了這些文字〔一〕，還對《離騷》作了一些藝術上的分析。他說屈原「其文約，其辭微」，也就是說作品的概括力很大，諷諭的手法很隱微。「其稱文小而其指極大，舉類邇而見義遠」，則是說他能在普通事物的描寫之中寓以深意；「其志潔，故其稱物芳；其行廉，故死而不容自疏。」又當指屈原運用的比興手法而言，屈原常用美人香草等物象徵自己的志行高潔。由此可見，司馬遷已初步認識到了屈原作品的藝術特點。

班固起而攻擊上述意見。他根據儒家明哲保身的庸俗觀點，貶損屈原為人，一則說他「露才揚己」，「以離讒賊」；二則說他「責數懷王，怨惡椒、蘭」；故而又稱之為「貶絜、狂狷、景行之士」。班固對屈原的浪漫主義手法也持異議，認為「多稱昆侖冥婚、宓妃虛無之語，皆非法度之政，經義所載」（《離騷序》）。或許為了上述事物屬於儒家心目中的聖地和神女，屈原任意驅使，在班固看來，未免褻瀆「神聖」。

但到東漢後期，又有王逸（字叔師）起來反對班固之說。他從儒家「殺身成仁」等進取觀點立論，肯定屈原為人，認為屈原「膺忠貞之質，體清潔之性」，「進不隱其謀，退不顧其命，此誠絕世之行，俊彥之英也」（《楚辭章句序》）。他並認為《詩經》中有更為激烈的「怨主刺上」之句，而「屈原之詞，優游婉順」，完全符合封建統治階級的道德規範。這就再次肯定了屈原的傑出品格和優秀創作傳統。

此外，王逸認為「《離騷》之文，依托五經以立義焉」。例如屈原說的「駟玉虬而乘鷖」，就是依托《易》中的「時乘六龍以御天」；「登昆侖而涉流沙」，就是依托「《禹貢》之敷土」……因此，這樣的描寫可謂「智彌盛者其言博」，沒有什麼不合適的地方。

上述三種不同意見，都是以《騷》比《詩》而得出的。所以如此，則與各人所處的時代有關。劉安和

〔一〕見《史記．屈原賈生列傳》。文中沒有注明引自淮南王劉安，後班固在《離騷序》和劉勰在《文心雕龍．辨騷》中作了說明。

司馬遷的活動時期處在西漢初期，還未受到儒家思想的嚴格控制，故而比較客觀地分析了屈原的為人和作品。班固處在重建政權的東漢初期，為了極力強調皇室的尊崇，貶低屈原作品中某些不利於統治者的思想和手法。王逸則處在政治混亂的東漢後期，為了匡救時政，強調屈原品格的端直和作品的諷諫意義。他在《楚辭章句·離騷經序》中還說：「《離騷》之文，依詩取興，引類譬喻。故善鳥香草，以配忠貞；惡禽臭物，以比讒佞；靈脩美人，以媲於君；宓妃佚女，以譬賢臣；虬龍鸞鳳，以託君子；飄風雲霓，以為小人。」這裏對司馬遷的論點作了進一步的發揮，把《離騷》中的比興手法進一步指明了。但他對屈原在文體與手法等方面的創造性都是估計不足的。

與騷有關，漢人對賦的看法也有分歧。這又可舉司馬遷和班固的意見為代表。司馬遷為司馬相如立傳，錄引了《子虛》《上林》《大人》等賦，但他反對其中某些浮誇過甚無裨實用的部分，因而又說：「無是公言天子上林廣大，山谷水泉萬物，及子虛言楚雲夢所有甚眾，侈靡過其實，且非義理所尚，故刪取其要，歸正道而論之。」[二]可見他對「賦」這種文體持有保留的讚賞態度。班固則認為自賦學大盛，「而後大漢之文章，炳焉與三代同風」。他在敘述武帝至成帝時「言語侍從之臣」「朝夕論思，日月獻納」之後，總起來說，「或以抒下情而通諷諭，或以宣上德而盡忠孝，雍容揄揚，著於後嗣，抑亦『雅頌』之亞也」（《兩都賦序》）。強調賦這種文體可起溝通上下的政治作用，與《毛詩大序》中的觀點有一致之處。

他們二人觀點上的對立，還和他們的立場和經歷的不同有關。司馬遷少時「耕牧於河山之陽」，長而遊歷四方，社會知識很豐富，但他後來卻因營救李陵而受到統治者的殘酷迫害，懷抱着滿腔悲憤，寫作不朽的名著《史記》，從而提出了「發憤著書」說。他認為自文王演《周易》到韓非著《說難》《孤憤》，乃至「《詩三百篇》，大抵聖賢發憤之所為作也。此人皆意有所鬱結，不得通其道也，故述往事，思來者」（《太史公自序》）。和他在《屈原列傳》中強調「憂愁幽思而作《離騷》」一樣，這裏寄寓着他對創作的看法。由於感到社會的不公，政治理想的難以實現，他強調的是一個「怨」字。這種學說對封建社會中受壓抑的知識份子有過廣泛的影響。

班固出身於世代大族，並把正統儒家思想作為承傳的家訓。昭帝曾下詔書，告誡他不能像司馬遷那樣「微文刺譏，貶損當世」，班固表示「常伏刻誦聖論，昭明好惡，不遺微細，緣世斷誼，動有規矩」（《典引》）。因此他除了寫作《兩都賦》等作品歌功頌德外，還一再批評司馬遷「是非頗謬於聖人」（《漢書．司馬遷傳贊》）。用他父親班彪的話來說，「誠令遷依五經之法言，同聖人之是非，意亦庶幾矣」（《後漢書．班彪傳》）。這些地方反映出了漢代儒家正統思想保守的一面，他們總是想把文學作為維護封建政權的工具。班氏父子攻擊司馬遷的地方卻正是太史公的不可及處。

〔二〕傳世《史記》各本載《子虛》《上林》全文，當經後人增補。摯虞《文章流別論》曰：「司馬遷割相如之浮說。」可見晉人看到的《史記》還保存着刪賦的本來面目。

第三章　揚雄發展了正統的文學觀

大賦是漢代的重要文體，作者眾多，他們積累下的一些經驗，倒有值得注意的地方。《西京雜記》卷二載盛覽向司馬相如問作賦的方法，雖出小說家言，但對深思好學的一些賦家來說，可以談出這樣的體會。司馬相如（？）說：

> 合綦組以成文，列錦繡而為質，一經一緯，一宮一商，此賦之跡也。賦家之心，苞括宇宙，總覽人物，斯乃得之於內，不可得而傳。

所謂「賦跡」，是指大賦的形式美；所謂「賦心」，則是對形象思維特點的描述。它說明作家行文之時，想像豐富，構思良苦。《西京雜記》卷三載揚雄之言曰：「長卿（司馬相如）賦不似從人間來，其神化所至邪！」大約他們覺得這種感受難以言宣，只能用道家的口吻來表達了。

揚雄（字子雲，公元前五三—一八年）還討論了作家的思想感情和語言文字之間的關係。他說：

> 言，心聲也；書，心畫也。聲畫形，君子小人見矣。聲畫者，君子小人之所以動情乎。（《法言．問神》）

作者具有怎樣的思想感情，在他使用的語言文字上就會有相應的表現。顯然，揚雄要求的是合乎正統規範的思想感情。但他這裏用「圖畫」來說明，則又似乎反映出了他對文學作品形象特點的認識。

漢代文人獻賦可以得官，揚雄就以獻《甘泉》等賦見賞，但他後來卻痛悔少作，稱之為「雕蟲篆刻」，「壯夫不為」。這是因為他終於認清了賦這種文體不能起到有益的諷諫作用，反而會助長統治者的驕奢淫逸。《漢書．揚雄傳》中說：「雄以為賦者，將以風〔諷〕也，必推類而言，極麗靡之辭，閎侈巨衍，競於使人不能加也；既乃歸之於正，然覽者已過矣。往時武帝好神仙，相如上《大人賦》欲以風〔諷〕，帝反縹縹有凌雲之志。繇是言之，賦勸而不止，明矣。」這是鑒於賦本身具有形式壓倒內容的缺點而得出的結論。

實際說來，揚雄所反對的只是那種不合儒家教義的辭賦，因此他又把這類文體的作品分為兩大部分。

或問：「景差、唐勒、宋玉、枚乘之賦也益乎？」曰：「必也淫。」「淫則奈何？」曰：「詩人之賦麗以則，辭人之賦麗以淫。」（《法言．吾子》）

前者華麗而合乎法度，後者雖華麗但失之於過度。他對作家的評定後人或有異議，但是這種分析卻為後代所沿用。

揚雄常以聖道繼承者自居。他把荀子學說中已具雛形的「原道」、「徵聖」、「宗經」之說作了新的補充，成了歷代正統文學思想中的核心部分。

或曰：「人各是其所是，而非其所非，將誰使正之？」曰：「萬物紛錯則懸諸天，眾言淆亂則折諸聖。」或曰：「惡睹乎聖而折諸？」曰：「在則人，亡則書，其統〔理〕一也。」（《法言．吾子》）

他認為可以引人入道的聖人是孔子。「舍五經而濟乎道者，末矣。」「委大聖而好乎諸子者，惡睹其識道也？」（《法言．吾子》）後代一切闡發聖人之道的學說，差不多都受過它的影響。因此，宋代以來，揚雄一直被列為維繫道統的重要人物。

兩漢的統治思想主要體現在經學上。文學界還受到了經學界墨守師法的風氣的影響。揚雄極力強調學習古代經典，他的幾部著名作品差不多都是模仿而成的。《漢書·揚雄傳贊》說：「實好古而樂道，其意欲求文章成名於後世，以為經莫大於《易》，故作《太玄》；傳莫大於《論語》，作《法言》；史篇莫善於《倉頡》，作《訓纂》；箴莫善於《虞箴》，作《州箴》；賦莫深於《離騷》，反而廣之；辭莫麗於〔司馬〕相如，作四賦：皆斟酌其本，相與放依而馳騁云。」這又開了後代重摹擬的風氣。

揚雄強調「能讀千賦則善賦」（《意林》卷三引桓譚《新論》），並對摹擬理論作了多方面的闡發。先秦作品中的語言到了這時已經難以理解，揚雄卻認為這正是經典可與天地並列的優異之處。有人對晦澀難解的《太玄經》持異議，揚雄又舉《老子》中「貴知我者稀」一語來辯解，這裏又可看到摹擬大師脫離群眾孤芳自賞達到何等可笑的程度。

揚雄的理論反映了漢代文學的傾向和統治者的要求，其後王充起而對此作了有力的批判。

第四章　王充對漢代正統學風的批判

王充（公元二七—九七？年）字仲任，會稽上虞（今浙江上虞）人。出身「細族孤門」，家世有任俠的傳統。曾為太學生，後任本郡小吏，晚年罷職家居，生活很清苦。他畢生從事著述，其中《論衡》一書對漢代統治者極力提倡的讖緯符命之說作了猛烈的批判。書中《自紀》等篇則對文學理論上的許多問題作了探討，並對漢代正統的文學思想作了有力的批判。

一、幾項重要的文學主張

王充對當代文人作了等級區分。《超奇》篇說：「能說一經者為儒生，博覽古今者為通人，采掇傳書以上書奏記者為文人，能精思著文連結篇章者為鴻儒。故儒生過俗人，通人勝儒生，文人逾通人，鴻儒超文人。」漢代特別看重經學，儒生通一經者就可入仕，因而這條途徑向來為人所重視。王充卻認為儒生只知背誦前人成說，猶如鸚鵡學舌，而不能「成牘治一說」，缺乏解決實際事務的能力，因此對它表示極大的蔑視。《佚文》篇中還說：「文人宜遵五經六藝為文，諸子傳書為文，造論著說為文，上書奏記為文，文德之操為文。立五文在世，皆當賢也；造論著說之文，尤宜勞焉。何則？發胸中之思，論世俗之事，非徒諷古經、續古文也。論發胸臆，文成手中，非說經藝之人所能為也。」也就把經生的無能和鴻儒之所以可貴作了具體的說明。反對經學思想的統治，這在當時很有戰鬥意義。

王充的作品，從內容到形式，都帶有很大的獨創性，因而引起了時人的驚詫。他們問道：「或稽合於古，不類前人。」「文不與前相似，安得名佳好，稱工巧？」王充駁斥道：

> 飾貌以強類者失形，調辭以務似者失情。百夫之子，不同父母；殊類而生，不必相似：各以所稟，自為佳好。……文士之務，各有所從：或調辭以巧文，或辯偽以實事，必謀慮有合，文辭相襲，

是則五帝不異事，三王不殊業也。（《自紀》）

他提出：作家要有顯著的創作個性，反對人云亦云，傍人門戶。他還認識到，時代是在發展着的，因而文學所要解決的實際事務也有不同。當時的儒生就是不懂這種道理，死抱住幾部經典不放，結果成了既不知今又不知古的「盲瞽」或「陸沉」。

王充進而對瀰漫於漢代社會的是古非今之風作了批判。

夫俗好珍古不貴今，謂今之文不如古書。夫古今一也，才有高下，言有是非，不論善惡而徒貴古，是謂古人賢今人也。……蓋才有淺深，無有古今；文有偽真，無有故新。（《案書》）

他在《齊世》篇中還對這種風氣的成因作過解釋，「世俗之性，賤所見，貴所聞也」。這種說明顯得很膚淺，因為是古非今風氣的形成，與統治者的倡導儒學有關，它是一個社會問題，不能用人的心理現象作解釋。

有些復古主義者還強調文章應該寫得很深。他們認為聖賢才大，故而經典內容「鴻重優雅」，讀之難曉；與此相反，他們認為王充才力淺薄，故而不能寫作深奧的文字。王充的答覆涉及了好幾方面的問題。他首先從文字與語言的關係談起，進而指出辭賦創作中的艱深之弊。

夫文由語也，或淺露分別，或深迂優雅，孰為辯者？故口言以明志，言恐滅遺，故著之文字。文字與言同趨，何為猶當隱閉指意？……夫口論以分明為公，筆辯以荴露為通，吏文以昭察為良，深覆典雅，指意難睹，唯賦頌耳。（《自紀》）

其次他對經藝文字之所以難懂作了解釋，「經傳之文，賢聖之語，古今言殊，四方談異也」。指出其中有古今語言變化、各地方言不同等原因，這些解釋符合實際情況。

王充既重視內容，也重視形式，對此曾有分析：

> 有根株於下，有榮葉於上；有實核於內，有皮殼於外。文墨辭說，士之榮葉皮殼也。實誠在胸臆，文墨著竹帛，外內表裏，自相副稱。意奮而筆縱，故文見而實露也。（《超奇》）

但風行於漢代的辭賦創作卻並不如此。例如司馬相如和揚雄的作品，「文麗而務巨，言眇而趨深，然而不能處定是非，辨然否之實，雖文如錦繡，深如河漢，民不覺知是非之分，無益於彌為崇實之化」（《定賢》）。這類作品大約也就是缺乏「實誠」而徒具「榮葉皮殼」的東西了。《譴告》篇中還提到司馬相如獻《大人賦》和揚雄上《甘泉頌》，結果「兩帝惑而不悟」，說明辭賦作品常因外內表裏不相副稱而收不到良好的效果。

王充非常重視作品的教育意義。他在《佚文》篇中說：「夫文人文章，豈徒調墨弄筆為美麗之觀哉？載人之行，傳人之名也。善人願載，思勉為善；邪人惡載，力自禁裁。然則文人之筆，勸善懲惡也。」他在《自紀》篇中還說：「為世用者，百篇無害；不為用者，一章無補。」這裏說的不單是文藝作品的問題，但也表現出他積極要求文藝作品干預現實生活的觀點。

《論衡》的主旨是「疾虛妄，歸實誠」，大約他的反對辭賦目的也在貫徹這種精神。只是他對文學藝術的特點認識不足，一般地從思想家的角度考慮問題，結果對許多複雜的文學現象作了不正確的解釋，例如他把一些神話傳說也歸為「虛妄」，像《淮南子》中記載的共工怒觸不周山、羿射九日等故事，他也認為「浮妄虛偽，沒奪正是」（《對作》）。這就把神話和迷信混為一談了。他還把文章中的誇張手法也歸為「虛妄」，例如傳說楚國的養由基能百發百中地射中楊葉，荊軻以匕首擲秦王中銅柱入尺，他都認為不合事實，在《儒增》篇中反覆爭辯。這些地方雖也表現出了唯物主義哲學家求實的科學態度，但卻顯得過於膠柱鼓瑟了。

總之，王充的文學思想具有很強的戰鬥性，但也有失之偏頗的地方。他不光考查了個別的幾種文體，而且對文學上的許多重大問題都提出了寶貴的意見，閃耀着唯物主義思想家認識成果的光輝。但在論述某些有關文學特點的具體問題時，也有流於片面之處，這與他思想方法上的形而上學有關，例如他把司馬遷的創作《史記》說成是「因成紀前，無胸中之造」，也是一個明顯的例證。

二、對後代的影響

王充的哲學思想，繼承了揚雄、桓譚等人的唯物主義傳統，但在文學思想方面卻有力地批判了以揚雄為代表的摹擬理論。可以說，他是兩漢正統學風的破壞者。王充曾著《問孔》《刺孟》等篇，表現出大膽的異端思想，因此後人直接引用他著作的不多，但若按之實際，便可發現其中一些進步觀點實際上對後代起過深遠的影響。魏晉南北朝人力求擺脫兩漢學風的束縛，那時有利於文學獨立發展的一些觀點，如文學今勝於古，文學應該重視形式，文學有很大的社會價值等學說，都有可能直接或間接地受到過王充的學說的啟發。於此可見他在文學批評史上起過轉變學風的重要作用。

第三編

魏晉南北朝的文學批評

⊙魏晉南北朝時，文學理論上有很大的收穫。魯迅稱之為文學已進入自覺的時代。

⊙一、兩漢社會經濟有了很大的發展，出現了很多專業的文人。范曄著《後漢書》，始立「文苑傳」，把東漢許多著名的作家集合在一起，與「儒林」相區別。六朝時文化中心南移，文學隊伍更形擴大，宋文帝時於儒學、玄學、史學三館之外別立文學館，宋明帝時立總明觀，分儒、道、文、史、陰陽為五部，更有了專門鑽研文學的機構，這就為文學理論的迅速發展創造了條件。

⊙二、這時時局混亂，皓首窮經已無可能；「上」「下」顛倒，禮法倫理也難強調。兩漢傳統的儒家經學趨於衰微，由老莊思想發展而來的玄學大為風行，其後更引進了佛教的哲學，社會上瀰漫着各種唯心主義思想，激起了唯物主義者的抗爭，由是哲學領域中的鬥爭非常激烈，諸如才性同異之辨，言盡意與言不盡意之辨，有無之辨，形神之辨……直接或間接地都對文學理論發生過影響，在反覆的思想鬥爭中人們提高了思辨的能力。

⊙ 三、當時的文學已有了很大的發展。自漢代發明紙張後，文人寫作更方便了，作品流傳更廣泛了，由是作家作品之多，不知超過前代多少倍。隨之文壇上出現了多次文學高潮，如建安文學、正始文學、太康文學、元嘉文學、永明文學、齊梁文學……還出現過好幾種新題材，如玄言詩、山水詩、宮體詩……還出現過好幾個文學集團，如王粲、劉楨等與曹氏父子交往，稱為鄴下文人；陸機、潘岳等與賈謐交往，稱為二十四友；沈約、謝朓等與竟陵王蕭子良交往，稱為八友……他們常在一起討論文學上的問題，這也有助於理論上的總結和提高。

⊙ 當時各種文體差不多都已齊備，而詩賦的創作更見繁榮。由於政治黑暗，文人被害者多，大家不敢面對現實，因而作品的內容普遍顯得貧乏空虛。他們把注意力放在琢磨形式上，對技巧作了很多鑽研，對文學的特點有了進一步的認識，比之前代也更能把握住語言文字的特點了。

⊙ 四、在中國文學批評史上有過深遠影響的「文筆說」，也是從探索文學特徵的角度提出來的。這種學說的發展反映了文學上的幾次變革。

⊙ 早期文筆的區分着眼於文體的不同應用。文指詩賦之類的作品，猶如後代所謂藝術文，一般不用它解決實際事務問題；筆指詔、策、章、奏之類的作品，猶如後代所謂應用文，大都用於朝廷官府的公事。二者寫作要求不同，文人往往各有專長，《南史．顏延之傳》：「〔宋文〕帝嘗問以諸子才能，延之曰：『竣得臣筆，測得臣文。』」可以代表這一階段的認識。

⊙ 其後聲律論起，文人把它運用到了詩賦等文體中去，於是這類作品的聲韻安排顯得更妥帖了。一些應用的文體，卻大抵仍依散行的方式寫作，受聲律的影響很小，這時大家更從聲律的運用上來區分文筆。《文心雕龍．總術》篇說：「今之常言，有文有筆，以為無韻者筆也，有韻者文也。」可以作為這一階段文筆論者的代表。他們認為「文」〔即文學〕應有聲韻之美。

⊙ 其後梁元帝蕭繹在《金樓子．立言》篇中作了更詳細的區分。

……古人之學者有二，今人之學者有四。夫子門徒，轉相師受，通聖人之經者，謂之儒。屈原、宋玉、枚乘、長卿之徒，止於辭賦，則謂之文。今之儒，博窮子史，但能識其事，不能通其理者，謂之學。至如不便為詩如閻纂，善為章奏如伯松，若此之流，泛謂之筆。吟詠風謡，流連哀思者，謂之文。……筆退則非謂成篇，進則不云取義，神其巧惠，筆端而已。至如文者，惟須綺穀紛披，宮徵靡曼，脣吻道會，情靈搖盪。

⊙他認為文學的特點在於辭藻華美，聲律諧和，富有感染力量，這種學說代表着魏晉南北朝後期的看法，表明時人對文學特徵有了進一步的認識，但也反映了他們過於重視形式華豔的偏向。

⊙蕭繹對古今文學概念的發展作了說明，足資參證。茲結合上兩編中的論述列表如下。

春秋戰國		漢	南朝
文學	文學	文、文章（文學）	文——近於藝術文 筆——近於應用文
	學術	學、文學（學術）	儒——通聖人之經而守其章句者 學——博窮子史而不能通其理者

第一章　曹丕首先寫作專篇論文《典論．論文》

曹丕（公元一八七—二二六年）字子桓，曹操次子，後代漢稱帝，國號魏，卒謚文，故亦稱魏文帝。所著《典論》一書已經散佚，其中《論文》一篇保存在《文選》等書中，這是中國文學批評史上第一篇專門討論文學問題的論文。

先秦時期早有立德、立功、立言可以不朽的說法，曹丕也希望通過創作永垂不朽。

> 蓋文章，經國之大業，不朽之盛事。年壽有時而盡，榮樂止乎其身，二者必至之常期，未若文章之無窮。是以古之作者，寄身於翰墨，見意於篇籍，不假良史之辭，不托飛馳之勢，而聲名自傳於後。

這種學說，滲透着個人名望的考慮，但在當時的歷史條件下，卻為文學的發展作了理論上的準備。在這之前，一般文人的地位都很低下，而辭賦之類的作品也常受人輕視，曹植就曾說過：「辭賦小道，固未足以揄揚大義，彰示來世也。」（《與楊德祖書》）曹丕反對這種不利於文學發展的傳統觀念。前人論「立言」時大都不包括文學作品在內，曹丕視為不朽的文章中卻包括辭賦一類作品，而且還把創作活動看成「大業」。這樣評價文學的作用或許過高了些，但他一反前代的傳統觀念，強調文學的價值，有助於文學的繁榮。

曹丕對「文」作了具體分析。

夫文本同而末異，蓋奏、議宜雅，書、論宜理，銘、誄尚實，詩、賦欲麗。此四科不同，故能之者偏也。唯通才能備其體。

什麼是文章的「本」？曹丕沒有明言，應當是指文章寫作上的一些根本原則吧。什麼是文章的「末」？他卻作了說明，並對當時幾種主要的文體作了綜合的分析。奏、議兩種體裁用於朝廷公事，故重「雅」；書、論兩種體裁貴在說明事理，故宜「理」；銘、誄兩種體裁用於稱頌功德和悼念親故，這類作品常是流於浮誇，故應重「實」；詩、賦則是最風行的兩類文藝作品，曹丕認為應該寫得「麗」。這樣的說明當然是很簡略的，但卻顯得扼要而適當，而且對當時士大夫中的不良文風也作了某些批判。這對後代文體論的發展起過很大的影響。

曹丕對詩賦的寫作提出「麗」的要求，顯然已經注意到了文學的形式美的問題。漢代四言詩的寫作和大賦的形式一般都很古板，距離「麗」的要求很遠，曹丕這種提法，可能總結進了五言詩和小賦的寫作成就。

曹丕提出四科八類，認為一般文人只能各有專長，只有通才才能貫通。這種認識，也是時代思潮的表現。東漢後期品評人物的風氣已經形成，而自全國分裂之後，各地軍閥競相網羅人才，他們注意瞭解各個人的特殊才能，然後授予合適的職位。他們認為一個人的才能往往有所偏長，問題就在發現並利用這種偏至的人才。曹操的《敕有司取士毋廢偏短令》代表了這種看法。政治上的要求必然反映到哲學領域中去。魏代興起了才性同異的辯論。《世說新語．文學》篇記傅嘏、李豐、鍾會、王廣分主才性同、異、合、離，鍾會而且集合起來研究，作《四本論》，文今不傳。但流傳至今的品評人物的專著，還有劉邵著《人物志》三卷，袁准著《才性論》一篇（《藝文類聚》卷二十一引），《隋書．經籍志》「子部．名家」類於《人物志》上端錄有曹丕《士操》一卷，這書雖已失傳，想來也是這方面的專著，可見曹丕對此本有研究。《典論．論文》中對建安七子所作的具體評述，只是品評人物才性的理論在文學領域中的具體運用。他說：「王粲長於辭賦，徐幹時有齊氣，然粲之匹也。如粲之《初征》《登樓》《槐賦》《征思》，幹之《玄猿》《漏卮》《圓扇》《橘賦》，雖張〔衡〕、蔡〔邕〕不過也。然於他文，未能稱是。〔陳〕琳、〔阮〕瑀之章表書記，今之雋也。應瑒和而不壯，劉楨壯而不密。孔融體氣高妙，有過人者，然不能持論，理不勝辭，以至乎雜以嘲戲；及其所善，揚〔雄〕、班〔固〕儔也。」他如《與吳質書》中也有同樣性質的論述，這些文字都說明了七子因才性之所偏而各有擅長的體裁。

其後他更概括性地提出了文氣說：

> 文以氣為主，氣之清濁有體，不可力強而致。譬諸音樂，典度雖均，節奏同檢，至於引氣不齊，巧拙有素，雖在父兄，不能以移子弟。

氣是古代哲學上常用的概念，一般用指構成宇宙萬物的本體。王充在《論衡》中用它解釋人性的差異。《率性》篇說：「人之善惡，共一元氣，氣有少多，故性有賢愚。」《無形》篇說：「人以氣為壽，形隨氣而動；氣性不均，則於體不同。」曹丕用以論文，他在敍及具體作家時，也曾指出「孔融體氣高妙」，「公幹有逸氣」（《與吳質書》），這對作者來說，當指其才性而言，用現在的詞彙來表達，則包括了作家的天性、氣質、才能等方面。「氣之清濁有體」，當它表現在作品中時，也就成了不同的氣勢，這就是風格方面的問題了。「徐幹時有齊氣」，則指齊地之人秉性舒緩，從而又表現為語言風格方面的問題。曹丕認為作家的才性決定着作品的風格。作家的才性是先天形成而不可變改的，這是神秘而僵死的片面觀點，他不瞭解通過生活實踐與學習鍛煉可以改變人的才幹，因而作家的風格也不是一成不變的。這種學說存在着嚴重的缺點，但他對後代風格論的形成與發展卻起着先導的作用。

按照曹丕學說的內在邏輯，必然會達到反對文人相輕的結論。既然作者因才性的局限而在寫作上各有千秋，那就不應該「各以所長，相輕所短」。由此他反對「常人貴遠賤近，向聲背實。又患暗於自見，謂己為賢」。應當採取「審己以度人」的正確態度，才能「免於斯累」。曹植對此也有很好的意見，他在《與楊德祖書》中說：「世人著述，不能無病，僕常好人譏彈其文，有不善應時改定。昔丁敬禮嘗作小文，使僕潤飾之，僕自以才不過若人，辭不為也。敬禮謂僕：『卿何所疑難。文之佳惡，吾自得之，後世誰相知定吾文者邪？』吾常歎此達言，以為美談。」他們兄弟兩人文學成就雖高，但能保持虛心的態度，而在眾人議論文章之時，也能開誠布公地相互批評潤飾。《顏氏家訓．文章》篇說：「江南文制，欲人彈射，知有病累，隨即改之。陳王（曹植的封號）得之於丁廙也。」南朝文壇上一直保持着這種優良的作風，它對推動文學批評的發展也是一個有利的因素。

第二章　陸機總結創作經驗的文章《文賦》

陸機（公元二六一—三〇三年）字士衡，吳郡（今江蘇蘇州地區）人。吳亡仕晉，曾官平原內史，世稱陸平原。後事成都王司馬穎，在八王之亂中兵敗而為穎所殺。

陸機是西晉最負盛名的文人，太康文學的代表。自司馬氏奪取政權後，政局動盪不已，文士常遭殺害，由是注重經世的儒學衰落，玄學崛興，文學趨向注重形式。陸機的《文賦》，就是在西晉文人重視技巧的情況下產生的。

這篇文章的寫作目的在賦序中有說明。

> 余每觀才士之所作，竊有以得其用心。夫其放言遣辭，良多變矣。妍蚩好惡，可得而言。每自屬文，尤見其情。恒患意不稱物，文不逮意。蓋非知之難，能之難也。故作《文賦》以述先士之盛藻，因論作文之利害所由，他日殆可謂（以）曲盡其妙。

如何寫好文章，方法千變萬化，其間利弊得失，可以通過總結前人的經驗和自己的經驗，有所瞭解。困難之處在於「意不稱物」，即文意不能很好地反映外界事物；「文不逮意」，即文辭不能完美地表達文意；所以他要寫作這篇文章，希望有助於解決行文「能」事。

陸機首先論述了作文的動機問題，介紹了以下幾個方面：「頤情志於典墳」（傳說古代有《三墳》《五典》之書，這裏泛指典籍），「遊文章之林府」，即從古代的文獻和作品中得到啟發，這自然是傳統的見解；「詠世德之駿烈，誦先人之清芬」，則帶有個人炫耀家世的用意，他的祖父陸遜、父親陸抗，都是東吳名將，先輩的業績也激勵着世族文士的寫作要求；「遵四時以歎逝，瞻萬物而思紛，悲落葉於勁秋，喜柔條於芳春」，強調感物起興，則是接受了前代的理論成果。《樂記》中說：「樂者，音之所由生也，其本在人心之感於物也。」這種美學觀點，曾在後代文藝領域中引起巨大的反響。陸機對此作了具體的申述。魏晉南北朝人一般都很重視自然景物的變化和文思的關係。

陸機詳細地討論了構思問題。他從創作過程的第一步——想像談起：

> 其始也，皆收視反聽，耽思旁訊，精鶩八極，心游萬仞。其致也，情曈曨而彌鮮，物昭晰而互進；傾群言之瀝液，漱六藝之芳潤，浮天淵以安流，濯下泉而潛浸。於是沈辭怫悅，若游魚銜鉤而出重淵之深；浮藻連翩，若翰鳥纓繳而墜曾雲之峻。收百世之闕文，采千載之遺韻；謝朝華於已披，啟夕秀於未振。觀古今於須臾，撫四海於一瞬。

作家慘澹經營之時，想像活動正在緊張地展開。在陸機的筆下，這種思維現象過於神妙，它迅疾飄忽，超越了時空的限制，而在文思湧現之時，所要表達的感情越來越明確了，所要反映的事物越來越清晰了。這裏陸機對想像活動中塑造形象的問題作了描述。因為作家的構思過程中一直浮現着具體的形象，因此這種理論已經掌握到了形象思維問題的本質特徵。

大約總是由於魏晉文人注意描寫自然景物的緣故吧，《文賦》中曾一再提到形象問題。下面一段文字說得尤為明確：「體有萬殊，物無一量，紛紜揮霍，形難為狀。辭程才以效伎，意司契而為匠，在有無而僶俛，當淺深而不讓。雖離方而遁員（圓），期窮形而盡相。」它的直接影響表現在推動了詠物詩和山水詩的發展。這裏還未觸及文學作品中更為重要的人物形象問題，但在探討文學特徵的過程中卻也跨出了一大步。

再從表達來說，方式也是多種多樣，「或因枝以振葉，或沿波而討源，或本隱以之顯，或求易而得難，或虎變而獸擾，或龍見而鳥瀾，或妥帖而易施，或岨峿而不安」。不管怎樣，陸機認為應以內容為主，文辭為輔。以樹木為喻，亦即「理扶質以立幹，文垂條而結繁」。有的文章，「或遺理以存異，徒尋虛而逐微；言寡情而鮮愛，辭浮漂而不歸」，也就不能算是美文。陸機對內容與形式的關係的理解是正確的，所批判的現象也是應該注意避免的，但他自己的作品卻在一定程度上患有此病，這只能說是時代的局限了。

接着他還論述了文學作品的寫作特點問題。這與作家的個性和作品的體裁有關。

……故夫夸目者尚奢，愜心者貴當，言窮者無隘，論達者唯曠。詩緣情而綺靡，賦體物而瀏亮，碑披文以相質，誄纏綿而悽愴，銘博約而溫潤，箴頓挫而清壯，頌優遊以彬蔚，論精微而朗暢，奏平徹以閑雅，說煒曄而譎誑。

和曹丕的學說比較，陸機的理論已有新的發展，他不但把詩、賦提升到各種文體的前列，而且作了更為細緻的論述。內中詩、賦兩種文體的說明，對南朝文學的發展起了指導性的作用。詩的寫作應該「緣情」（修飾感情）「綺靡」（華美），賦的寫作應該「體物」（刻劃事物）「瀏亮」（清明），當是總結了五言詩和小賦的藝術特點，而又給這兩種文體明確地規定了具體要求。在這之前理論家們大都信奉「詩言志」說，陸機揚棄了這種儒家正統詩論，突出詩歌中的感情要素，更為符合抒情詩的藝術要求；而且強調詩歌語言華美，也符合文學形式的特點。只是建安之後的文人以詩歌為抒發個人情感的工具，文學正趨向於追求形式華靡，太康之後此風越演越烈，陸機的理論正好起了推波助瀾的作用。謝榛《四溟詩話》卷一評《文賦》曰：「『綺靡』重六朝之弊，『瀏亮』非兩漢之體。」說明陸機總結賦的特點時並非針對兩漢大賦而言，而論述詩的特點時卻又產生了意想不到的流弊。下面一段文字對南朝文風的形成關係尤其巨大。

其為物也多姿，其為體也屢遷。其會意也尚巧，其遣言也貴妍。暨音聲之迭代，若五色之相宣，雖逝止之無常，固崎錡而難便。苟達變而識次，猶開流以納泉，如失機而後會，恒操末以續顛，謬玄黃之秩序，故淟涊而不鮮。

由於「尚巧」，南朝文學大都不很自然；由於「尚妍」，南朝文學一般趨於浮豔。「音聲迭代」之說，則對聲律論的創立有所啟示。陸機對中國語言文字的音樂性和聲調規律已經有所感受。

陸機用了很多筆墨，討論寫作的具體方法，中如突出警句等項，如能適當對待，則有助作文；如果一味追求，則又會產生弊端。他提出「必所擬之不殊，乃暗合於曩篇。雖杼軸於予懷，怵他人之我先」。強調獨創，並反覆申述，只是他的作品以摹擬著稱，這也是理論與實踐脱節的地方。

綜上所述，可知陸機對文學技巧的論述雖有某些不足之處，但也有很多可供參考的地方。他能瞭解到寫作上的靈活多樣，並不把這說得很死，「若夫豐約之裁，俯仰之形，因宜適變，曲有微情」。只是他在這些地方卻又發揮了莊子的學説，過分誇大了寫作經驗中的精妙之處，「若夫隨手之變，良難以辭逮」，「是蓋輪扁所不得言，亦非華説之所能精」，則是又讓本可言說的寫作問題帶上了神秘的色彩。

陸機思想上的迷惑可能跟他「未識夫〔文思〕開塞之所由」等問題有關。「若夫應感之會，通塞之紀，來不可遏，去不可止。藏若景滅，行猶響起。」在現代文學理論中，這也就是靈感的問題了。每當文思來時，「思，風發於胸臆；言，泉流於唇齒」，而當文思去時，「理翳翳而愈伏，思軋軋其若抽」，似乎作者本人也無法控制。「是故或竭情而多悔，或率意而寡尤。雖茲物之在我，非余力之所戮」。實則靈感問題雖似神秘，也與平時的努力與修養有關。「多悔」的文章，必定是由於自己在某些方面準備不足；「寡尤」的文章，則在平時定然已經準備了誕生的條件。陸機未能正確解決這項問題，就有可能把創作經驗中的靈感問題引入不可知論；不過他能坦白承認自己不清楚的地方，態度還是誠實的。

第三章　葛洪的文學進化觀

葛洪（公元二八三？—三四四？年）字稚川，號抱朴子，丹陽句容（今江蘇句容）人。篤信神仙道教，專喜燒丹煉汞，但對社會問題也感興趣。他把所著的《抱朴子》一書分成內、外篇，《自敍》云：「內篇言神仙方藥、鬼怪變化、養生延年、禳邪卻禍之事，屬道家；其外篇言人間得失、世事臧否，屬儒家。」實則前者當屬神仙家，後者當屬雜家，這從他的文學思想上也可看出。葛洪自己也曾表白「不成純儒」。

晉代的學術思想，擺脱了兩漢經學的束縛，曹丕和陸機的理論，已經表現出這種特點，而在葛洪的學説中，有着更為突出的表現。和曹、陸兩人一樣，他也想著作子書，「立一家之言」，發表獨立的見解。《抱朴子·尚博》篇中說：「正經為道義之淵海，子書為增深之川流。」子書當與經書並重。「不以璞非昆山，而棄耀夜之寶；不以書不出聖，而廢助教之言。是以閭陌之拙詩，軍旅之鞫誓，或詞鄙喻陋，簡不盈十，猶見撰錄，亞次典誥。百家之言，與善一揆。」這就擴大了閱讀與著錄的範圍，為民間文學等類作品爭得了地位。後來劉勰著《諧隱》篇，也是這種思想的延續和發展。

但在當時復古的勢力還是很強大的。《鈞世》篇說：「然守株之徒，嘍嘍所玩，有耳無目，何肯謂爾。其於古人所作為神，今世所著為淺，貴遠賤近，有自來矣。」例如，「古書雖質樸，而俗儒謂之墮於天也；今文雖金玉，而常人同之於瓦礫也」。這是一股阻礙文學發展的頑固勢力。

復古主義者的論點，總是什麼「古之著書者才大思深，故其文隱而難曉，今人意淺力近，故露而易見」。葛洪並不盲目崇拜古人，他說「往古之士，匪鬼匪神」，人雖死亡，但其「精神」仍在著作之中，通過閱讀自然能夠把握，只是古書「或世異語變，或方言不同」，「或雜續殘缺，或脱去章句，是以難知，似若至深耳」。這種合理的解釋，只能得出「古之子書」不能勝過「今之作者」的結論。

隨後他就提出了文學發展的觀點。

且夫古者事事醇素，今則莫不雕飾，時移世改，理自然也。至於罽錦麗而且堅，未可謂之減於蓑衣；輜軿妍而又牢，未可謂之不及椎車也。……若舟車之代步涉，文墨之改結繩，諸後作而善於前事，其功業相次千萬者，不可復縷舉也。世人皆知之快於曩矣，何以獨文章不及古邪？

葛洪根據日常接觸到的生活用具不斷進步的客觀事實，建立文學今勝於古之說，論點新穎，對傳統的復古思想作了有力的一擊。這種學說也是東漢以來自然科學發展的產物。孔融曾說：「古聖作犀兕革鎧，今盆領鐵鎧，絕聖甚遠。」（《太平御覽》卷三百五十六引）「賢者所製，或逾聖人，水碓之巧，勝於斷木掘地。」（《太平御覽》卷七百六十二引）陸機《羽扇賦》曰：「夫創始者恒樸，而飾終者必妍，是故烹飪起於熱石，玉輅基於椎輪。」葛洪的學說與此顯然有着一脈相承的關係。

這種論證方式是從事物的形式和使用方面着眼的，他對文學的看法也是一樣。當代文學超過古代文學，主要表現在形式方面。「且夫《尚書》者，政事之集也，然未若近代之優文詔策軍書奏議之清富贍麗也。《毛詩》者，華彩之辭也，然不及《上林》《羽獵》《二京》《三都》之汪濊博富也。」此外他還舉了很多同類的例子，如說《詩經》中《清廟》《雲漢》等祭祀詩不如郭璞《南郊賦》之「豔」，《出車》《六月》等征伐詩不如陳琳《武軍賦》之「壯」。因此，他作出的總結性意見是：「今詩與古詩，俱有義理，而盈於差美。」說明古今詩歌的高下之分，突出地表現在文辭華美與不華美的差別上。

不僅如此，葛洪認為文學還有優於德行之處。他一則說：「且文章之與德行，猶十尺之與一丈，謂之餘事，未之前聞。」再則說：「德行為有事，優劣易見；文章微妙，其體難識。夫易見者粗也，難識者精也。」他之所以致力論文，就在「舍易見之粗而論難識之精」（《尚博》）。

這種理論，差不多是直接批駁了孔子的學說。在封建社會中，這是極為大膽的見解。它在掃除輕視文學的傳統觀念方面起了很大的衝擊作用。但是這種學說也有片面之處。因為形式畢竟是為內容服務的，形式只有在和進步的內容完美結合之時才能稱得上華美；如果撇開內容，片面強調形式，就有可能誘導他人走上追求形式的邪路。葛洪強調文學的特點，在批判德本文末和貴古賤今等傳統觀念方面有其可取之處，但是這種理論卻也起了刺激南朝文風更趨浮豔的不良作用。

當然，作為統治階級中的一員，葛洪也不會忽視利用文學為政教服務。《辭義》篇說：文學「不能拯風俗之流遁，世塗之凌夷，通疑者之路，賑貧者之乏，何異春華不為餚糧之用，茝蕙不救冰寒之急？古詩刺過失，故有益而貴；今詩純虛譽，故有損而賤也」。這裏又是着眼於功用而作出評價的。它與否定古書質樸並不矛盾。葛洪對古書也並不一筆否定，認為「要當以為學者之山淵，使屬筆者得採伐漁獵其中」，則也是歷代統治階級可以接受的常談了。

葛洪稱王充為「冠倫大才」（《喻蔽》篇），稱陸機之文「猶玄圃之積玉，無非夜光」（《北堂書鈔》卷一百引）。可以說，他在反對傳統觀念方面，受王充的影響很大，而在重視文學形式方面，則受陸機的影響很大。當然，《抱朴子》中的理論已經自成體系，成了自魏晉至齊梁這一階段文學批評史中的重要一環。

第四章 南朝文學理論的鬥爭和發展

魏晉以後，文學內容愈來愈空虛貧乏，形式卻更講求修飾了。這種傾向在理論界也有充分的反映。南朝文人對形式的追求集中在聲律、對偶、用事（運用典故和成語）三個方面。聲律的運用尤佔重要的地位。

一、聲律論的創建和影響

漢末聲韻之學已經發達，作品中已有聲律調諧的篇章。陸機等人對此曾作初步的研究。齊武帝永明年間，竟陵王蕭子良在都城建康（今江蘇南京）集合了許多僧人和學者，研究誦讀佛經的新調子，從而對中國語音的特點有了清楚的認識，分出了平、上、去、入四種聲調。他們把這種學說應用到文學上，創立了聲律論。當時如周顒、王融、沈約等人都有專門的著作，只是都已失傳，而由沈約（字休文，謚隱侯，公元四四一——五一三年）提出的四聲八病之說，則流傳了下來。所謂八病，即平頭、上尾、蜂腰、鶴膝、大韻、小韻、傍紐、正紐。關於它們的具體內容，由於沈約原文已佚，後代異說很多，唐時旅華日僧遍照金剛所著的《文鏡秘府論》中的記載，可能比較接近原意。他釋「平頭」為「五言詩第一字不得與第六字同聲，第二字不得與第七字同聲。同聲者，不得同平、上、去、入四聲」。其他的「病」與此相仿，一般都很煩瑣，因而建立之時即已遭到很多批評。沈約強調的是平聲與上、去、入三聲間隔運用，使語音在錯綜變化之中具有和諧動聽的音樂感，這些地方則還是有它一定的參考價值。他在《宋書·謝靈運傳論》中說：

夫五色相宣，八音協暢，由乎玄黃律呂，各適物宜。欲使宮（可能指平聲）羽（可能指仄聲）相變，低昂互節；若前有浮聲（可能指清音），則後須切響（可能指濁音）。一簡之內，音韻盡殊；兩句之中，輕重悉異。妙達此旨，始可言文。

自此之後，文人寫作詩賦，可以自覺地運用聲調規律，因而寫作上出現了新的局面。他們以兩句或四句為單位，上下之間平仄互押，這就為律體的形成鋪平了道路。他們還針對中國方塊漢字的特點，組成工整的對偶，而在上下文句之中，穿插進成語和典故。因為南朝文人大都脱離現實，常在書本中討生活，他們也盡有閒暇鑽研技巧，在作品的形式上下功夫，以此掩飾內容方面的不足。

南朝文人鑽研語言文字的成果，對它的特點的掌握，聲律、對偶、用事的使用，可以下列例句說明之。

韻律＼作品	徐陵《玉台新詠序》	同前
平平仄仄	南都石黛	琉璃硯匣
仄仄平平	最發雙蛾	終日隨身
仄仄平平	北地燕脂	翡翠筆床
平平仄仄	偏開兩靨	無時離手

從這些句子來看，聲律很熨帖〔一〕，對偶很工整。「石黛」用來畫眉，見《楚辭・大招》；「燕脂」用來飾面，見崔豹《古今注》。隔句用典也很協調。文學形式發展至此，已經具備了形成新體的條件，因為在此四字之後再加上一個字，也就形成了近體詩；再加上兩個字，也就成了四六文句。因此，齊梁之時古體五言詩逐漸演變而成律詩，魏晉駢文逐漸演變而成四六體，大賦、俳賦也慢慢地演變成了律賦。這些文體後代文人普遍採用，唐代文學即以近體詩和駢文著稱。

處在這樣一段前後交替時期，文壇上自然會出現各種不同的傾向，有的守舊，有的趨新，有的則傾向於折衷。現將在此潮流中湧現出來的三大流派列表說明。

流派	代表作家	依附物件	理論代表	提出的原則	有代表性的總集
守舊派	裴子野　劉之遴	蕭衍（梁武帝）	裴子野		
趨新派	徐摛　庾肩吾	蕭綱（簡文帝）	蕭子顯	新變	《玉台新詠》
折衷派	王筠　陸倕	蕭統（昭明太子）	劉勰	通變	《文選》

二、裴子野和蕭綱的論爭

唐代以前，基本上是世族地主專政的時代，那時一切文學流派的形成與風行，都跟最高統治集團的支持和倡導有關。上述三大流派的產生與風行，都和梁氏王室密切有關。蕭綱（字世纘，公元五〇三—五五一年。初封晉安王，後即帝位，謚簡文）及其屬下文人，如徐摛、徐陵、庾肩吾、庾信等人，順應南朝文學注重浮豔的形勢，競相寫作男女色情的宮體文學，而在聲律等形式技巧上也很下功夫。《梁書．庾肩吾傳》說：「齊永明中，文士王融、謝朓、沈約文章始用四聲，以為新變；至是轉拘聲韻，彌尚麗靡，復逾於往時。」這些人的作品表現出了梁陳時代貴族階級的腐化墮落，因此後人常斥之為「亡國之音」。

裴子野（字幾原，公元四六七—五二八年。曾著《宋略》二十卷）的文學思想很保守，自然看不慣這種文風，因而寫作《雕蟲論》加以批判。他從宋明帝時敍起，認為上之所好，下必有甚焉者。

> 自是閭閻少年，貴遊總角，罔不擯落六藝，吟詠情性。學者以博依（雜譬喻）為急務，謂章句為專魯。淫文破典，斐爾為功。無被於管弦，非止乎禮義。深心主卉木，遠致極風雲，其興浮，其志弱。巧而不要，隱而不深，討其宗途，亦有宋之遺風也。

顯然，裴文重點並不在於責難前人，他所指斥的對象，當指蕭綱一流作家，只是他有所避忌，因而不得不取指桑罵槐的手段罷了。

裴子野是根據儒家正統文學思想提出批評的，這在當時代表着守舊的傾向。《梁書》本傳上說：「子野為文典而速，不尚麗靡之詞。其製作多法古，與今文體異。當時或有詆訶者，及其末皆翕然從之。」蕭綱等人對此作風自然也是看不入眼的，因此也曾公然提出批評。蕭綱在《與湘東王（蕭繹）書》中說：

〔一〕「終」「筆」「離」三字不協律，然而都處在一、三字的位置上，這在近體詩中也是允許的。

「裴氏乃是良史之才，了無篇什之美」，「師裴則蔑絕其所長，唯得其所短」，故而「裴亦質不宜慕」。二者之間形成了尖銳的衝突。

蕭綱反對遵循儒家的教義寫作。他說：「若夫六典三禮，所施則有地；吉凶嘉賓，用之則有所。未聞吟詠情性，反擬《內則》之篇；操筆寫志，更摹《酒誥》之作。遲遲春日，翻學《歸藏》；湛湛江水，遂同《大傳》。」他在《誡當陽公（大心）書》中提出：「立身之道，與文章異。立身先須謹重，文章且須放蕩。」（《藝文類聚》卷二十三引）蕭綱意在擺脫陳規舊矩的拘束，強調文學的特點，只是他把立身處世之道與創作活動完全割裂了開來，好像作家的道德修養和創作全然無涉，這樣強調文學的特殊性，也只能把創作導入歧路。

這些流派的形成，又和各家如何對待歷史傳統有關。守舊派強調繼承傳統，趨新派則強調創新而不大講繼承。和蕭綱等人關係密切、作風又一致的史學家蕭子顯，提出了「新變」說，反映了這一流派的看法。

> 習玩為理，事久則瀆，在乎文章，彌患凡舊，若無新變，不能代雄。建安一體，《典論》短長互出；潘、陸齊名，機、岳之文永異。江左風味，盛道家之言，郭璞舉其靈變，許詢極其名理。仲文玄氣，猶不盡除；謝混情新，得名未盛。顏〔延之〕、謝〔靈運〕並起，乃各擅奇；〔湯惠〕休、鮑〔照〕後出，咸亦標世；朱藍共妍，不相祖述。（《南齊書．文學傳論》）

三、蕭統主張文質並重

蕭衍的長子，蕭綱的長兄，世稱昭明太子的蕭統（字德施，公元五〇一—五三一年），持論居兩派之間。他既不像裴子野等人那樣排斥形式技巧方面的新成果，也不像蕭綱等人那樣摒棄思想方面的歷史傳統。《答湘東王求文集及〈詩苑英華〉書》說：「夫文典則累野，麗亦傷浮，能麗而不浮，典而不野，文質彬彬，有君子之致，吾嘗欲為之，但恨未逮耳。」足以表明他的折衷立場。

蕭統還曾招致一批文人，編纂《文選》三十卷。這是中國現存的第一部文學總集，選錄了自先秦至梁代各種重要文體的代表作品。蕭統在《文選序》中闡明了選錄的標準，表明了對文學特點的看法。

他發揮了葛洪的論點，認為文學的形式和技巧是不斷發展的。

若夫椎輪為大輅之始，大輅寧有椎輪之質？增冰為積水所成，積水曾微增冰之凜。何哉？蓋踵其事而增華，變其本而加厲。物既有之，文亦宜然；隨時變改，難可詳悉。

既然一切東西都在「踵事增華」、「變本加厲」，文學創作也就應該吸收形式技巧上的一切新成果；但「麗亦傷浮」，如能「麗」而不「浮」，才合他們的心意。因此，《文選》之中可也沒有採擇浮豔的作品。

根據這種認識，他又排斥經、子、辭、史羼入文學。蕭統提出的理由是：經乃「孝敬之準式，人倫之師友」，不能隨意「芟夷」「剪截」，只能全然割愛；子「以立意為宗，不以能文為本」，性質上有區別，應當另置他處；言辭「概見墳籍，旁出子史」，太嫌繁博，「雖傳之簡牘，而事異篇章」，也不能取；史書「褒貶是非，紀別異同，方之篇翰，亦已不同」，但他對史書中的某些部分卻另有看法：

若其贊、論之綜緝辭采，序、述之錯比文華，事出於沉思，義歸乎翰藻，故與夫篇什，雜而集之。

這是因為史書中的贊、論、序、述大都發表了個人的見解，運用的材料經過深刻的構思，所講的道理用華美的文辭表達，在蕭統看來，也就和文學作品差不多了。古代史家確是把贊、論等部分當作文章來做的，例如范曄自稱《後漢書》中的序論「筆勢縱放，實天下之奇作。其中合者，往往不減《過秦篇》。……贊自是吾文之傑思，殆無一字空設，奇變不窮，同含異體，乃自不知所以稱之。此書行，故應有賞音者」（《宋書．范曄傳》）。雖然自許太過，但卻不能否認它是很好的散文作品。

《文選序》中論述文體的一段，則又發揮了正統的文藝觀點，由此可知他對儒家經典也不是截然排斥的。在他看來，經典起着「準式」、「師友」的作用，這就意味着後代文士仍然應該向它學習，才能保證思想內容方面的完善。只有在這基礎上再吸收形式技巧的新成果，才能做到「典而不野」。這裏表現出了他和裴子野、蕭子顯等人理論上的區別。

蕭統較明確地把文學和學術論文作了區分，比之前代更能認清文學的特點，這種認識奠基在南朝文人對形式技巧的探討上。《文選》之中選錄了很多辭藻華美的文章，為此後代文人學習前代作品時都要經過閱讀《文選》的階段，杜甫在《宗武生日》詩中就曾告誡兒子要「熟精《文選》理」，宋代並有「《文選》爛，秀才半」的諺語，說明此書對後代文學影響至巨，因而在學習駢文的人中，還有所謂「選體」之稱。但在當時和後代也有那麼一批駢文作者，片面追求聲律、對偶、用事的工致，則又把文學導入了過分講求形式的錯誤道路。

第五章　劉勰的巨著《文心雕龍》

一、生平和作品的概況

劉勰（公元四六五？—五二〇？年）字彥和，先世為東莞莒（今山東莒縣）人，大約東晉南渡之後就世居京口（今江蘇鎮江）。少時家貧好學，依沙門僧祐十餘年，博通經論，為之整理佛教典籍。梁時做過幾任小官，並有很長一段時間兼任東宮通事舍人。大約總是由於文學見解相合，故而《梁書》本傳上說：「昭明太子好文學，深愛接之。」後出家為僧，改名慧地，不久去世。

劉勰為文長於佛理，今尚存《滅惑論》《梁建安王造剡山石城寺石像碑》二文，但他寫作《文心雕龍》時，可沒有摻雜進什麼佛教的教義。

他的著書動機，根據《文心雕龍·序志》篇中的介紹，有着三方面的原因：一、做過兩個奇怪的夢，七歲時「夢彩雲若錦，則攀而採之」。三十多歲時「夢執丹漆之禮器，隨仲尼而南行」。二、當時創作界的情況不能令人滿意，「去聖久遠，文體解散，辭人愛奇，言貴浮詭，飾羽尚畫，文繡鞶帨。離本彌甚，將遂訛濫」。三、理論界的情況也不能令人滿意，「並未能振葉以尋根，觀瀾而索源，不述先哲之誥，無益後生之慮」。實則這些說法之中還有虛實之分：一為虛寫，時人多以錦繡比喻美文，因而夢彩雲若錦之說可能意在說明自小即與文學有緣；夢見孔子之說可能意在表明願宣揚儒家教義於南土。這些都是南朝文人習用的託大手法。二、三兩項則為實寫。《文心雕龍》寫成於南齊末年，其時文壇上由競趨新變而產生的弊病已很嚴重，因此他要通過理論上的分析批判糾正不良文風。

《序志》篇中介紹了著書的宗旨和全書的結構：

> 蓋《文心》之作也，本乎道，師乎聖，體乎經，酌乎緯，變乎騷，文之樞紐，亦云極矣。若乃論文敍筆，則囿別區分，原始以表末，釋名以章義，選文以定篇，敷理以舉統，上篇以上，綱領明矣。至於剖情析采，籠圈條貫，摛神性，圖風勢，苞會通，閱聲字，崇替於《時序》，褒貶於《才略》，怊悵於《知音》，耿介於《程器》，長懷《序志》，以馭群篇，下篇以下，毛目顯矣。

前面二十五篇，劉氏稱為「上篇」，包括兩方面的內容：前五篇是立論的原則，後二十篇是文體論。所有文體又依文筆分類，自《明詩》至《諧隱》為有韻之「文」，置之於前；自《史傳》至《書記》為無韻之「筆」，置之於後。下面二十五篇，劉氏稱為「下篇」，討論創作、批評及文學史上的理論問題。最後一篇《序志》屬於總論性質。全書各個部分相互呼應，結構相當嚴密。其中《隱秀》一篇已經殘缺。

二、立論原則

《文心雕龍》的前五篇，説明全書立論原則，其間又可分成兩組：《原道》《徵聖》《宗經》係正面立論，發揮儒家正統的文藝觀點，並加入了自己的看法；《正緯》討論輔經而行的緯書，《辨騷》討論與經齊名的楚辭，意在區別同異，有選擇地從中汲取創作上的養料。

自荀子起，原道等説已經初步建立，揚雄續作論述，理論已較詳備，劉勰更著專文加以論證，構成了完整的理論體系。三篇文章的要點是在申述「道沿聖以垂文，聖因文而明道」（《原道》）。劉勰根據

《易·繫辭》中的學說，從宇宙形成的道理談起，認為「道」轉化成兩儀〔陰、陽〕三才〔天、地、人〕乃至萬物，也就並生出華美的「文」，這種過程都是自然的體現，「形立則章成矣，聲發則文生矣」。人「為五行之秀，實天地之心。心生而言立，言立而文明，自然之道也」。這裏劉勰特別提出「自然」一詞，目的在於反對人為的雕琢文風。

人是萬物之靈，尤其是那些生知睿哲的聖人，更能「原道心以敷章，研神理而設教」（《原道》），寫出精理秀彩兼備的作品。經過「夫子刪述」後，古書的精華更顯出光彩。五經成了後代一切文體的源頭，後人必須依此寫作。

> 故文能宗經，體有六義：一則情深而不詭，二則風清而不雜，三則事信而不誕，四則義直而不回，五則體約而不蕪，六則文麗而不淫。（《宗經》）

劉勰還對五經的寫作特點作了具體分析，推崇備至。要說五經的表現已經盡善盡美，當然是很牽強的，但他懸此「六義」作為最高準則，則自有其用意在。書中常用這些標準衡量他要否定的作品，因而「六義」之說又是批判浮靡文風的理論武器。

劉勰很強調「文」的社會價值，《徵聖》篇中分述「政化貴文」、「事蹟貴文」、「修身貴文」的道理，《原道》篇中提出文「與天地並生」，《序志》篇中說是文「實經典枝條」，劉勰的各項學說都拿儒家的教義作為根本原則，而又灌注進了時代的與個人的要求。這些學說之中有維護正統的地方，但也起了反對劉宋以來的不良文風的作用。

這裏還涉及到繼承與創新的問題。劉勰主張「通變」之說。

文律運周，日新其業。變則其久，通則不乏。趨時必果，乘機無怯。望今制奇，參古定法。（《通變．贊》）

他認識到：文學是在不斷演變着的，只有順應時代潮流，大膽創新，才能取得發展。但如一味趨新而不注意繼承，則又會產生流弊。《風骨》篇中說：「若骨采未圓，風辭未練，而跨略舊規，馳騖新作，雖獲巧意，危敗亦多。」因此劉勰強調「通」而求「變」，要在「參古定法」的前提下「望今制奇」，即在繼承古代文化傳統的前提下講求創新發展。這對繼承古代經典固有強調過分之處，可也不是什麼復古主義。

劉勰的著述態度也比較客觀，他說：

及其品列成文，有同乎舊談者，非雷同也，勢自不可異也；有異乎前論者，非苟異也，理自不可同也。同之與異，不屑古今；擘肌分理，唯務折衷。（《序志》）

所謂折衷，就是分析同一事物矛盾着的兩端，較其得失，然後取其所長，棄其所短，融合成一種較全面的理論。處在當時文學飛速發展的情況下，他既反對守舊派的一味繼承，而是強調採擇形式技巧上的新成就；也反對趨新派的一味雕琢，而是強調師法儒家經典的長處，保證內容方面的完善。所謂「斟酌乎質文之間，而隱括乎雅俗之際，可與言通變矣。」（《通變》）這種方法時而帶有保守或調和的缺點，但有時也能克服兩派的弊端而呈現出靈活的辯證態度。

《正緯》《辨騷》兩篇的寫作，體現了上述原則。他把經、緯二者作了比較，證明緯書「乖道謬典，亦已甚矣」。但它「無益經典而有助文章」，可以有批判地加以採擇。他把詩、騷二者也作了比較，從漢代的研究成果出發，作了更為細緻的分析，提出楚辭之中同於風雅者有四事，即「典誥之體」、「規諷之旨」、「比興之義」、「忠怨之辭」；異乎經典者有四事，即「詭異之辭」、「譎怪之談」、「狷狹之志」、「荒淫之意」。從四異來說，因其雜有戰國「誇誕」之風，故貶之為「雅頌之博徒」；從四同來說，因其遠承三代典誥之體，故褒之為「詞賦之英傑」。他對楚辭的藝術特點已有較清楚的認識，可在正統思想的支配下卻也作出了一些不正確的評價。

根據「通變」原則，劉勰提出了如下的處理意見：

> 若能憑軾以倚雅頌，懸轡以馭楚篇，酌奇而不失其貞〔二〕，玩華而不墜其實，則顧盼可以驅辭力，咳唾可以窮文致，亦不復乞靈於長卿，假寵於子淵矣。（《辨騷》）

屈原曾經「自鑄偉辭」，故有「奇」與「華」的特點，只是這些新創之中還有不合經典常規的地方，在「貞」〔正〕與「實」上有所欠缺。理想的方案是：首先應該掌握雅、頌的精神，然後學習楚辭的文彩，要使奇特的新創不流於詭奇，華美的文辭不流於浮靡；注意奇、貞〔正〕結合，華、實結合，將《詩經》與楚辭的優點熔於一爐，這樣也就得出了兩結合的光輝論點。

三、文學和時代的關係

劉勰討論了文學和時代的關係，提出了許多新的論點。

〔二〕貞，通行本作「真」，據唐寫本校改。

一代文風如何形成？劉勰考慮到了影響文風的許多重要因素，例如戰國之時文學得到很大的發展，與百家爭鳴有關，「故知煒燁之奇意，出乎縱橫之詭俗也」（《時序》）。東晉玄言詩的風行，則與玄學大盛有關，「自中朝貴玄，江左稱盛，因談餘氣，流成文體」（《時序》）。這些都是受了學術思想的影響。再如漢代寫作騷體的人很多，則是受了屈原的影響，「爰自漢室，迄至成、哀，雖世漸百齡，辭人九變，而大抵所歸，祖述楚辭，靈均餘影，於是乎在」（《時序》）。對文學上的繼承關係曾有較多的注意。

但劉勰在論述每一個時代的文學時，更多地注意到了政治的影響，《時序》篇中開頭就說：「時運交移，質文代變，古今情理，如可言乎？……逮姬文之德盛，《周南》勤而不怨；太王之化淳，《邠風》樂而不淫。幽、厲昏而《板》《蕩》怒，平王微而《黍離》哀。故知歌謠文理，與世推移，風動於上，而波震於下者。」說明每一個時代的政治情況對文學有決定性的影響。

根據這種認識，他在論述建安文學時說：「觀其時文，雅好慷慨，良由世積亂離，風衰俗怨，並志深而筆長，故梗概而多氣也。」分析劉琨等人的風格特點時說：「劉琨雅壯而多風，盧諶情發而理昭，亦遇之於時勢也。」（《才略》）這種分析切合實際，能夠說明時代的特點。

根據上述原則，劉勰對中國文學的發展作出歷史的考察，末復總起來說：

> 故知文變染乎世情，興廢繫乎時序。原始以要終，雖百世可知也。（《時序》）

劉勰在分析政治上的原因時，經常強調統治者的倡導作用。應該說明，在過去的封建專制政體中，統治者的提倡確能形成某種社會風氣，吸引熱衷於仕進的文人的注意，只是劉勰在這些地方的論述卻常有強調過分之處，因為政治形勢如果缺乏形成何種學風的條件，那統治者的某些愛好還是不能起多大影響，因為個人在歷史上的作用總是受到各種客觀的歷史條件制約的。

四、構思和修養的關係

文學創作中的構思問題，陸機已經討論過，但還有一些微妙的現象不能解釋，劉勰繼續加以鑽研，分析更細緻了，對前人留下的疑難也提出了某些解決辦法。

劉勰稱創作構思為「神思」。他在描寫「神思」狀態時，注意到了它有超越時空限制和腦海中浮現着事物形象的特點。接着他討論了「神思」的原理：

> 故思理為妙，神與物遊。神居胸臆，而志氣統其關鍵；物沿耳目，而辭令管其樞機。樞機方通，則物無隱貌；關鍵將塞，則神有遁心。（《神思》）

劉勰認為思維過程便是主觀方面的「神」和客觀方面的「物」溝通孕育的過程。但對作者來說，劉勰又把抽象的神落實到「志」「氣」上面。「志」指思想感情而言，「氣」指氣質個性而言，它們猶如門戶的關鍵一樣，支配內心深處的神，客觀事物則通過感覺器官而觸動心神，然後通過語言文字表達出來。由此可見，上述論志氣的四句與論辭令的四句，錯綜成文，說明的是創作過程中的反映過程和表達過程。他在闡述「感物」之說時也持同樣的見解，《物色》篇說：「寫氣圖貌，既隨物以宛轉；屬采附聲，亦與心而徘徊。」這對「意境」說的建立作了理論上的啟示。

為了克服「樞機」不通、「關鍵」閉塞的毛病，劉勰提出了解決的辦法。

> 是以陶鈞文思，貴在虛靜，疏瀹五藏，澡雪精神。積學以儲寶，酌理以富才，研閱以窮照，馴致以懌辭。然後使玄解之宰，尋聲律而定墨；獨照之匠，窺意象而運斤（斧）。此蓋馭文之首術，謀篇之大端。（《神思》）

這裏包括兩個方面的內容。一、虛靜之說屬於培養情緒方面的問題；二、積學四項屬於創造條件方面的問題。神完氣足，則文思滔滔汩汩；條件成熟，則用筆揮灑自如。劉勰把這看作「馭文之首術」，認為是創作上首先需要解決的問題。

心「虛」可以避免主觀，心「靜」可以克服煩躁，它是道家調冶心性之說，劉勰用來說明創作前的思想準備工作。《養氣》篇中還有補充說明，「是以吐納文藝，務在節宣，清和其心，調暢其氣，煩而即捨，勿使壅滯。意得則舒懷以命筆，理伏則投筆以卷懷」。這樣就能「使刃發如新，腠理無滯」，思維活動保持新鮮活潑。

當然，若要寫好文章，光靠情緒上的調冶還是不夠的，作家平時應該注意「博（學）練（才）」。具體辦法是：積累學識；辯明事理；增進閱歷，培養洞察事物的能力；駕馭情致，恰切地運用文辭。這對提高寫作能力確有重要的意義。應該說，劉勰的這種理論平實可行，比起前人那些語涉玄虛的說法確已有了長足的進步。但他仍未能觸及更為重要的社會實踐問題。

五、意境和比興的問題

《樂記》中提出了「感物」說，陸機等人作了發揮，劉勰對此作了更為細緻的分析。《明詩》篇說：

「人稟七情，應物斯感；感物吟志，莫非自然。」《物色》篇說：「歲有其物，物有其容。情以物遷，辭以情發。」四時的變遷，萬物的盛衰，影響着作者的感情，刺激着作者的創作慾望。因此，寫作一事既不是主觀的胡言亂語，也不能是缺乏感情的文字描畫。它是作者感情的自然流露，作者必須帶着豐富的感情賞覽外物。《詮賦》篇說：「原夫登高之旨，蓋睹物興情。情以物興，故義必明雅；物以情觀，故詞必巧麗。」這裏他把觀察一事看作心物相互感應的過程。《物色．贊》曰：「山沓水匝，樹雜雲合。目既往還，心亦吐納。春日遲遲，秋風颯颯。情往似贈，興來如答。」說明優美的景象有助於文思。

這種學說已經注意到了「意境」的問題，它對指導後人寫作情景交融的作品具有重大的指導意義。主觀的「意」和客觀的「境」在溝通孕育的過程中自然形成。

《神思．贊》曰：「神用象通，情變所孕。物以貌求，心以理應。」這種心物交融的創作過程中充滿着具體事物的「象」「貌」，因而這裏描述的思維活動也就是後來的人所說的形象思維了。「象」「貌」引起「情變」並在作者心中激起「理」來應答，這裏似乎已經接觸到了在形象思維的開展過程中相應而起自然伴隨着邏輯思維的活動。

《神思．贊》接着又說：「刻鏤聲律，萌芽比興。」說明「比興」是伴隨着形象思維的活動而自然產生的。《詮賦》曰「情以物興」，《物色．贊》曰「興來如答」，說明「興」由「物」的激發而萌生。

《比興》篇給「比」「興」下了定義。「比者，附也；興者，起也。附理者切類以指事，起情者依微以擬議。起情故興體以立，附理故比例以生。」這裏繼承了漢代鄭眾的學說而又加以發展。興是構思過程中的聯想活動，比是細緻刻畫事物的比喻，這些都與塑造事物形象有關。魏晉南北朝的文學理論家常從構思和表達兩方面探討文學形象問題，劉勰就形象思維問題中的想像和刻畫兩個方面作了細緻的論述。

後代的人繼續對「比興」問題進行鑽研，有些分析顯得更深入些。如宋代胡寅在《致李叔易》的信中引用河南李仲蒙之說曰：「敍物以言情謂之賦，情盡物者也；索物以託情謂之比，情附物者也；觸物以起情謂之興，物動情者也。」（《斐然集》卷十八）作者本有創作的要求，利用比喻的手段細緻刻畫外物，這就是「比」；作者隱伏着創作的情緒，由於外物的激發，通過聯想，從而促使作品產生，這就是「興」。前者由內至外，後者由外至內；一出於有意，一出於無心，所以有顯、隱的差別。這種分析切合創作實際。不難看出，這種學說出於劉勰，只是敍述得更明晰了。

《比興·贊》曰：「詩人比興，觸物圓覽。……擬容取心，斷辭必敢。」說明作家在構思和表達的時候，不但要摹擬事物的外部形貌，而且要攝取事物的內在精神。從成文後的情況來說，又跟形式和內容等問題密切相關了。

六、內容和形式的問題

大家知道，《情采》篇是討論內容、形式問題的名篇，其實這話並不十分確切，因為現代文學理論中「內容」「形式」這兩個概念的內涵要比「情」「采」二詞豐富得多。文學作品的內容指通過作家藝術概括的社會生活，並不單是作者個人的感情問題；作品的形式包括體裁、結構、情節等要素，並不僅僅限於辭采問題。劉勰在其他一些篇章中倒是討論過內容、形式中的許多重要方面，例如《章句》篇中討論了章法問題，《附會》篇中討論了結構問題，自《明詩》至《書記》二十篇中分別討論了體裁問題，這些方面在《情采》篇中也就不再重提了。因此，劉勰在《情采》篇中只是討論了內容和形式之間的部分問題，主要目的在於闡明文情與辭采的關係。這是首先應該明確的。

他認識到，內容和形式互為依存，關係極為緊密。

> 夫水性虛而淪漪結，木體實而花萼振，文附質也；虎豹無文，則鞟同犬羊，犀兕有皮，而色資丹漆，質待文也。（《情采》）

形式依附內容才能存在，內容通過形式才能表現，但在二者之間還有主次之分，形式畢竟是為內容服務的。「夫鉛黛所以飾容，而盼倩生於淑姿；文采所以飾言，而辯麗本於情性。」內容始終居於主導的地位。這種關係，如用肉體為喻，則「辭為膚根，志實骨髓」（《體性》），皮膚只能附在骨上；如用織物為喻，則：

> 情者，文之經；辭者，理之緯。經正而後緯成，理定而後辭暢，此立文之本源也。（《情采》）

但當時的文學卻普遍重視形式而忽視內容。他們「採濫忽真。遠棄風雅，近師辭賦，故體情之製日疏，逐文之篇愈盛」。熱衷做官的人卻去歌頌田園，沽名釣譽，虛假至極。這是因為「詩人什篇，為情而造文；辭人賦頌，為文而造情」，古代本有兩類不同的作品，後代的作家拋棄了詩人的傳統，繼承了辭人的作風，以致出現這些「真宰弗存」的作品。漢代揚雄已有「詩人之賦麗以則，辭人之賦麗以淫」的區分，劉勰更歸結為兩種不同的文學傳統。依事實而言，這樣的概括未必全面，然而用以批判「繁采寡情」之作則甚有力。

七、風骨和風格的問題

《鎔裁》篇說：「萬趣會文，不離辭情。」劉勰研究文學問題常從分析文意、文辭兩方面着眼。怎樣算是好的文章？劉勰對內容與形式都提出了具體要求。前者應該「意氣駿爽」，「述情必顯」，此謂之「風」；後者應該「結言端直」，「析辭必精」，此謂之「骨」。一篇好文章，應該做到：語言勁健有力，結構緊密簡練，思想感情蓬勃開朗，從而體現出一種動人的感染力。「風骨」是對每一種作品總的美學上的要求。

劉勰引用了曹丕的文氣說，說明氣與風骨的關係。「氣」是作家內在的東西，它是風骨內在的生命力。如用飛鳥比喻，風骨有「氣」的作品，才能如「征鳥之使翼」；但是辭采一項也很重要，它像飛鳥的羽毛，「唯藻耀而高翔，固文筆之鳴鳳也」。由此可見：氣決定風骨而尤與風有關，采附於風骨而尤與骨有關。但劉勰也反對過分堆砌辭藻的文風，「豐藻克贍，風骨不飛」，只有那種「風清骨峻，篇體光華」的作品，方稱完美無瑕。

劉勰在《風骨》篇中提出的這項要求，曾對後代起過巨大影響。他稱建安文學「梗概多氣」，也就是肯定了建安風骨。唐代文人要求繼承這種傳統，其他朝代的人也常用以反對浮靡文風。

劉勰還在《體性》篇中討論了文章風格與作家個性之間的關係。文章開頭說：

> 夫情動而言形，理發而文見，蓋沿隱以至顯，因內而符外者也。然才有庸俊，氣有剛柔，學有淺深，習有雅鄭，並情性所鑠，陶染所凝，是以筆區雲譎，文苑波詭者矣。故辭理庸俊，莫能翻其才；

> 風趣剛柔，寧或改其氣？事義淺深，未聞乖其學；體式雅鄭，鮮有反其習。各師成心，其異如面。

作家的個性是由先天的「情性」和後天的「陶染」決定的，「情性」之中包括「才」「氣」兩項因素，「陶染」之中包括「學」「習」兩項因素。「才」決定「辭理」，「氣」決定「風趣」，「學」決定「事義」，「習」決定「體式」，四者情況不同，文章的風格也就千差萬別。劉勰又依性之所近歸為八類。

> 若總其歸塗，則數窮八體：一曰典雅，二曰遠奧，三曰精約，四曰顯附，五曰繁縟，六曰壯麗，七曰新奇，八曰輕靡。典雅者，鎔式經誥，方軌儒門者也；遠奧者，馥采典文，經理玄宗者也；精約者，覈字省句，剖析毫釐者也；顯附者，辭直義暢，切理厭心者也；繁縟者，博喻釀采，煒燁枝派者也；壯麗者，高論宏裁，卓爍異采者也；新奇者，擯古競今，危側趣詭者也；輕靡者，浮文弱植，縹緲附俗者也。故雅與奇反，奧與顯殊，繁與約舛，壯與輕乖。文辭根葉，苑囿其中矣。

在這八種風格之中，他對新奇和輕靡似有貶斥，這也是他反對當時不良文風的表現。

作家的個人風格雖由個性決定，但也不是一成不變的。作家只要「摹體以定習，因性以練才」，順應先天、後天的情勢，不斷加以鍛煉，也就可以「會通合數」，掌握寫作各種不同風格的作品的關鍵。

和曹丕等人的風格論比較，劉勰的學說已有很大的進步。他不但對風格的成因作了分析，而且根據不同風格之間的對立統一關係作了概括。其間尤為重要的是，他已不像曹丕那樣一味強調才性的決定作用，而是認識到了學習的重要意義。《事類》篇說：「是以屬意立文，心與筆謀。才為盟主，學為輔佐，主佐合德，文采必霸。」但他仍把先天作用放在首位，這也是理論上的不足之處。

總結上言，可列表以明之。

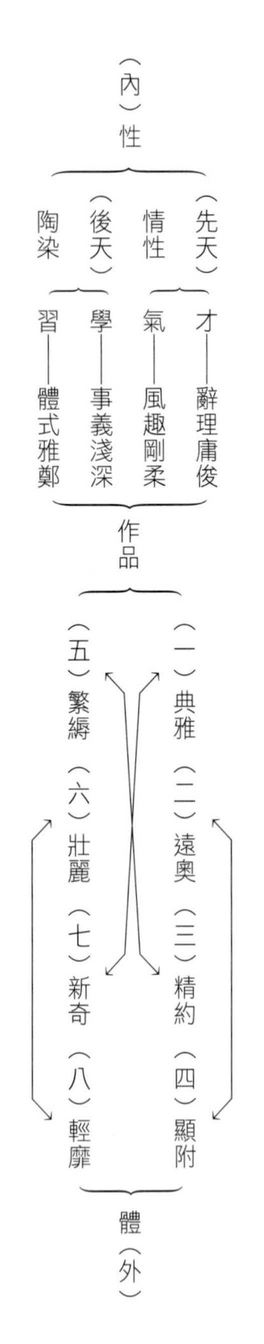

八、文體論

文體一名，有時用來指風格，而在一般情況下，則指的是體裁。這在文學批評史上也是重要的一個課題。

考文體論的產生，是由研究朝廷公文格式開始的。漢末蔡邕著《獨斷》，就對天子下令群臣的策書、制書、詔書、戒書，群臣上天子的章、奏、表、駁議等體裁進行了研究，而在《銘論》一文中，更從歷史發展的觀點詳加論述，這是因為朝廷的公文格式特別要求措詞得體的緣故。到了魏晉南北朝時，隨着文學創作的繁榮，鑽研文體的著作不斷出現，涉及的範圍和探討的問題越來越廣泛而深入了。劉勰就在這樣深厚的基礎上作了綜合提高的工作。

《文心雕龍》上篇，自《明詩》至《書記》，共討論了幾十種文體。蕭統《文選》中的分類也很繁多，和《文心雕龍》中分類的情況差不太多，但《文心雕龍》把「史傳」和「諸子」也作為「文」，則與蕭統不收經、子、辭、史的觀點又有出入。劉勰在《書記》篇中還列舉了譜籍簿錄、方術占試、律令法制、符契卷疏、關刺解牒、狀列辭諺等許多日常應用文字，認為也是「藝文之末品」，可見「藝文」的範圍幾乎包括了一切用文字記載下來的東西，說明劉勰的文體觀念是很保守的。但他把「詩」「賦」列為專篇進行研究，而把其他文體或兩種或數種併成一篇進行研究，則又說明他對詩賦特別重視，大約也是看作藝文之「上品」的意思吧。

劉勰在《序志》篇中表明，他對每一種文體的研究都要做到「原始以表末，釋名以章義，選文以定篇，敷理以舉統」。這也就是說：一要介紹文體的源流演變，二要解釋文體的名字和含義，三要選取範文作為代表，四要闡明寫作上的利弊得失，藉以揭示一般創作原則。黃侃《文心雕龍札記》曾舉《頌贊》篇中「頌」體作為例證：「自『昔帝嚳之世』起，至『相繼於時矣』止，此『原始以表末』也。『頌者，容也』二句，『釋名以章義』也。『若夫子雲之表充國』以下，此『選文以定篇』也。『原夫頌惟典雅』以下，此『敷理以舉統』也。」說明他對每一種文體都進行過史論結合的綜合研究。

劉勰之前，如桓範《世要論》中「贊象」、「銘誄」、「序作」等篇，摯虞的《文章流別論》，李充的《翰林論》，都對文體進行過細緻的研究。特別是摯、李二人，儘管所著之書已經散佚，但從殘存下來的一些文字之中，還是可以看到很多有參考價值的論斷。摯書以「流別」命名，偏長於史的考索，與劉勰的「原始以表末」相近。劉善經《四聲論》指出《翰林論》的特點是「褒貶古今，斟酌病利」（載《文鏡秘府論》天卷），其特點與劉勰的「選文以定篇」相近。《文心雕龍》之中包括了這些方面的長處，而其突出的貢獻還在「敷理以舉統」部分。他在繼承前人研究成果的基礎上，對每一種文體的特點作了更為深入的分析，從而提出了寫作上的具體要求。例如《頌贊》篇曰：「原夫頌惟典雅，辭必清鑠。敷寫似賦，而不入華侈之區；敬慎如銘，而異乎規戒之域。揄揚以發藻，汪洋以樹義。」通過一些近似文體的比較研究，細緻地辨別出了「頌」的寫作特點。這樣的結論，對寫作這種文體的人自然能起較好的指導作用。

劉勰的分析能力很強，有些文字稱得上透辟入微，但他還有很強的綜合能力。他在分析了幾十種文體的基礎上，又用歷史發展的觀點，把他們分隸於五經之下，認為這些文體都是從五經中發展出來的。《宗經》篇說：「故論、說、辭、序，則《易》統其首；詔、策、章、奏，則《書》發其源；賦、頌、歌、贊，則《詩》立其本；銘、誄、箴、祝，則《禮》總其端；紀、傳、銘、檄，則《春秋》為根。並窮高以樹表，極遠以啟疆，所以百家騰躍，終入環內者也。」其後顏之推在《顏氏家訓．文章》篇中也有類似的說法，可見這在當時是一種相當普遍的觀點。只是這種論證並不符合實際。在宗經思想的影響下，有把複雜的文藝問題簡單化的傾向。但這種理論仍然寓有「矯訛翻淺，還宗經誥」（《通變》）的意思，這只要聯繫他對文體特點的研究就可明白了。《定勢》篇說：「章、表、奏、議，則準的乎典雅；賦、頌、歌、詩，則羽儀乎清麗；符、檄、書、移，則楷式於明斷；史、論、序、注，則師範於覈要；箴、銘、碑、誄，則體制於弘深；連珠、七辭，則從事於巧豔。此循體而成勢，隨變而立功者也。」不難看出，這裏對一些文體寫作上提出的要求，是根據它所從出的經典的特點而規定的。因此，劉勰根據宗經思想而提出的文體發展觀是站不住腳的，但這也是一種文體規範的綜合研究，具有合理的因素。

劉勰提出了「曲昭文體」的要求，「昭體故意新而不亂」（《風骨》）。本來哪一方面的題材適合用哪一種文體去表達，這是古人在長期的寫作過程中積累下了無數的寶貴經驗之後所取得的認識。借鑒於此，可以防止內容形式的失調；因有規範可循，易使文章得體。但作者如果過分拘泥於文體的約束作用，則又可能產生削足適履的弊病。與劉勰同時的張融在《門律自序》中說：「夫文豈有常體，但以有體為常，政當使常有其體。」強調文體的豐富與可變，以為作家應努力自成一體，見解似乎更為通達一些。

《文心雕龍》之後，雖然還曾產生過一些文體論的專著，如明代吳訥的《文章辨體》，徐師曾的《文體明辨》，前者論及文體五十九類，後者論及文體一百二十七類，遠遠超過了劉勰所論的範圍。然而吳、徐等人只是泛泛地作了一些知識性的介紹，在理論上無所建樹，無法與劉勰的文體研究工作相提並論。因此，《文心雕龍》上篇中論述文體的一些篇章，一直為人所重視。

九、創作論

劉勰反對辭藻濃豔，但重視形式華美；他反對雕琢堆砌，但重視寫作技巧。他的理論畢竟帶有南朝文人的共同特點，只是在此基礎之上要求自然，反對過趨極端罷了。

在他看來，寫好文章自有方法，「才之能通，必資曉術」（《總術》）。掌握方法的人，猶如棋手進退自有道理；不懂方法的人，猶如賭徒輸贏全憑僥倖。

為做好創作前的準備，劉勰提出了三準說。

> 是以草創鴻筆，先標三準：履端於始，則設情以位體；舉正於中，則酌事以取類；歸餘於終，則撮辭以舉要。然後舒華布實，獻替節文，繩墨以外，美材既斫，故能首尾圓合，條貫統序。（《鎔裁》）

這項方法是：（一）根據文情選擇適當的文體；（二）酌取與內容有關的材料；（三）提煉詞句而列出寫作重點。這些工作完成以後，正式動筆，因為在文體和材料的採擇上作了精心的研究，層次安排上有了總的考慮，表達之時必然左右逢源，條理井然。

一篇文章，應該含有哪些因素，它們之間的關係又是怎樣的呢？

夫才量學文，宜正體製；必以情志為神明，事義為骨髓，辭采為肌膚，宮商為聲氣；然後品藻玄黃，摛振金玉，獻可替否，以裁厥中，斯綴思之恒數也。（《附會》）

他用人的身體作比喻，將情志即思想感情比作靈魂，也就把內容放在首要的地位，但他把事義、辭采、宮商也突出地作為形式的重要部分，則又是南朝文人的一般見解了。

劉勰對這些形式要素都有專門的研究，也曾提出過一些寶貴的意見，例如《事類》篇中說：「綜學在博，取事貴約，校練務精，捃理須覈。」《聲律》篇中說：「夫音律所始，本於人聲者也。……故知器寫人聲，聲非學器者也。」《麗辭》篇中說：「奇偶適變，不勞經營。」「迭用奇偶，節以雜佩。」這些論點都有反對當時文學過分追求形式的用意，貫徹了要求形式華美但不失「自然」的主張，說明他的認識與當時的人還有差別。

劉勰認為寫作之時應該採用誇張的手法，它能產生巨大的藝術感染力，但須「夸而有節，飾而不誣」（《夸飾》），既有節制又不違反情理。這裏他仍以經書中運用夸飾的例子作為標準，因而在具體分析其他各家的作品時還有許多不恰當的評論，但卻不像王充那樣忽視文學的特點，一味排斥，在理論研究中有了進步。

這些地方也可以看出劉勰思想方法上的特點。他在討論創作上的某個具體問題時，總是詳細分析在這個問題上所發生的兩種不同傾向，然後取長補短，採取不偏不倚的態度，提出一種「折衷」方案。《總術》篇中論及不同類型的作家寫作上的特點時，也取兩兩相對進行比較的方法，說是「精者要約，匱者亦尠；博者該贍，蕪者亦繁；辯者昭晰，淺者亦露；奧者復隱，詭者亦曲〔三〕。」說明他對精博、辯奧這兩對不同類型的文人無所軒輊，只是提醒人們避免與此類似的尠繁、露曲兩對弊病。《鎔裁》篇說：「句有可削，足見其疏；字不得減，乃知其密。精論要語，極略之體；游心竄句，極繁之體。謂繁與略，隨分所好。」則對「思贍者善敷，才覈者善刪」這兩種不同的創作傾向也持無所軒輊的態度。但魏晉南北朝的文風，自陸機「綴辭尤繁」之後，這方面的弊端已經成了創作上的主要禍害，因此《鎔裁》篇在結束正文時又說：「若情周而不繁，辭運而不濫，非夫鎔裁，何以行之乎？」批判鋒芒側注於當代文學中的繁濫之作。由此可見，劉勰的「折衷」態度並非一味調和，而是自有其主見和宗旨，它與現代哲學術語中的「折衷主義」一詞是根本不同的。

文章怎樣寫得精練？如何用少量的筆墨去反映外界紛紜複雜的事物？劉勰是把表達問題放在形象思維的過程中統一起來考慮的。《物色》篇說：「……是以詩人感物，聯類不窮。流連萬象之際，沉吟視聽之區。寫氣圖貌，既隨物以宛轉；屬采附聲，亦與心而徘徊。故『灼灼』狀桃花之鮮，『依依』盡楊柳之貌，『杲杲』為出日之容，『瀌瀌』擬雨雪之狀，『喈喈』逐黃鳥之聲，『喓喓』學草蟲之韻。『皎』日

〔三〕曲，原文為「典」，形近而誤，今改。

『嘒』星，一言窮理；『參差』『沃若』，兩字窮形。並以少總多，情貌無遺矣。」說明作家必須遴選最有表現力的詞彙，對事物富有本質特性的現象作集中的刻畫。這不但是對抒情詩的要求，而且也是對一切文體寫作上的要求。《總術．贊》曰「乘一總萬，舉要治繁」，就寓有這層意思。也可以說，這是一種寫作方法上的典型化理論吧。

劉勰在創作問題上的論述很多，由於他的結論很多地方是從駢文寫作中總結出來的，因而有些具體的經驗不大可能直接加以運用，但是其中一些基本原則的闡述，接觸到了寫作上的一般規律，對漢語的特點也有科學的分析，它對後代仍能起到參考的作用。

十、批評論

劉勰的批評理論主要發表在《知音》篇中。

魏晉南北朝人普遍認為文學之事萬分精妙，非言語所能窮盡，樂曲的構成也很奧妙，只有知音的人才能領悟。況且當時聲律之學大盛，文學和音樂的關係更形密切，所以時人常用音樂比喻文學。劉勰也使用了「知音」一詞比喻文學批評工作。

知音之事千載難逢，原因在於「音實難知」與「知實難逢」，即在作品與批評者方面都存在着障礙。

劉勰援引歷史資料，對「知實難逢」的種種事實作了歸納，得出了賤同思古、文人相輕、信偽迷真三種情況。賤同思古之病是由貴古賤今而產生的，文人相輕之病是由崇己抑人而產生的，信偽迷真之病是由學淺妄論而產生的：這是批評家方面存在着的問題。

再就「音實難知」一邊來説，也有主客觀兩方面的原因。「文情難鑒，誰曰易分」，作品本難欣賞；「知多偏好，人莫圓該」，批評者也常因個人的偏好而帶有片面性。這就説明作品方面也存在着障礙。「知音其難」，就是由於上述兩方面的原因造成的。但批評一事絕非無法進行，劉勰提出了解決的辦法。這也可以分為兩個方面：一、提高修養，二、樹立標準。

劉勰援引了揚雄等人的學説，認為鑽研學問，必須下足苦功，經過反覆的比較和分析，培養全面而敏鋭的觀察力。識見既高，則自能分清燕礫〔隕石〕和寶珠；秉心既公，則自能克服個人的偏愛。他把這種修養叫做博觀。除此之外，他還舉出了「六觀」作為標準。

是以將閱文情，先標六觀：一觀位體，二觀置辭，三觀通變，四觀奇正，五觀事義，六觀宮商。斯術既形，則優劣見矣。

《鎔裁》篇中提出了「設情以位體」的要求，在批評者看來，首先就要看文體與文情是否相應。文體是通過文辭表現出來的，所以一觀「位體」之後緊接着二觀「置辭」，例如《銘箴》篇中説：「銘兼褒讚，故體貴弘潤。其取事也必覈以辨，其摛文也必簡而深，此其大要也。」其他各種文體在文辭上也都有特殊的要求。這兩項標準可以視為一組。第一、二項標準考察的是形式是否適應內容的問題。

但衡量作品的優劣，還應放在一定的歷史條件下考察，看它繼承了前代哪些東西，又有哪些新創的成分？劉勰在《通變》篇中討論了「通」「變」兩個方面，並把它作為文學批評標準之一。他贊成「執正以馭奇」，反對「逐奇而失正」（《定勢》），因此這項「奇正」的標準是隨「通變」而產生的，二者也可視為一組。第三、四項標準考察的是文學中的繼承發展問題。

南朝文人重視用事，他們藉以顯示學問；反之，「事義淺深，未聞乖其學」（《體性》），由此倒也可以覘測作者的學識究竟如何。所以劉勰舉此作為批評標準之一。宮商指聲律而言。劉勰反對刻意追求新聲巧變，但仍舉此作為標準。可以說，劉勰特標「事義」「聲律」作為衡量作品的尺度，正反映了南朝文學重視形式的風氣。在這些地方，劉勰也未能免俗。

上面作出的分析，可以圖表說明。

- 知音其難
  - 音實難知
    - 文情難鑒，誰曰易分
    - 知多偏好，人莫圓該
  - 知實難逢
    - 賤同思古——貴古賤今
    - 文人相輕——崇己抑人
    - 信偽迷真——學淺妄論

- 披文以入情
  - 博觀
    - 閱喬岳以形培塿，酌滄波以喻畎澮
    - 無私於輕重，不偏於憎愛……
  - 六觀
    - 位體、置辭……
    - 通變、奇正……
    - 事義、宮商……

隨後劉勰還從學理上加以探討。「夫綴文者情動而辭發，觀文者披文以入情。沿波討源，雖幽必顯」。因此批評工作完全可以做好，問題在於批評者怎樣提高水平就是了。

在這之前，文學批評的材料比較片段零星，劉勰作了分析綜合，構成了完整的體系，這是批評理論上的很大進步。但是這種理論畢竟還有不足之處，因為社會上的不同階層經常提出各別的藝術標準和美學要求，下層人民的作品就難邀上層文人的賞識，反之亦然。人們常因立場的不同而喜愛或排斥某種作品。這些地方劉勰自然無法認識，但仍應予以指出。

十一、餘論

《文心雕龍》的內容很豐富，這裏不能一一介紹，但從上面提到的一些理論中也可看出，劉勰的文學思想確有相當的深度和廣度。章學誠說：「《文心》體大而慮周」（《文史通義．詩話》），它在文學批評史上佔有傑出的地位。

我們對《文心雕龍》作了高度的評價，並不是說其中已經沒有什麼缺點可言，前面介紹各項內容時已經作過分析，下面再談三個具體問題。

（一）劉勰奉儒家學說為最高標準。他雖然提出過文學發展的觀點，讚美過後代的一些著名作家和優秀作品，但既以三代的作品為典範，以古代的經典為文學的根源，則不可避免地會給人一種文學退化的感覺。例如《通變》篇中說：「榷而論之，則黃、唐淳而質，虞、夏質而辨，商、周麗而雅，楚、漢侈而豔，魏、晉淺而綺，宋初訛而新。從質及訛，彌近彌澹。何則？競今疏古、風末氣衰也。」儘管其中寓有批判後代浮靡文風的用意，但其結論卻給人以復古倒退的不良影響。

（二）劉勰討論了幾十種文體，雖方術占試亦無所遺，但對當時新興的志怪小說卻不加論列，這也是受正統思想支配的表現。他在提到民間文學作品時，也常發出污衊之詞，例如《諧隱》篇中說：「昔華元棄甲，城者發『睅目』之謳；臧紇喪師，國人造『侏儒』之歌。並嗤戲形貌，內怨為俳也。」實則上述兩首民謠都對貴族首腦的腐朽行徑作了尖銳的揭發，劉勰橫加非議，或許認為有失「雅正」罷了。

（三）劉勰在《文心雕龍》中沒有對當代的作家作品提出批評。《時序》篇中順次敘述前代文學的發展，但介紹到當代作品時，卻只泛泛地作了歌頌。也許為了活着的人難下定論，故而暫不作批評；也許為了有所避忌，故而不敢大膽批評。不管怎樣，這對指導當代文學創作總是一種缺陷。

第六章　鍾嶸評論五言詩的專著《詩品》

鍾嶸（公元四六六？—五一八？年）字仲偉，潁川長社（今河南長葛）人。曾任西中郎晉安王（蕭綱）記室。他的生活年代約與劉勰同時，但《詩品》寫成於梁武帝天監十二年後，比《文心雕龍》稍遲。二書均為反對文壇上的不良文風而作，但對當時還活着的文人都不作批評。他們在理論研究工作中都作出了貢獻，因而後人經常相提並論。

《詩品》一名《詩評》，專論當時流行的五言詩。書分上、中、下三卷，也就把詩人分為上、中、下三品。他不滿意過去的批評家「並義在文，曾無品第」，所以對記錄的詩人都作了評論，分了等級。而在正文之前，還先作了一篇長序，系統地申述自己的理論主張。

一、論五言詩的長處和「滋味」

《詩品序》開頭就說：「氣之動物，物之感人，故搖盪性情，形諸舞詠。」和《文心雕龍．物色》等篇中的論點一致，都是從《樂記》中的學說發展出來的。但《詩品》在敘述了「四候之感諸詩」之後，又提出了「嘉會寄詩以親，離群托詩以怨」的問題，強調社會人事的激動人心，則是鍾嶸詩歌理論中的新鮮因素。他說：「至於楚臣去境，漢妾辭宮。或骨橫朔野，魂逐飛蓬；或負戈外戍，殺氣雄邊；塞客衣單，孀閨淚盡。或士有解佩出朝，一去忘反〔返〕；女有揚蛾入寵，再盼傾國。凡斯種種，感蕩心靈，非陳詩何以展其義？非長歌何以騁其情？故曰：『詩可以群，可以怨。』」他在品評之時也一直重視各家作品中的「淒怨」之情和「感恨」之詞。

南朝文人對李陵是否寫過五言詩早有懷疑，鍾嶸則強調李陵在創作五言詩時起過很大的作用。他認為李詩「源出於楚辭」，後來的許多著名詩人又受到他的影響，繼承並發展了這種傳統。這種論斷缺乏充分可靠的史料根據，不足憑信，但是鍾嶸藉此建立的理論卻有可取之處。《詩品》中把小雅、國風、楚辭列為後代五言詩的三大源頭，而把論述到的許多詩人分別歸入三大流派之中。其中楚辭一系人數最多，說明歷代詩作「文多悽愴」，這是一股「怨者之流」。鍾嶸強調「怨」詩的社會作用，符合封建社會中的實際，特別是在混亂異常的魏晉南北朝時，社會上瀰漫着淒慘的事實，詩人用抒情詩的形式傾訴心中的鬱積，足以激動人心，引起廣泛的共鳴，這就說明詩有很大的社會價值。但他又說「怨」詩發洩之後可「使窮賤易安，幽居靡悶」，則是把詩歌看作排遣愁悶的工具，勸導作者在文字中尋找慰藉。鍾嶸認為詩歌的作用可使作者宣洩鬱積，求得心地的平衡而苟安於世，他忽視或抹殺了文學上的另一優秀傳統：詩有「刺」的功能。

王逸《離騷經序》說：「《離騷》之文，依詩取興，引類譬喻。」鍾嶸也要求繼承這些寫作手法，《詩品序》中對此作了探討。

……故詩有三義焉：一曰興，二曰比，三曰賦。文已盡而意有餘，興也；因物喻志，比也；直書其事，寓言寫物，賦也。

這裏的「比」、「賦」二義，和其他人所作的解釋基本相同，但他給「興」下的定義，卻又灌注進了新的內容，所謂「文已盡而意有餘」，既是對詩人寫作上提出的要求，又是讀者欣賞作品後得到的體會，也就是「味之者無極」的意思，它已經不是什麼表現手法的問題了。鍾嶸提出了詩歌中「味」的問題，這是他研究了文學的特點之後提出的新鮮見解。五言詩的發展，自東漢至此，已有幾百年的歷史，但一般理論家卻仍然囿於傳統的偏見，不敢大膽肯定，例如劉勰在《文心雕龍．明詩》篇中說：「若夫四言正體，則雅潤為本；五言流調，則清麗居宗。」對此還有貶抑之意。鍾嶸卻能根據文體的發展歷史肯定五言的進步意義。

夫四言文約意廣，取效風騷，便可多得。每苦文繁而意少，故世罕習焉。五言居文詞之要，是眾作之有滋味者也，故云會於流俗。豈不以指事造形，窮情寫物，最為詳切者耶？

這裏指出五言詩在抒寫感情和刻畫事物形象方面有更好的藝術表現力，這是很有識見的進步觀點。「造形」能「詳」，則形象鮮明具體；「窮情」而「切」，則自然委婉動人。這樣的作品，不可能是浮泛之作，讀後自能嚐到「文已盡而意有餘」的「滋味」。但歷史上也曾出現過另一種作品，例如永嘉之時的玄言詩，由於作家忽視了詩歌的特點，拋棄了「建安風力」的傳統，把作品寫成了有如《道德論》一類的哲學講義，「理過其辭，淡乎寡味」，只能留下一些失敗的教訓。鍾嶸通過總結歷史經驗，對五言詩的長處作了深入的闡發，要求繼承風雅的傳統，特別是楚辭的傳統，將賦、比、興三者綜合運用，而對興又作了新的解說，在理論上有很好的建樹。

唐代釋皎然《詩式》說：「取象曰比，取義曰興，義即象下之意。」也是把「比」看作描繪事物外部形貌的手段，把「興」看作作品形象中內含的寓意。這種見解看來就是從鍾嶸《詩品》中發展出來的。他們已不滿足於刻畫事物外貌的巧似，而是要求透過這一層而寄託更豐富的內容了。後來唐宋時人提出的所謂「興象」、「興寄」、「興趣」等說，乃至「比興」作為一個詞組而專用，都有這樣的用意。所以，鍾嶸提出的「比興」和「滋味」說對後代的影響非常深遠；作詩強調韻味，則對司空圖、嚴羽、王士禛等人的學說更有着直接的影響。

二、五言詩創作中出現的問題

《詩品序》中對詩歌的發展作了歷史的考察，認為前後曾有三個時期成就突出：「故知陳思（曹植）

為建安之傑，公幹〔劉楨〕、仲宣〔王粲〕為輔；陸機為太康之英，安仁〔潘岳〕、景陽〔張協〕為輔；謝客〔靈運〕為元嘉之雄，顏延年為輔。斯皆五言之冠冕，文詞之命世也。」但在其間也曾出現過低潮，「永嘉時，貴黃老，稍尚虛談」。東晉之時仍是這樣，文人溺於玄談，寫出來的作品成了理性說教的文字，沒有什麼意味可言。建安文學的優秀傳統就此中斷了。

當時創作中又出現了一些新的弊端，鍾嶸對此提出了尖銳的批評：

> 若乃經國文符，應資博古；撰德駁奏，宜窮往烈。至乎吟詠情性，亦何貴於用事？「思君如流水」，既是即目；「高台多悲風」，亦惟所見；「清晨登隴首」，羌無故實；「明月照積雪」，詎出經史？觀古今勝語，多非補假，皆由直尋。……近任昉、王元長〔融〕等，詞不貴奇，競須新事，爾來作者，浸以成俗。遂乃句無虛語，語無虛字，拘攣補衲，蠹文已甚。但自然英旨，罕值其人。詞既失高，則宜加事義，雖謝天才，且表學問，亦一理乎！

如何運用用事一類手法，要看寫作對象而決定，如奏議等文體，需要引經據典，使文章增加說服力；至於詩歌創作，則應直抒胸臆，不能雕琢，以學識代替才情，以致失掉自然的情趣。這種認識切合抒情詩的藝術特點。

自南齊永明年間興起的聲律論，發展至此也已發生很大的流弊。鍾嶸說：

> 王元長創其首，謝朓、沈約揚其波。三賢或貴公子孫，幼有文辯，於是士流景慕，務為精密，襞積細微，專相陵架，故使文多拘忌，傷其真美。余謂文製，本須諷讀，不可蹇礙，但令清濁通流，口吻調利，斯為足矣。至平、上、去、入，則余病未能；蜂腰、鶴膝，閭里已具。

調協聲律是為了讓詩歌更好地體現出音樂性，但若人為地定出許多清規戒律，則又束縛了語言中自然的聲調之美。鍾嶸反對當時刻意講求聲律的弊端，具有很強的戰鬥性。他主張詩歌之作只需合乎誦讀的自然，也是切實可行的辦法。但他又提出反問道：「古日詩頌，皆被之金竹，……今既不被管弦，亦何取於聲律耶？」則還未能辨明詩歌與音樂的內在聯繫。實際上中國詩歌發展至此已與音樂分了家，所以後人注意到了利用詩歌語言內部的聲調之美，使詩歌本身增加音樂性，鍾嶸對此全盤否定，也是一種缺乏全面分析的片面觀點。

三、分品的歷史淵源和標準

《詩品》中分品的作風是怎樣形成的呢？從學術淵源來說，《漢書．古今人表》已以九品論人，而自曹魏之時創立九品中正制起，南朝各代沿用不廢，它把士人分為九品，按照品評的結果選拔官吏，這是一項重要的政治制度，在學術界也就產生了很大的影響。例如南齊謝赫著《古畫品錄》，分畫家為六品；梁代庾肩吾著《書品》，分書法家為九品；梁代柳惲著《棋品》三卷，分置三品人物。沈約著《棋品》，僅存序文；蕭綱亦撰《棋品》五卷，分品均未詳。當時彭城劉繪（字士章）也想寫作當世詩品，「口陳標榜，其文未遂」，鍾嶸才有「感而作焉」。

那時「王公縉紳之士」也常附庸風雅，「隨其嗜慾，商榷不同」，但因缺乏準則，只能造成更大的混亂。鍾嶸認為：「詩之為技，較爾可知。」但得提出恰當的標準。他在討論詩的賦、比、興的應用時說：「宏斯三義，酌而用之，幹之以風力，潤之以丹采，使味之者無極，聞之者動心，是詩之至也。」風力相當於風骨，丹采也就是文彩，這也就是《文心雕龍》中要求風骨與文彩結合的意思。凡是符合這項標準的作品才能列入上品，否則只能屈居中品或下品，不符合這項標準的作品則不能入品。

鍾嶸曾說：「孔氏之門如用詩，則公幹升堂，思王入室，景陽、潘、陸，自可坐於廊廡之間矣。」這就是說：曹植的成就最高，劉楨次之，張協、潘岳、陸機等人又次之。他稱曹詩「骨氣奇高，詞采華茂；情兼雅怨，體被文質。粲溢今古，卓爾不群」，真正達到了風力、丹采兼備的完美境地。劉楨則是「真骨凌霜，高風跨俗，但氣過其文，雕潤恨少」，意思是說劉詩風骨固佳，而文采稍遜。其他上品作家也總在風骨或文采方面存在着某種不足之處，故而更不能與曹、劉二人並論了。

中品的作家離此標準更遠。這裏可以介紹以下幾種情況。例如曹丕，「所計百餘篇，率皆鄙質如偶語，唯『西北有浮雲』十餘首，殊美贍可玩，始見其工矣」。這類作家的大部分作品文采很差，只有部分作品夠標準；又如謝朓，「一章之中，自有玉石」。這類作家的作品往往不能做到通體完美；又如張華，「其體華豔，興托不奇，巧用文字，務為妍冶。雖名高曩代，而疏亮之士，猶恨其兒女情多，風雲氣少」。則是由於文采過豔，少自然之趣，並有損風骨了。下品作家的作品自然更要差上一些了。

為了反對當時過分追求形式的作風，他提出了「自然」的主張，但如謝靈運的詩歌，後人普遍認為失之雕琢，而他在評顏延之時引用湯惠休的評語，稱「謝詩如芙蓉出水」，就是稱讚它「自然可愛」。這些地方反映出南朝文人重視雕章琢句的風氣，鍾嶸比時人高明的地方只是反對過趨極端罷了。

在後人看來，《詩品》之中品評失當的地方很多。不少人指出，上品的陸機、潘岳宜置中品，中品的鮑照、謝朓等人宜置上品，其實這些人的地位當時差不多有定評。他把陶潛置於中品，曹操置於下品，後人尤為不滿。但陶詩「質直」，只有部分詩歌「風華清靡」，只能列入中品。「曹公古直，甚有悲涼之句」，華采更為不足，只能列入下品。鍾嶸的上述看法，都是時代局限的反映。

陶潛的作品，當時的人都不太重視。南朝有三篇縱論歷代文學的作品，《宋書．謝靈運傳論》《南齊書．文學傳論》和《文心雕龍．才略》篇，都沒有提到陶潛的名字，鍾嶸卻把他列入中品，稱為「古今隱逸詩人之宗」，品第雖然還未恰當，但也可稱獨具隻眼的了。

鍾嶸的批評態度還是很鄭重的。《序》中說：「至斯三品升降，差非定制，方申變裁，請寄知者耳。」並不認為自己的意見絕對正確。他在品評張華時說：「今置之中品，疑弱；處之下科，恨少，在季孟之間耳。」可見他在研究之時也曾煞費推敲。

四、論繼承和流派的問題

學術上的追流溯源，《莊子．天下》篇中已見端倪，《漢書．藝文志》中更有多方面的闡發，如云：「儒家者流，蓋出於司徒之官……」，「道家者流，蓋出於史官……」等等。這對鍾嶸研究詩歌繼承問題當有影響。

鍾嶸一共品評了一百二十二位詩人，還研究了部分詩人之間的繼承關係。下面試擬一表以清原委（見下頁）。

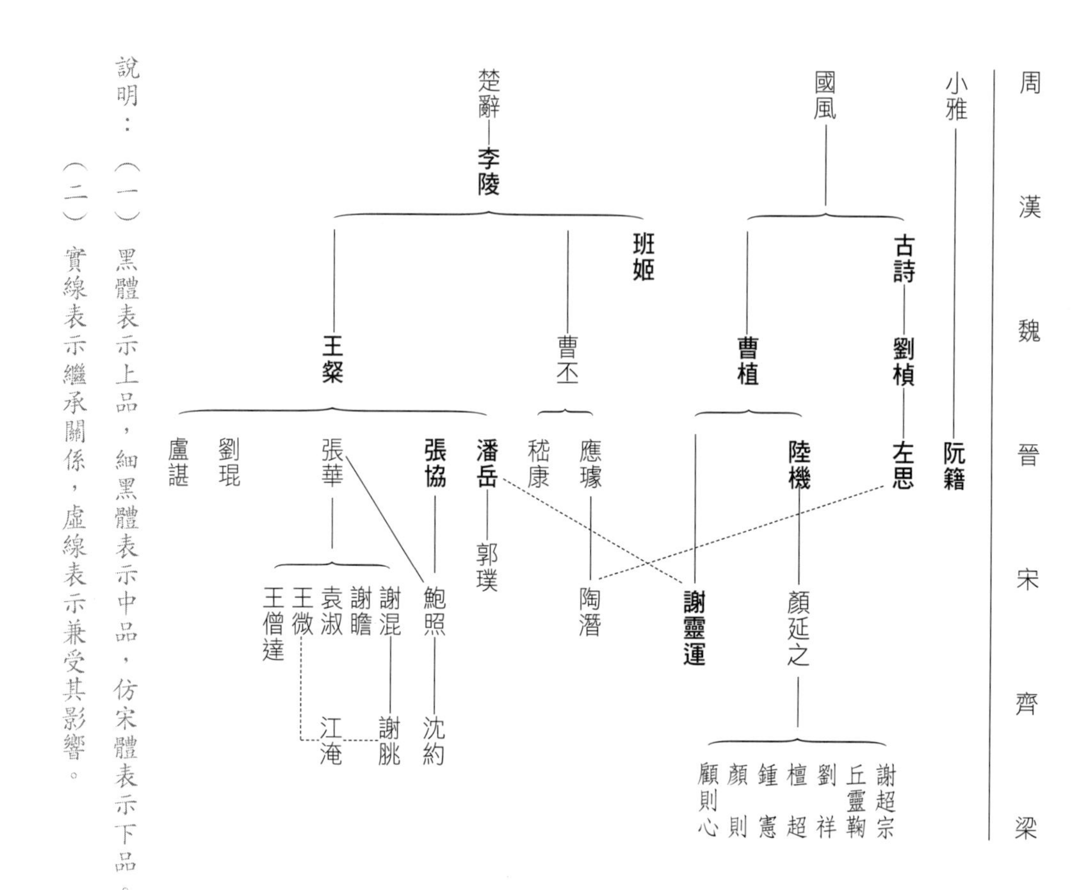

說明：（一）黑體表示上品，細黑體表示中品，仿宋體表示下品。
（二）實線表示繼承關係，虛線表示兼受其影響。

古人的學習方法，總是不斷吟詠前人佳作，體味其聲調和意境的妙處，學習它的章法和句法。因此，他們自行創作之前大都經歷過一段摹擬前人作品的過程。因為他們對某一類作品鑽研有素，深受其影響，這就必然會在自己的創作中留下痕跡。六朝詩壇上摹擬的風氣更盛，自陸機以擬古詩十四首出名之後，後人紛紛仿作，擬××、學××、效××、代××、紹××之類的詩歌非常多。一些受人仿效的名家本有特殊的風格，這時便被稱作××體了，如劉公幹體、阮步兵體、陶彭澤體、謝靈運體、吳均體……這在後人擬作時更能清楚地看出文風上的繼承關係了。鍾嶸並不反對摹擬，對此作了研究，因此他在這方面的論述可供後人參考。

但鍾嶸在繼承問題的理論上仍有很大的缺陷，因為他把風格問題簡單化了。作家風格的形成原因很複雜，首先是由他們的生活實踐所決定的，鍾嶸卻只注意到了文字上的學習，從而作出全面的結論，這就不免流於片面。當然，梁代之前詩人的作品大半已經散佚，現在要來評定鍾嶸的分析是否正確，有一定的困難，但如他說的陶潛出於應璩，應璩出於曹丕，曹丕出於李陵，李陵出於屈原，則這些人還是有不少作品流傳下來，可以掌握到他們創作風格的本質特徵。應該說，他們之間風格上的差別很大，鍾嶸對後起詩人的創造性缺乏充分的估計，不免流於牽強附會。《四庫全書總目》的「提要」中譏笑他「若一一親見其師承者」，正是由於他把文字上的繼承關係說得過於絕對的緣故。

第四編

隋唐五代的文學批評

⊙ 隋代立國為時甚短，五代政治混亂特甚，在文學批評上都沒有什麼建樹。前者成了南北朝至唐代的過渡階段，後者成了由唐入宋的過渡階段。

⊙ 唐代國力強盛，文學藝術很繁榮。自唐初起，實行科舉制度，以詩賦取士，庶族士人參與政治活動的道路更通暢了。他們為了獵取高位，努力從事文學活動，他們的生活面比上代文人要寬廣得多，因此唐代文學的內容顯得更豐富多彩。但是生活於下層的文士面前的道路並不是平坦的，於是他們以文學為武器，結成集團，提出某些擁護皇室而又維護自身利益的政見，反對萎靡文風。他們常是兼作家和理論家於一身，理論和創作的關係更形密切了。

⊙ 唐代作賦的人還很多，但寫不出什麼好的作品。當時新興的律賦，只重雕琢形式，已趨僵死。賦在傳統文體中已不佔重要的地位。近體詩的完成則無異在詩歌領域中開闢了新天地，詩歌的空前繁榮為詩歌風格論的相應發展準備了條件。駢文寫作盛極一時，在日常應用中產生了很多流弊，因此興起了以復古為革新的古文運動。自此之後，文學創作已趨向於以詩、文為主。

第一章　唐初的文學批評和杜甫的詩論

一、各家對南朝文風的批判

齊梁的文風，在陳後主（陳叔寶）、隋煬帝（楊廣）等人的推波逐瀾下，愈趨糜爛，但它適應上層統治階級的口味，因而即使像唐太宗（李世民）這樣有膽識的皇帝，也不能擺脫這種文風的影響。唐初貴族文人上官儀還總結六朝以來的創作經驗，提出「六對」（如「正名對」——以「天」對「地」）、「八對」（如「的名對」——以「送酒東南去」對「迎琴西北來」）之説，把對仗手法程式化。依此寫作的東西，世稱「上官體」。詳見魏慶之《詩人玉屑》卷七引《詩苑類格》。

但是齊梁文風的弊端也是很明顯的，因此很早以來就有人反對。按照歷史年代的先後，反對這種文風的人可分三派。

（一）**政治家**　齊梁文學風靡江南之後，又逐漸傳到了北方。北方少數民族建立起來的政權，文化一般都很落後，受不了南朝文風的侵襲，在上層文人中盛行摹擬「徐庾體」的作風。但是有些統治者卻看出了這些萎靡的文學有害於遊牧民族的勇武精神，而一國的文化完全倒向他國也於政權不利，因此他們設法加以抵制。西魏文帝大統十一年（公元五四五年）祭祀宗廟時，執政者宇文泰命蘇綽摹仿《尚書》寫了一篇《大誥》，令天下公私文筆均準以為式；但是寫作《尚書》式的文章可不比寫作駢文更方便，復古的改革方案自然地以失敗而告終。隋文帝（楊堅）注意擺脱南朝文化的影響，曾於「開皇四年（公元五八四年）普詔天下公私文翰並宜實錄。其年九月，泗州刺史司馬幼之文表華豔，付所司治罪」（《隋書・李諤傳》）。當時的治書都御史李諤乃上書請正文體，攻擊建安以來的文學「競騁文華」，齊梁之後「其弊彌甚」，「遂復遺理存異，尋虛逐微。競一韻之奇，爭一字之巧。連篇累牘，不出月露之形；積案盈箱，唯是風雲之狀」（《隋書・李諤傳》）。要求選拔官吏的時候注意他們的文風表現。李諤等人只是偏狹地要求利用文藝加強封建統治，非但不瞭解文學的特點，甚至因噎廢食，錯怪到了建安文學的身上，認為這些壞的風氣都是由於「魏之三祖」倡導文學而引起的。這樣，他們既找不到正確的改革道路，只知從上而下地用行政手段硬行貫徹，其結果也只能歸於失敗。

（二）**思想家**　隋代王通本於儒家正統觀點，猛烈攻擊齊梁文學。王通（公元五八四？──六一八年）字仲淹，絳州龍門（今山西稷山）人。曾於河汾之間聚徒講學，死後門人私謚曰文中子，並模仿《論語》體例採錄其言論編成《中說》（一名《文中子》）十卷。王通有誇大狂，子孫門人更加增飾，擬為聖人。弟子薛收記載他的論詩要旨曰：「吾嘗聞夫子之論詩矣：上明三綱，下達五常；於是徵存亡，辨得失；故小人歌之以貢其俗，君子賦之以見其志，聖人采之以觀其變。」（《天地篇》）墨守漢儒陳說，缺乏新意。他歷詆謝靈運、鮑照、吳均、徐陵等人為小人、狷者、狂者、夸人，稱其文風有傲、急、怪、誕等病，品評失當；而又稱「顏延之、王儉、任昉有君子之心焉，其文約以則」（《事君篇》）。說明他的文學見解很差，沒有多少參考價值。但他強調文學應「貫乎道」、「濟乎義」，則對後來的古文運動也有一些影響。

（三）**史學家**　唐代初期編輯了好幾部前代的國史。史學家總結統治經驗之時，一致譴責齊梁以來的淫靡文風。李百藥《北齊書．文苑傳序》、魏徵《隋書．文學傳序》甚至稱之為「亡國之音」。他們特別貶斥影響最大又有代表意義的作家庾信，令狐德棻《周書．王褒庾信傳論》稱之為「詞賦之罪人」。此外，魏徵等人還曾提出建立新文風的意見，他在《隋書．文學傳序》中說：

江左宮商發越，貴於清綺；河朔詞義貞剛，重乎氣質。氣質則理勝其詞，清綺則文過其意。理深者便於時用，文華者宜於詠歌。此其南北詞人得失之大較也。若能掇彼清音，簡茲累句，各去所短，合其兩長，則文質斌斌，盡善盡美矣。

就南北兩地因歷史條件的不同而形成的不同文風作了分析，提出取長補短的意見，要求理意與文詞協調，既便時用，又宜詠歌。雖仍嫌籠統，但有矯正時弊的意義。

劉知幾（字子玄，公元六六一—七二一年）在史學理論名著《史通》中也對風行當代的浮靡文風作了批判，並就文學語言上的許多問題作了探討。中國古代本有文史不分的傳統，著名的史學家一般也就是著名的文學家，他們寫作史書時，認為都在寫大文章，因此撰史時出現的一些問題，也就是文學寫作上的問題了。劉知幾對史學著作中存在着的一些問題的評述，在文學理論上也有價值。

中國史學發展很早，孔子的《春秋》以及闡述它的著作《左傳》等書，後代尊之為經典，奉為寫作上的模範。漢代又有《史記》和《漢書》，也是不刊的鴻典。後人學習這些典籍，受其牢籠，流為機械的摹擬，則又產生了很多流弊。劉知幾並不反對摹擬，但認為有兩種不同的摹擬方法，「一曰貌同而心異，一曰貌異而心同」。他在《模擬》篇中分別舉例作了說明。前者如譙周著《古史考》，標榜師法《春秋》，否定司馬遷《史記》中用當代語言記述史事的做法，寫到李斯被殺時，稱「秦殺其大夫李斯」，但李斯是秦朝的丞相，不是諸侯的大夫，這種牽強附會的筆法，也就叫做「貌同而心異」。與此不同，干寶著《晉紀》，寫到愍帝死於平陽，說是「晉人見者多哭，賊懼，帝崩」。規仿《左傳》桓公十八年敍齊襄公「使公子彭生乘公，公薨於車」。劉知幾認為「君父見害，臣子所恥」，所以《左傳》上採取「略說」的筆法，干寶能夠體會這種用意，因而他的寫法做到了「貌異而心同」。顯然，前者亦步亦趨地複寫，非但有乖史實，而且容易鬧出笑話；後者則從精神上去領會，而又自出手眼，這才是正確的繼承優秀史學傳統的做法。

從文學語言的角度來看，機械的摹擬也會產生很多弊端。例如孫盛著《魏氏春秋》，記曹操答諸將曰：「劉備，人傑也，將生憂寡人。」這裏使用的詞彙和句法，套用《左傳》上的記敘，哀公二十年載夫差語曰：「勾踐將生憂寡人，寡人死之不得矣。」這種生吞活剝的做法，「偽修混沌，失彼天然。今古以之不純，真偽由其相亂」（《言語》），使人不能產生可信的時代真實感。這是文人好古而產生的弊病。而在魏晉南北朝時，北方幾個少數民族建立的政權，文化比較落後，有它們自己的語言和風俗，但當史家為之記錄時，卻「諱彼夷音，變成華語」；「妄益文采，虛加風物，援引《詩》《書》，憲章《史》《漢》」（《言語》），於是那些遊牧民族的首領一個個成了文質彬彬的風流儒雅之徒，這樣也就掩蓋了這些國家和民族真實的社會面貌。這是文人尚雅而產生的弊病。劉知幾認為記錄歷史人物的言辭和事物的名稱時，應該採用當代的語言，如實地記錄當時的實際情況，才能看出各個時代和社會的本來面貌。《雜說中》也提到了蘇綽主持的那次文學革新運動，「陷於矯枉過正之失，乖夫適俗隨時之義」，結果只能陷於失敗。但如王劭著《齊志》，採用了許多生動的活的語言，給人具體的歷史真實感，寫作上取得了成功，劉知幾對此表示讚賞。

有些史學家受到浮靡文風的影響，喜用駢四儷六的文句進行寫作。「其為文也，大抵編字不隻，捶句皆雙，修短取均，奇偶相配。故應以一言蔽之者，輒足為二言；應以三句成文者，必分為四句。瀰漫重沓，不知所裁」（《敍事》）。這樣的作品，有繁冗之病，無扼實之功，不可能是完美的史學著作。

歷史學家必須善於敍事。如能做到「文約而事豐」，才是述作上的高度成就。這裏必須注意兩點：一是尚簡，二是用晦。「尚簡」重在刪削煩句煩字，防止內容的重出；「用晦」之道可就更見功夫了，「晦」非晦澀之謂，而是凝練的意思。例如《左傳》宣公十二年上敍述到楚「王巡三軍，拊而勉之，三軍之士，皆如挾纊」，《漢書．汲鄭傳》上説的「翟公之門，可張雀羅」，文字簡練，形象生動，「斯皆言近而旨遠，辭淺而義深，雖發語已殫，而含意未盡。使夫讀者，望表而知裏，捫毛而辨骨，睹一事於句中，反三隅於字外」（《敍事》），這就能夠使人感到含蓄不盡的妙處。劉知幾的這項主張，涉及語言形象化的問題，而他所選擇的生動事例，又能給人很多啟發。它説明作家必須挑選最有表現力的鮮明生動的文學語言，才能給人如見其人如聞其聲的具體感受，留下深刻的印象，並且產生餘味不盡的妙處。

二、陳子昂的先導作用

唐初四傑中的王勃（公元六五〇—六七七年）和楊炯（公元六五〇—？年）也有反對前代浮靡文風的意見。王勃在《平台秘略論．藝文》篇中稱：「君子所役心勞神，宜於大者遠者，非『緣情』『體物』、雕蟲小技而已。」只是他們的作品仍然未能脱盡南朝餘習。

陳子昂（公元六六一—七〇二年）字伯玉，梓州射洪（今四川射洪）人，武后時曾任右拾遺。他在《與東方左史虬〈修竹篇序〉》中慨歎於「文章道弊五百年矣！漢魏風骨，晉宋莫傳」，「觀齊梁間詩，彩麗競繁而興寄都絕」。這就提出了兩項重要的文學思想：一，文章要有風骨，繼承建安以來的優秀傳統；二，文章應有興寄，即比興寄託，運用委婉而形象的美刺手法，寄寓對國事民生的意見和理想，這樣他就指出了詩歌發展的正確道路，有力地推動着唐詩向健康的道路上發展。金代元好問在《論詩三十首》之八中說：「論功若準平吳例，合著黃金鑄子昂。」雖有過譽之嫌，但也說明了他的文學思想有着開啟一代文風的重要意義。

三、杜甫的「集大成」理論

這時又出現了另一極端，全盤否定六朝文學，走上了復古主義的道路。詩人元結編《篋中集》時，只錄質樸的古詩，排斥近體。這樣做的結果，也就不能正確地汲取前代創作上的有益成果。

在此眾說紛紜的情況下，杜甫提出了採擇各家之長的意見。他的看法集中發表在《戲為六絕句》中。其主要論點是：

> 不薄今人愛古人，清詞麗句必為鄰，竊攀屈（原）、宋（玉）宜方駕（並駕前驅），恐與齊、梁作後塵。

論詩不應以古今分優劣，凡有可取之處都應學習，但當取法乎上，不能落入浮靡文風的下游。他並不一筆抹殺齊梁文學的成就，對前代極負盛名而又成為眾矢之的的庾信，表示推崇。「庾信文章老更成，淩雲健筆意縱橫」，這裏更把庾信的創作活動分為前、後兩期，看法比較全面。

有人對未能脱盡齊梁文風影響的唐初四傑也加以嗤點，杜甫對此表示不滿。他認為應從四傑所處的歷史階段進行考察。他們雖然不如漢魏文學之更近風騷，但仍當如「不廢江河萬古流」。由此可見，他對古人的批評抱鄭重的態度，能夠結合不同的歷史條件而作實事求是的分析。末後他又提出了總結性的意見：

未及前賢更勿疑，遞相祖述復先誰？別〔擇〕裁〔奪〕偽體親風雅，轉益多師是汝師。

經過細緻的研究和批判，清除浮濫作品的影響，繼承風雅的傳統，廣泛地向前人學習，而又反對因循摹擬，他自己就走着這樣的道路，取得了偉大的成就，並博得了「集大成」的美名。

杜甫晚年在《偶題》詩中還曾進一步申述過這種兼收各家之長的主張。詩曰：「文章千古事，得失寸心知。作者皆殊列，名聲豈浪垂？騷人嗟不見，漢道盛於斯。前輩飛騰入，餘波綺麗為。後賢兼舊制，歷代各清規。」這是他一生學詩的心得。基於這樣的認識，他就能破除門戶之見，持通達的見解，承認每一階段的文學都曾作出過獨特的貢獻，都可作為後人學詩時寶貴的參考資料。他還探討了文體的發展規律。初起之時某一文體的作品，總是氣魄宏大，後起的作品，則技巧更趨成熟，形式更為完美，但比起初起時的體制來，氣魄方面或有遜色。這些情況，也是古代文學史上常見的現象。

第二章　元稹、白居易和新樂府運動

唐自「安史之亂」以後，中央政權的統治力量嚴重削弱，各地藩鎮割據，朝廷之內宦官專權，朝臣結成朋黨，相互攻訐。政治黑暗，統治階級內部矛盾也越發激烈。這時有些文人利用文藝武器參與政治鬥爭，他們寫作反映民生疾苦的作品，希望緩和各種社會矛盾，重新鞏固中央政權。這就是在中唐時期興起的新樂府運動。

元稹（公元七七九——八三一年）字微之，河南（今河南洛陽）人。白居易（公元七七二——八四六年）字樂天，下邽（今陝西渭南）人。他們都是新樂府運動的主要人物，曾對各種黑暗的政治現象展開過鬥爭，遭受過迫害。後元稹轉為依附宦官，官至極品；白居易也壯志消沉，「獨善其身」的思想佔了上風，官至太子少傅，晚期的文學活動也就減少了光彩。下面介紹兩人早期的文學活動中的一些理論主張。

在唐憲宗之前，已經出現過李白、杜甫兩位偉大的詩人。在元、白看來，李白不如杜甫遠甚。元稹是從詩歌形式方面着眼的，認為「鋪陳終始，排比聲韻，大或千言，次猶數百，詞氣豪邁，而風調清深；屬對律切，而脫棄凡近，則李尚不能歷其〔杜〕藩翰」（《唐故工部員外郎杜君墓繫銘並敍》）。白居易更從詩歌傳統方面加以論證，認為「李之作，才矣奇矣，人不逮矣，索其風雅比興，十無一焉」。杜詩可傳者千餘首，而像《新安吏》《石壕吏》等可以數得上的優秀作品也只有三四十首（《與元九書》），他要大力寫作這類有補現實的作品。這種批評標準未免過於狹隘，元稹貶斥李白更有過分之處，都曾受到他人的議議，但是這些理論卻是有感而發的。在當時情況下，他們要求寫作富於現實主義精神的詩篇，表現出關心政治的特點。

元、白要求繼承風雅比興的傳統，繼承杜甫寫作新樂府的傳統。元稹在《樂府古題序》中作了說明，「自『風雅』至於樂流，莫非諷興當時之事，以貽後代之人」。而樂府詩的寫作，還經歷了這樣幾個階段：先是「沿襲古題，唱和重複」，例如古有《飲馬長城窟行》，後來的作品大都不出吟詠征戍的範圍。其後有人「寓意古題，刺美見（現）事」，例如曹操作《蒿里行》，雖沿用古樂府的題目，但所歌詠的都是漢末的事情，這種方式比起前一種來已有進步，只是題目與內容不稱，仍未徹底突破程式。杜甫作《悲陳陶》《哀江頭》等樂府詩，「率皆即事名篇，無復倚傍。予少時與友人樂天、李公垂（紳）輩謂是為當，遂不復擬賦古題」。寫作這種新樂府詩，更能有力地起到抨擊社會現實的作用，在詩歌形式上也是一種解放。

元、白非常重視文學的社會作用，他們通過創作表達自己對社會的看法和要求，元稹自述創作動機說：

> 每公私感憤，道義激揚，朋友切磨，古今成敗，日月遷逝，光景慘舒，山川勝勢，風雲景色，當花對酒，樂罷哀餘，通滯屈伸，悲歡合散，至於疾恙窮身，悼懷惜逝，凡所對遇異於常者，則欲賦詩。（《敘詩寄樂天書》）

魏晉南北朝人論述文學的創作動機時，經常提到「感物」一詞，強調自然景物的感染力量。但到南朝後期，也已有人論述過社會人事的激動人心，並且出現了感「事」的新觀點。蕭綱《答張纘謝示集書》

曰：「伊昔三邊，久留四戰。胡霧連天，征旗拂日，時聞塢笛，遙聽塞笳。或鄉思淒然，或雄心憤薄，是以沉吟短翰，補綴庸音，寓目寫心，因事而作。」只是這種理論偏重於個人的遭際與感受，文人的視野還是狹窄的。元、白等人論述詩人的創作動機時，強調「感事」而作，則已經注意到了社會事件與創作之間的緊密關係。從元稹的上述論點中可以看到反映社會事件在創作上的首要意義，白居易更作了多方面的論述，《策林．採詩以補察時政》曰：「大凡人之感於事，則必動於情，然後興於嗟歎，發於吟詠，而形於歌詩矣。」《傷唐衢》曰：「但傷民病痛，不識時忌諱。遂作『秦中吟』，一吟悲一事。」《秦中吟序》曰：「聞見之間有足悲者，因直歌其事。」他把「因事立題」的《新樂府》定名為「諷諭詩」，這些都是對於現實政治有感而發的。白居易總結他的認識成果，說：

自登朝來，年齒漸長，閱事漸多。每與人言，多詢時務；每讀書史，多求理道；始知文章合〔當〕為時而著，歌詩合〔當〕為事而作。（《與元九書》）

白居易通過創作實踐認識到了文學的能動作用。魏晉南北朝人雖然也曾提出文學乃「經國之大業」，但在論述政治和文學的關係時，卻總是強調政治決定文學，而對文學能反作用於政治這一點認識不足，因此常把文學創作說成是被動的產物。白居易突破了前人的成說，認為利用文學干預現實，可起改良政治的作用。《策林．議文章碑碣詞賦》曰：「且古之為文者，上以紐王教，繫國風，下以存炯戒，通諷諭。故懲勸善惡之柄，執於文士褒貶之際焉；補察得失之端，操於詩人美刺之間矣。」說明詩人發揮褒貶美刺的威力，可對政治起巨大的影響。

但是這種有補現實的作品，首先必須符合現實情況，他再三說：「今褒貶之文無覈實，則懲勸之道缺矣；美刺之詩不稽政，則補察之義廢矣。」這些理論都是富有現實主義精神的。

基於這樣的認識，他在論述文學的社會意義時，必然首先注意內容的是否有益，而把形式的華美放在次位。「俾辭、賦合炯戒諷諭者，雖質雖野，採而獎之；碑、誄有虛美愧辭者，雖華雖麗，禁而絕之。」這種有「虛美」「愧辭」的作品，「若行於時，則誣善惡而惑當代；若傳於後，則混真偽而疑將來」（《策林．議文章碑碣詞賦》）。這樣善惡、真偽不分，只能起到有害的作用。白居易反對晉宋以後的文學，也是為了這類作品只有文辭之美而缺乏有益的教育價值。「至於梁、陳間詩，率不過嘲風雪，弄花草」，「麗則麗矣，吾不知其所諷焉」（《與元九書》）。這樣的創作傳統當然必須徹底拋棄了。

白居易最推崇六經中的《詩》，因為：

> 聖人感人心而天下和平。感人心者，莫先乎情，莫始乎言，莫切乎聲，莫深乎義。詩者，根情、苗言、華聲、實義。（《與元九書》）

這裏他用植物的生長比喻創作過程，也說明了誠於中而形於外的道理，生動具體，很有說服力。他在《讀張籍古樂府》詩中說：「言者志之苗，行者文之根，所以讀君詩，亦知君為人。」則是說明了作家的創作與修養的關係。

由上可知，白居易的文學理論繼承着儒家的傳統。他首先考慮的是如何穩定與鞏固朝廷的政權，由此他注意到了民生疾苦的問題。他在擔任各地行政長官時，曾經做過一些好事，而在他的文學創作之中，也曾對人民的疾苦表示同情，要求改變現實，並主張恢復周代的採詩制度，將各種弊政產生的不良後果反映給統治者知道。《與元九書》曰：「洎周衰秦興，採詩官廢，上不以詩補察時政，下不以歌洩導人情。」

他要繼承風雅比興的傳統，因此他的創作：

其辭質而徑，欲見之者易諭也；其言直而切，欲聞之者深誡也；其事覈而實，使採之者傳信也；其體順而肆，可以播於樂章歌曲也。總而言之，為君、為臣、為民、為物、為事而作，不為文而作也。（《新樂府序》）

實際說來，為君而作就很難為民而作，在他或許還覺察不到其中的矛盾，因為古代文人常是主觀地希望通過文學作品調和上下之間的矛盾。《新樂府．采詩官》曰：「采詩官，采詩聽歌導人言，言者無罪聞者誡，上流下通上下安。」這種理論仍然是從《毛詩大序》中發展出來的。但他的諷諭詩「意激而言質」，則已經突破了「溫柔敦厚」的「詩教」說的束縛。

第三章　韓愈、柳宗元和古文運動

自北周起就開始了反對齊梁文風的鬥爭，自陳子昂後詩文開始分頭發展，杜甫等人奠定了唐詩的一代風貌，在散文創作上則還經歷着一段摸索的過程。

早期的古文運動家，有蕭穎士（公元七〇八—七五九年）、李華（公元七一五—七六六年）、獨孤及（公元七二五—七七七年）、梁肅（公元七五三—七九三年）、柳冕（生卒年不詳）等人。他們一致強調文章的教化作用，反對形式華豔的駢文。他們的理論主張，可以柳冕為代表。

柳冕在《答荊南裴尚書論文書》中說：「夫君子之儒，必有其道；有其道，必有其文。道不及文則德勝，文不及道則氣衰，文多道寡斯為藝矣。」但是後代的創作卻出現了文道分裂的現象，「以揚、馬之才，則不知教化；以荀〔淑〕、陳〔寔〕之道，則不知文章」。在他看來，這種情況是從屈原、宋玉寫作哀豔恢誕的文章開始的。自蕭、李起，已對屈原有所貶抑，柳冕更稱之為「亡國之音」，看法極為片面。他們不能正確認識文學形式的重要性。他們的創作，平鋪直敘，成就不大。柳冕自白曰：「小子志雖復古，力不足也；言雖近道，辭則不文。雖欲拯其將墜，末由也已。」說明早期古文運動家的識見和能力都不高，無法完成這一歷史使命。

到了中唐時期，由於政治形勢的激變，推動了文學的發展，並使古文運動有了新的意義。當時各地藩鎮割據，中央政權統轄的地區有限，統治階級卻仍誅求無厭，加重人民的災難。李唐皇朝利用佛、道兩種宗教麻醉人民，給寺院地主許多經濟上的特權，這也增加了人民的負擔，並影響到庶族地主的生活來源，於是這一階層中出現了某些文人，他們根據儒家的教義，強調上下之序，要求穩定統治秩序；強調大一統，要求削平藩鎮；並且「牴排異端，攘斥佛老」，從思想上、經濟上維護本身的利益。這樣，儒家思想也就成了政治和思想領域中最有力的武器。

駢文發展至此，也有成為貴族專用品的趨勢。寫作這種文體，必須熟悉典故、對仗和聲律，而這些形式要素的靈活運用又非素所嫺習者不能奏功。限於條件，庶族出身的文人自然略遜一籌，因此他們也要求改革文體，寫作散文。古文運動就是在上述各種歷史條件的影響下產生的，韓愈、柳宗元是其中傑出的代表人物。

韓愈（公元七六八—八二四年）字退之，河內河陽（今河南孟縣）人，出身於中下級官僚家庭，官至吏部侍郎。政治傾向保守，但也有關心民生疾苦的一面，而在統治階級內部的矛盾紛爭中屢遭排擠和打擊。柳宗元（公元七七三—八一九年）字子厚，河東（今山西運城）人，曾經參加過要求改良政治的王叔文集團，後遭舊勢力的反擊而失敗，為此屢遭貶謫，鬱鬱而終。韓、柳在政治上的傾向有所不同，但在文學上卻相互推崇，理論主張上也有很多相通之處，不過韓愈在領導這一運動時表現得更積極一些。

為了表明自己的理論淵源有自，韓愈在《原道》篇中提出：「斯吾所謂道也，非向所謂老與佛之道也，堯以是傳之舜，舜以是傳之禹，禹以是傳之湯，湯以是傳之文、武、周公，文、武、周公傳之孔子，孔子傳之孟軻，軻之死，不得其傳焉。」這裏所說的道，仍指傳統的儒家之道；這裏提到的前後繼承關係，也就是後代所謂「道統」。這是為與佛教中的「佛統」之說相對抗而提出的。《重答張籍書》中還把揚雄列於孟軻之後，而他自己則隱然以繼承者自居。儘管他的學說有的地方和早期儒家的教義並不一致，但他主觀上仍把這種學說作為排斥異端的有力武器，並且狂熱地加以鼓吹。柳宗元也崇奉儒家學說，卻並不反佛，因而對建立道統可沒有什麼興趣。

韓愈勤奮地學習古代經典，並鑽研古代文辭。《題歐陽生哀辭後》曰：

> 愈之為古文，豈獨取其句讀不類於今者邪？思古人而不得見，學古道則欲兼通其辭；通其辭者，本志乎古道者也。

按照韓愈的個人歷史來看，開始只從事文學活動，後因政治上的原因，方才注意到古代哲理。在《上兵部李侍郎書》中說：「性本好文學，因困厄悲愁，無可告語，遂得究窮於經傳、史記、百家之說，沈潛乎訓義，反覆乎句讀，礱磨乎事業，而奮發乎文章。」柳宗元也走着相似的道路，《答韋中立論師道書》曰：「始吾幼且少，為文章以辭為工。及長，乃知文者以明道，是固不苟為炳炳烺烺，務采色、夸聲音而以為能也。」兩人後來都趨向於以「明道」為寫作上首要的任務。

寫好古文，必須提高作家的修養，這也是儒家的傳統見解。韓愈《答尉遲生書》曰：「夫所謂文者，必有諸其中，是故君子慎其實。實之美惡，其發也不掩。本深而末茂，形大而聲宏，行峻而言厲，心醇而氣和，昭晰者無疑，優游者有餘。體不備不可以為成人，辭不足不可以為成文。」認為作家以德行為根本，言語文辭是它外部的表現，有諸內必形於外，這自然是受了孔子「有德者必有言」的影響。《答李翊書》曰：「氣，水也；言，浮物也。水大而物之浮者大小畢浮。氣之與言猶是也，氣盛則言之短長與聲之高下者皆宜。」上面所說的「內」、「實」和「本」，也就是所養的「氣」；具體說來，即「行之乎仁義之途，遊之乎詩書之源」，不外乎倫理道德與儒家經典的修養。這裏則是借用孟子的養氣說而構擬成了有關作家修養的文學理論。

韓愈還提出了「不平則鳴」說，論述社會環境與創作的關係。司馬遷曾經提出「發憤著書」說，認為屈原「憂愁幽思而作《離騷》」（《史記．屈原列傳》），鍾嶸在《詩品序》中作了更多的發揮，強調「怨者之流」在文學上作出的貢獻。韓愈的理論與此有着一脈相承的關係，但他作了更為廣泛的概括。

大凡物不得其平則鳴。草木之無聲，風撓之鳴；水之無聲，風蕩之鳴；其躍也或激之，其趨也或梗之，其沸也或炙之。金石之無聲，或擊之鳴。人之於言也亦然，有不得已者而後言，其歌也有思，

其哭也有懷。凡出乎口而為聲者，其皆有弗平者乎！（《送孟東野序》）

大凡古文家作文，只顧氣勢浩瀚，不大顧到邏輯嚴謹。這裏韓愈提出的許多事例，道理上都講不通；他的目的只在為受壓抑的文人鳴不平。雖然他也提到了許多政治家和哲學家，如禹、伊尹、周公、孔、孟之類，都屬「不得其平」的善鳴者之列，而且還有「天將和其聲，而使鳴國家之盛」的一類人物，但自漢以下斷為善鳴者差不多就是各個時代的著名作家了。「楚，大國也，其亡也，以屈原鳴。」這是由於政治上的原因而抒發其不平之氣的例子。其他還有「窮餓其身，思愁其心腸，而使自鳴其不幸」的文人，例如孟郊之類，韓愈對於這些窮愁潦倒的文人特別寄予同情，這裏有着自己的感觸。處在政治黑暗的封建社會之中，一些有理想的、有正義感的文人，經常受到壓抑，而一些庶族出身的文人，踏上仕途時，也常受到舊勢力的排擠和打擊，因此他們也有牢騷和不平。這種情況在舊社會中有着普遍的意義，因而這種理論對過去的封建文人影響很大。

反過來說，一般滿足於現狀的達官貴人，因為對生活缺乏深切的感受，也就無法產生好的作品。《荊潭唱和詩序》曰：「夫和平之音淡薄，而愁思之聲要妙；歡愉之辭難工，而窮苦之言易好也。是故文章之作，恒發於羈旅草野。至若王公貴人，氣滿志得，非性能而好之，則不暇以為。」這種意見寄寓着韓愈的切身感受。一般說來，符合封建社會中的實際情況。

從歷史上來說，魏晉以下的文章，「其辭淫以哀，其志弛以肆，其為言也雜亂而無章」（《送孟東野序》），最不足稱。但唐代的科舉制度卻規定必須用駢體考試，因而六朝文風仍甚猖獗。韓愈《上宰相書》中提到朝廷取士之時「試之以繡繪雕琢之文，考之以聲勢之逆順，章句之短長，中其程式者然後得從下士之列」。他對這種制度甚為不滿，但為了登上仕途，不得不勉強寫作，內心卻充滿着矛盾。「退自取所試讀之，乃類於俳優者之辭，顏忸怩而心不寧者數月。」（《答崔立之書》）及至倡導古文之時，也就不再理會世俗社會的責難與譏議。寫作之時，態度極為鄭重。《進學解》自云：「沈浸醲郁，含英咀華，作為文章，其書滿家。」柳宗元也有相似的意見，《答韋中立論師道書》曰：「故吾每為文章，未嘗敢以輕心掉之，懼其剽而不留也；未嘗敢以怠心易之，懼其弛而不嚴也；未嘗敢以昏氣出之，懼其昧沒而雜也；未嘗敢以矜氣作之，懼其偃蹇而驕也。抑之欲其奧，揚之欲其明，疏之欲其通，廉之欲其節，激而發之欲其清，固而存之欲其重：此吾所以羽翼夫道也。」因為古文家每自視甚高，故而寫作之時決不苟且從事，這裏積累下的一些經驗之談，有供參考的地方。

韓、柳的眼光畢竟和早期古文運動者不同。他們強調內容的重要性，也不否定形式技巧的重要性，這也是他們的創作能夠突過前人的一個原因。韓愈《進撰平淮西碑文表》曰：「……向使撰次不得其人，文字曖昧，雖有美實，其誰觀之。」柳宗元《楊評事文集後序》中說：「……雖其言鄙野，足以備於用，然而闕其文采，固不足以竦動時聽，夸示後學。」為了文辭上的創新，他們的學習對象並不限於幾部儒家經典，而是廣泛地向古代的優秀散文作品學習。韓愈在《進學解》中，柳宗元在《答韋中立論師道書》中，都曾敘述過自己的學習活動，上至「佶屈聱牙」的「周誥殷盤」，下至以辭賦著稱的子雲、相如，無不「旁推交通而以為之文」。他們能夠正確對待屈、宋以下的辭賦並汲取其文彩，這是比早期的古文運動者高明的地方。

唐代的古文運動是在新的歷史條件下所從事的一種創造。韓愈不但善於繼承，而且勇於探索，他用古文的筆法寫詩，縱橫如意，開闢了新的途徑，他還用古文寫作小說，這也說明千態萬貌的古文筆法，受到過小說的影響。但這種作風卻引起了世俗的驚駭。當時的名相裴度早年在《寄李翱書》中就批評他說：「近或聞諸儕類云：恃其絕足，往往奔放，不以文立制，而以文為戲。」後學張籍也極力反對，王定保《唐摭言．切磋》曰：「韓文公著《毛穎傳》，好博簺之戲。張水部以書勸之，凡二書。其一曰：『比見執事多尚駁雜無實之說，使人陳之於前以為歡，此有累於令德。』」其二曰：「君子發言舉足，不遠於理，未嘗聞以駁雜無實之說為戲也。執事每見其說，亦拊抃呼笑，是撓氣害性，不得其正矣。」然而韓愈仍然堅持自己的創作道路，不為來自上層和後學的意見所動搖。柳宗元的做法則與韓愈類似，也曾寫過許多著名的寓言故事，並且寫了《讀韓愈所著〈毛穎傳〉後題》等文，對此表示支持。說明他們在發動的這場運動中確是志同道合的盟友。

以上事實表明，韓愈、柳宗元所領導的這場儒學復古運動，並非是走歷史上的回頭路，而是在復古的旗幟下進行革新。它的重要成果在於恢復了古文的寫作傳統，並在傳統的古文寫作手法中灌注進了新的血液。齊梁以來的浮靡文風至此受到了致命的打擊。因為這些雕琢過甚的駢文已經喪失了順暢而恰切地傳情達意的功能，語言文字不能很好地起到社會交際工具的作用，必然會被歷史所淘汰。韓、柳順應這種歷史發展潮流，要求繼承先秦兩漢散文的寫作傳統，在文體和文學語言方面進行新的嘗試，取得了很大的成就。

韓愈在有關繼承和創新的理論問題上還提出過很好的意見。

> 或問：「為文宜何師？」必謹對曰：「宜師古聖賢人。」曰：「古聖賢人所為書俱存，辭皆不同，宜何師？」必謹對曰：「師其意，不師其辭。」又問曰：「文宜易，宜難？」必謹對曰：「無難

易，唯其是爾。如是而已，非固開其為此，而禁其為彼也。」（《答劉正夫書》）

學習古人之時，重在精神上的領會，反對拘泥於形跡，作機械的摹擬。因此，韓愈能夠汲取前代的豐富養料，結合自己的創造，在古文寫作上開拓新的局面。緊接上文他還說：「若聖人之道不用文則已，用則必尚其能者。能者非他，能自樹立不因循者是也。」《南陽樊紹述墓誌銘》中也說：「惟古於詞必己出，降而不能乃剽賊。」他的寫作宗旨是「惟陳言之務去」（《答李翊書》），他的文章風格是「不專一能，怪怪奇奇」（《送窮文》），這是他重視創新的具體表現。

但韓愈的文章雖有雄奇之稱，其特點可並不在故意標新立異，《南陽樊紹述墓誌銘》中還稱讚樊宗師的作品「文從字順各識職」，要求文辭妥帖流暢。實際上這也是韓文的一個特點。

為了壯大古文運動的聲勢，韓愈「抗顏為人師」，悉心培植弟子。其中最著名的有李翱、皇甫湜等人。他們恰好繼承着韓文風格的不同方面。李翱喜歡談論性理之道，《答朱載言書》中說明，「吾所以不協於時而學古文者，悅古人之行也；悅古人之行者，愛古人之道也。」因而他要「行其行」，「重其道」。但他作為古文運動中的一員，也能重視文學創作的特點，強調「創意」和「造言」，只是他也反對追求「文章辭句奇險」的「尚異」，認為這是「情有所偏滯而不流，未識文章之所主也」。比起韓愈來，他的文章更趨平正，對宋代的古文運動起着更為重大的影響。皇甫湜也重視創新，《答李生第一書》曰：「夫意新則異於常，異於常則怪矣；詞高則出於眾，出於眾則奇矣。」刻意追求怪怪奇奇，也就走到生澀怪僻的道路上去了。韓門弟子中的奇怪一派，由皇甫湜傳來無擇，再傳孫樵，一直傳到唐末，在文壇上始終佔着重要的地位。

第四章　司空圖的風格論和詩味說

司空圖（公元八三七—九〇八年）字表聖，號知非子，河中虞鄉（今山西虞鄉）人。他是晚唐著名的詩人，而對後代影響最大的地方還在其詩論方面。他著有《詩品》一文，構擬各種形象生動的境界，用以說明抽象的理論，在體制上也有創新的意義。

南朝文人曾用生動的譬喻構成某種境界，說明詩人的風格。例如鮑照對顏延之說：「謝（靈運）五言如初發芙蓉，自然可愛；君詩如鋪錦列繡，亦雕繢滿眼。」（《南史．顏延之傳》）鍾嶸《詩品》評范雲、丘遲詩曰：「范詩清便宛轉，如流風回雪；丘詩點綴映媚，似落花依草。」其後唐人更用這種方法評論散文作家的風格。張說曾經一一評述唐初作家的風格，如云：「閻朝隱之文，如麗服靚妝，燕歌趙舞，觀者忘疲；若類之風雅，則罪人矣。」（《舊唐書．楊炯傳》）後來皇甫湜就張說未曾提到的作家續作評論，如云：「韓吏部之文，如長江大注，千里一道，沖飆激浪，瀚流不滯；然而施於灌溉，或爽（傷）於用。」（《諭業》）這種作風應當對司空圖的寫作《詩品》有着直接的影響。所不同的，司空圖已不限於論述某一個作家的風格，而是作了綜合的研究，將各種不同的風格作了概括的說明，題為「二十四品」。後人為了區別於鍾嶸的《詩品》，也就稱之為《二十四詩品》。

「二十四詩品」即二十四種詩歌風格，所擬題目是：雄渾、沖淡、纖穠、沈着、高古、典雅、洗煉、勁健、綺麗、自然、含蓄、豪放、精神、縝密、疏野、清奇、委曲、實境、悲慨、形容、超詣、飄逸、曠達、流動。每一品都用四言詩十二句來加以描述。這些詩歌也是完美的文學作品，例如「纖穠」中有句曰：「碧桃滿樹，風日水濱，柳陰路曲，流鶯比鄰。」「疏野」中有句曰：「築屋松下，脱帽看詩，但知旦暮，不辨何時。」他用這些形象鮮明的詩句構成二十四種境界，讓作者通過聯想而掌握各種風格的特點。文學理論上的風格問題本來抽象而難於掌握，司空圖卻一一採用自然界的景象作為譬喻，讓讀者欣賞之餘，領略某種相應的藝術美，這就可以增加閱讀上的很多樂趣。

司空圖所採用的這種描寫方式，從理論建設的角度來説，有突出的貢獻。因為這種象徵比擬的方法，本身就是一種文學上的再創造。作者方面從醞釀到表達，讀者方面從閱覽到領悟，始終都在形象思維的過程中運動，它掌握了文學作品以感性的具體形象為特點的基本原則，能夠最大限度地保持文學的特有意味。前人論及這類文字，常用「如飲醇醪」等詞來形容，説明這樣的理論著作本身就是耐人尋味的藝術精品。但是這種品評方式對作者和讀者也有很高的要求。因為作者對某種境界的領會往往是主觀的，如果他體會不深，提出一些並不恰當的境界作為象徵，則讀者莫測其高深，無法訴之於理性的分析。讀者的領會常是藉助於直覺，但是否真的和作者的原意相符，也無客觀的標準加以檢覈。因此，這樣的著作卻又容易流為模糊影響之談。司空圖的寫作大體完美，只是有些品中仍有抽象説理的詩句，措辭艱深，使人難以領會，則又是表達方面的問題了。

司空圖區分風格時，似乎缺乏統一的標準。固然，二十四品中的絕大部分屬於風格方面的問題，但如「洗煉」品則可能屬於語言上的問題，「縝密」品則可能屬於結構上的問題，「精神」品、「超詣」品可能屬於藝術素養上的問題，「流動」品則可能屬於寫作技巧上的問題……這些都與風格有關，但也不全是風格上的問題。

儘管這種風格理論還有不足之處，但比起前人的理論也已有了進步。劉勰曾經區分過八體，偏於文字表現力方面的問題，不如司空圖的詩説生動具體，細緻全面。中唐時期詩僧皎然著《詩式》，「辨體」章中列有十九字，也就是歸納出來的十九種風格，中如「風韻朗暢曰高」、「體格閒放曰逸」之類，確屬於風格問題，但如「臨危不變曰忠」、「持操不改曰節」之類，則不屬於文學風格上的問題了。可見《詩式》中的風格論內容龐雜，認識模糊，不如司空圖《二十四詩品》遠甚。當然，《二十四詩品》也有分類過細以致流於煩瑣的地方，有些品之間很難區分出明確的不同。

唐代詩歌達到了空前未有的繁榮，各種不同的流派，各種不同的風格，爭妍競豔，這些都是產生《二十四詩品》的現實基礎。司空圖將所有詩歌從理論上加以概括，表面看來似乎只是作了歸納的工作，其間無所軒輊，實則文學理論的研究不可能有純客觀的態度，司空圖在各品的評語中，還是流露出某種傾向，例如《二十四詩品》中就貫穿着一種感傷的情緒。「悲慨」品曰：「百歲如流，富貴冷灰，大道日喪，若為雄才？」「曠達」品曰：「生者百歲，相去幾何？歡樂苦短，憂愁日多。」「含蓄」品曰：「不著一字，盡得風流，語不涉己，若不堪憂。」上述三品的內涵本有很大的差異，而他卻都用「悲慨」來形容，其他品中也有很多相似的筆墨，這些地方反映出了濃厚的沒落感情。司空圖在僖宗時曾官至中書舍人，後以朝政混亂，農民起義，對前途喪失了信心，轉而逃避現實鬥爭，晚年長期隱居中條山王官谷。但他又不能全然忘世，唐亡之後，在忠君思想的支配下，絕食而死。《二十四詩品》中的悲觀氣氛，正是這種感傷情緒的反映。

《二十四詩品》各種景象中提到的人物，都像古畫中描繪的隱士。「纖穠」曰：「窈窕深谷，時見美人。」「高古」曰：「畸人乘真，手把芙蓉。」「自然」曰：「幽人空山，過水採蘋。」「飄逸」曰：「高人畫中，令色絪縕。」「精神」曰：「碧山人來，清酒滿杯。」上述五種詩歌風格之間有着很大的不同，但在各種自然背景上活動的人物卻都是「沖淡」的化身。「沖淡」一品成了全部詩論的基調。他如「典雅」曰：「落花無言，人淡如菊。」「綺麗」曰：「濃盡必枯，淡者屢深。」「清奇」曰：「神出古異，淡不可收。」他用「淡」來形容「典雅」與「清奇」，尚有可說，但用「淡」來襯托截然相反的「綺麗」，則只能說是對「沖淡」有所偏愛了。

司空圖的這種美學趣味，跟他生活作風密切一致。長期的隱居生活，自然會在理論主張上蓋上烙印。《二十四詩品》中籠罩着一種士大夫階層的所謂「高雅」情趣。

唐詩中本有沖淡一派。著名詩人王維、韋應物等人的作品，向以描寫自然景物著稱，趣味淡遠，韻味醇厚。司空圖的作品繼承着這一流派，他在理論上也推崇這一流派。《與李生論詩書》曰：「王右丞（維）、韋蘇州（應物）澄澹精緻，格在其中，豈妨於遒舉（骨力挺拔）哉！」但唐詩之中還有另一流派，元、白繼承杜甫寫作現實主義詩歌的傳統，關心社會問題，作風直率，跟前一詩派大異其趣。司空圖對此表示不滿，《與王駕評詩書》曰：「右丞、蘇州趣味澄敻，若清沇之貫達。大曆十數公，抑又其次。元、白力勍而氣孱，乃都市豪估耳。」從他這種以清高為標榜的藝術評價中，說明他對現實主義詩歌的認識是片面而錯誤的。

但司空圖的詩歌理論也並非只是總結了王維一派的詩歌特點而提出的。唐代詩歌取得了空前的成就，七言詩的成功之作更使文學作品有餘不盡的特點充分展現出來了。於是自唐初起，便有一些研究當代詩歌的人，在前人研究成果的基礎上，繼續進行着探討。鍾嶸總結詩歌的創作經驗，對「興」作了新的解說，所謂「文已盡而意有餘」（《詩品序》），看來曾對唐人有所啟發。陳子昂要求詩人在充分尊重文學特點的前提下不忽視文學的思想性，因而提出了「興寄」之說；殷璠選集「聲律」「風骨」兼備的盛唐名家詩為《河岳英靈集》，要求詩人構擬出鮮明的形象，而在其中寄寓深遠的情意，因而在《序》中提出了「興象」之說。他評常建詩曰：「其旨遠，其興僻，佳句輒來，唯論意表。」注意的就是那種含蓄不盡的情味。皎然《詩式》「重意詩例」曰：「兩重意已上，皆文外之旨。」說明讀者可以從詩歌已經表露的內容領會到沒有表露的內容。中唐詩人劉禹錫的理論，更把這種研究工作推進了一步。他在《董氏武陵集紀》中說：「片言可以明百意，坐馳可以役萬里，工於詩者能之。風雅體變而興同，古今調殊而理異，達於詩者能之。」對詩歌的特點，如高度的概括，廣闊的想像，等等，都作了精闢的說明。隨後他又說：「詩者其文章之蘊耶！義得而言喪，故微而難能；境生於象外，故精而寡和。」說明那些成功的詩作，讀者在接觸到其中具體形象之後，還可超出於文字的跡象而領悟到另一種境界。這是詩歌創作的精妙之處。劉禹錫大約感到難於言說，所以又用道家的學說來幫助作出解釋。

看來司空圖是在繼承上述學說的基礎上提出了韻味說。他在《與李生論詩書》中，「以為辨於味，而後可以言詩也。」醋只有酸味，鹽只有鹹味，都嫌單調；善於調味的人，要做到味在酸、鹹之外。以詩而言，所謂「近而不浮，遠而不盡，然後可以言韻外之致耳」，「千變萬狀，不知所以神而自神也」。作品富於韻味，有含蓄之美，讀者在欣賞的過程中可以體會到很多言外的滋味。司空圖在《與極浦書》中還結合文學的形象特點作了說明：

> 戴容州〔一〕云：「詩家之景，如藍田日暖，良玉生煙，可望而不可置於眉睫之前也。」象外之象，景外之景，豈容易可談哉？

所謂「象外之象，景外之景」，也就是劉禹錫所說的「境生象外」。這是作者的創作和讀者的欣賞二者完美結合之後所出現的一種藝術效果。他們就是從作者和讀者兩方面着眼，挖掘詩歌形象的內涵給予讀者的豐富感受。作者運用精練的筆墨，在有限的畫面中寄寓無限的詩情畫意，讀者領略之餘，可以通過自身的體驗而更多地掌握境外的情趣，這樣作者和讀者也就在共同從事着一種新的境界的創造。司空圖的風格論，「二十四詩品」之說，就是運用這樣的原理構成的。他把詩歌中出現的境界歸為二十四種，讀者可用自身的生活經驗去豐富和擴展這些境界，從而把那些起類比作用的詩「品」具體化，由此更深入地掌握同一風格的作品的藝術特點。這種研究文學理論借助於意境而闡發風格的嘗試，富於生活情趣，得到了成功。

後人有稱這種「韻外之致」為只可意會不可言傳的，它又開了後代所謂「妙悟」與「神韻」等說。

〔一〕名叔倫，中唐詩人。

第五編

宋金元的文學批評

⊙ 晚唐五代之時，軍閥混戰不已，趙匡胤統一全國之後，汲取前代的經驗教訓，竭力防止武人奪取政權，立下了重文輕武的根本國策。因此宋代擴大了錄取進士的數量，不經吏部複試就授予官職，文人隊伍更加擴大，官僚隊伍也更加龐大了。況且自從印刷術發明後，學術流通更為便利，有助於文學的發展。於是宋代出現了這樣的特點：人民的生活很困苦，文人學士卻生活優裕；國勢甚弱，文學甚盛。

⊙ 為了進一步實現中央集權，思想界普遍出現重「道」的傾向，有些道學家更是一筆抹殺了文學的價值，但是這種極端的意見也引起了某些重視「文」的特點的文人的反擊，前後討論「文」「道」關係的人很多，文學理論在爭論中得到了進展。

⊙ 宋代優容文人的結果，文人與現實普遍脫節，因而以才學為詩、以議論為詩的風氣大盛，並產生了以文字為意、以學問為詩的江西詩派的理論。時至南宋，政治形勢激變，這種理論在某些地方已不合時宜，於是又出現了很多反對它的作家和理論家。文壇上引起了許多爭論，而這也起了推動文學理論發展的作用。

⊙ 自唐至宋，詩文得到了巨大的發展，理論界產生了闡述創作經驗的小品文字，出現了詩話、詞話等新體裁。這是宋代的一大創舉。

第一章　宋初詩文革新運動的開展

一、宋代詩文革新運動先驅者的歷史作用

宋初文壇上的爭論很激烈，經歷着多次反覆。晚唐之時駢文又很風行，自五代至宋初，文風愈趨浮靡，於是有柳開（公元九四七—一〇〇〇年）、穆脩（公元九七九—一〇三二年）、王禹偁（公元九五四—一〇〇一年）等人起而反對。但到宋真宗時，以楊億、錢惟演、劉筠等為代表的達官貴人用詩歌唱和酬答，編成《西昆酬唱集》一書，自稱「雕章麗句，膾炙人口」（楊億《西昆酬唱集序》）。於是詩體又一變。其後有梅堯臣（公元一〇〇二—一〇六〇年）、蘇舜欽（公元一〇〇八—一〇四八年）、石介（公元一〇〇五—一〇四五年）等人起而反對。石介極力攻擊西昆體，說它妨礙天下士子學習經典，「而為楊億之窮妍極態。綴風月，弄花草，淫巧侈麗，浮華纂組，其為怪大矣！」（《怪說》）這時唐代優秀的詩文傳統有告中斷的危險，上述詩文革新運動者乃起而搜輯李、杜、韓、柳的作品，要求恢復李、杜詩風與古文的寫作。他們起到了先驅者的作用。

柳開曾自名肩愈，字紹元，以繼承韓、柳為己任；後改名為開，字仲塗，則又以為能開聖道之塗。穆脩一生貧困。而自覓得韓、柳全集之後，想方設法地刻了出來，自己拿到大相國寺中去設攤出售。於此可見這一批人對於復興古文何等熱忱。石介也推尊韓愈，稱之「為賢人之至」（《尊韓》），可與孟軻、荀況、揚雄、王通並列而又過之。他們都把思想家和文學家混為一談，於是道統同時也就成了文統。柳開

《應責》曰：「吾之道，孔子、孟軻、揚雄、韓愈之道；吾之文，孔子、孟軻、揚雄、韓愈之文也。」這種理論奠定了後來文道合一的方向。

韓愈的文章本有怪怪奇奇和文從字順的兩個方面，宋代古文家繼承了後一作風。柳開說：「古文者，非在辭澀言苦，使人難讀誦之；在於古其理，高其意，隨言短長，應變作制，同古人之行事，是謂古文也。」（《應責》）只是他受皇甫湜一派的影響很深，行文尚不免有艱澀之病，其後的古文家起而力矯此弊，形成了宋代文學的新面貌。王禹偁說：「吏部之文，未始句之難道也，未始義之難曉也。」（《答張扶書》）梅堯臣論詩則曰：「作詩無古今，唯造平淡難。」（《讀邵不疑學士詩卷》）這種重視平易暢達的文風的言論，曾對後來宋代詩文的發展起過深遠的影響。

二、歐陽修起承先啟後的作用

自宋仁宗起，社會矛盾日趨尖銳，政治上出現了幾次改良運動，文學上也相應出現了革新的運動。宋初以來的詩文革新運動到這時獲得了蓬勃的發展。

歐陽修（公元一〇〇七—一〇七二年）字永叔，號六一居士，廬陵（今江西吉安）人。他是北宋中期文壇上的領袖，起着相似於韓愈在唐代古文運動中的作用。蘇軾《居士集序》曰：「愈之後三百有餘年而後得歐陽子。其學推韓愈、孟子以達於孔子，著禮樂仁義之實，以合於大道。……士無賢不肖，不謀而同曰：歐陽子，今之韓愈也。」表明二者之間有着繼承的關係。只是由於政治形勢的不同，在文與道的關係上，歐陽修更突出了「道」的重要性；因此他對韓愈的熱衷於仕進尚有微詞，而對李翺的行道之心則極為欽佩。可以說，喜談性理之道而又文風平妥的李翱對他有着更為顯著的影響。

歐陽修的文學見解主要發表在《與吳充秀才書》中：

> 夫學者，未始不為道，而至者鮮焉。非道之於人遠也，學者有所溺焉爾。蓋文之為言，難工而可喜，易悅而自足。世之學者，往往溺之。一有工焉，則曰：「吾學足矣。」甚者至棄百事不關於心，曰：「吾文士也，職於文而已。」此其所以至之鮮也。……聖人之文，雖不可及，然大抵道勝者文不難而自至也。

他反對文人一味「職於文」。像過去許多儒家學者一樣，歐陽修也強調培養正統文學觀念的首要意義。如何培養？則自然離不開學習經典等辦法。《答祖擇之書》曰：「學者當師經。師經必先求其意，意得則心定，心定則道純，道純則充於中者實，中充實則發為文者輝光，施於事者果毅。」只是這種意見之中畢竟也已有了某些新的發展。為了提高作家的修養，他還告誡文人應當關心「百事」，可見他心目中的「道」並不限於某些封建教條，它還包括現實生活中的許多實際問題，這樣也就在傳統的見解中增添了新的內容，為文人指出了對待現實應該持有怎樣的態度。

與此有關，歐陽修提出過所謂「詩窮而後工」的學說。《梅聖俞詩集序》曰：「凡士之蘊其所有而不得施於世者，多喜自放於山巔水涯，外見蟲魚草木、風雲鳥獸之狀類，往往探其奇怪；內有憂思感憤之鬱積，其興於怨刺，以道羈臣寡婦之所歎，而寫人情之難言。蓋愈窮則愈工。然則非詩之能窮人，殆窮者而後工也。」他指出了封建社會中的文人和現實經常發生矛盾，處於不得已的狀態，心中有了深刻的感受，才能寫出成功的作品。這種學說反映了封建社會中的部分事實。它指出了社會環境對文學創作的重要影響，有要求作家接受生活磨煉的意思，對封建社會的壓抑人才客觀上也有揭露的意義。但歐陽修對這種現象實際上沒有什麼不滿的表示，這與他本人先窮後達的經歷有關；他所希望的是詩人達後能更好地歌頌大宋功德。

然而古今文人卻大都不遵照上述原則進行寫作。他們「文章麗矣，言語工矣，無異草木榮華之飄風，鳥獸好音之過耳也」（《送徐無黨南歸序》）。為此歐陽修首先強調了修身等方面的問題，所謂「道勝者文不難而自至」。顯然，他把「道」作為解決「文」的先決條件。不過這與「有道者必有言」之説畢竟還有一些差別。歐陽修並不抹殺「文」的作用。《代人上王樞密求先集序書》中説：「君子之所學也，言以載事而文以飾言，事信言文乃能表見於後世。」指出作品的內容應當可信，作品的形式技巧也應該予以應有的注意。

宋仁宗嘉祐二年（公元一〇五七年），歐陽修知貢舉，排斥「險怪奇澀」的通行文體，徵拔程顥、蘇軾、蘇轍等人及第。自此詩文革新運動有了進一步的發展。

第二章　道學家抹殺文學的謬論

宋代進一步統制思想之後，哲學領域中產生了一批「道學家」，他們宣揚儒家學説，結合宋代政治上的需要，強調建立封建正統的世界觀。他們也論及文學問題，但其結論只是一筆抹殺。

宋代道學的開山始祖周敦頤（公元一〇一七—一〇七三年）首先在《通書．文辭》篇中提出「文以載道」之說。在他看來，文只是一種工具，本身沒有獨立的地位。猶如車子是用來載物的，人們修飾輪轅等部件，目的在於使人喜歡它，應用它，如果人們不去應用，也就白白地浪費了修飾的工夫。假如這車子本不能載物，那麼修飾一項也就成了浪費中的浪費。因此他說：「不知務道德而第以文辭為能者，藝（技藝）焉而已。」這種重道輕文的議論，為後來道學家的文學主張奠定了基礎。

周敦頤的弟子，歐陽修提拔的後輩，程顥、程頤二人，進而認為學文必然有害於道。其後如南宋著名道學家朱熹等人，也持相同觀點。他們的重要理論，可以概括如下：

宋代早期的詩文革新者都很推崇韓愈。歐陽修雖有微詞，但還是肯定他在古文寫作上的成就。二程等人就不同了。據他們看來，韓愈的學說還不符合正統儒家的標準。因為韓愈早年喜好文學，後來才學「聖人之道」，由於走的路子不正，道術尚嫌不純，因此他們譏之為「倒學」。正常的道路應該是：首先根據儒家學說建立正統的世界觀，文學上的一切問題，也就自然地會附帶解決。程頤說：

> 孔子曰：「有德者必有言。」何也？和順積於中，英華發於外也。故言則成文，動則成章。
>
> （《二程遺書》卷二十五）

文人從事寫作，應該注意解決世界觀問題，但關鍵在於樹立怎樣的世界觀。二程等人認為「欲趨道，捨儒者之道不可」，只是在幾部體現封建正統觀念的典籍上下功夫，用儒家規定的倫理道德提高自身的修養，這樣建立起來的觀點，必然迂腐頑固，而又嚴重脫離現實；憑着這樣的政治觀念和倫理觀念進行寫作，不可能寫出很好的作品。

但道學家們始終堅持上述偏頗的文學觀點。他們非但把儒家之道作為先決條件，而且作為唯一的條件。朱熹在批駁韓愈的女婿唐代文人李漢提出的「文以貫道」說時申述曰：「這文皆是從道中流出，豈有文反能貫道之理？文是文，道是道，文只如吃飯時下飯耳。若以文貫道，卻是把本為末，以末為本，可乎？」（《朱子語類》卷一百三十九）這是說：有道必有文，文是派生的、次要的東西。實則作家寫好文章，除了世界觀方面的問題之外，還應積累豐富的生活知識和掌握高超的技巧，但道學家卻徹底否定了這些創作上的重要條件，因此他們寫出來的絕大多數作品，只能是語錄講義一類東西。朱熹還說：「古之君子，德足以求其志，必出於高明純一之地，其於詩固不學而能之。」（《答楊宋卿》）「但須明理，理精後文字自典實。」（《朱子語類》卷一百三十九）說明他們的意見主要是對抒寫明理的詩文而言的。

不但如此，二程等人還認為「作文害道」。程頤說：

> 凡為文不專意則不工，若專意則志局於此，又安能與天地同其大也。《書》云：「玩物喪志」，為文亦玩物也。（《二程遺書》卷十八）

這是一種武斷的說法。文人專意於文，不一定局限在章句之間，他們可以通過文學反映重大問題，因此二程視文學事業為「玩物喪志」，只是一種片面的論斷。程頤還說文字技巧「悅人耳目」，「非俳優而何？」實際上文學作品必須具有優美的形式特點，才能逗人喜愛。道學家以聖賢自居，反對「悅人耳目」，只是暴露出其妄自尊大的態勢罷了。他們基於上述見解，甚至否定杜甫《曲江》詩，稱之為「閒言語」，適足表現其態度的迂執和對文學特點的漠視。

道學名臣真德秀（字景久，後改字希之，學者稱西山先生，公元一一七八—一二三五年），所編《文章正宗》二十卷、續集三十卷，體現了他們的文學觀點。此書分為辭命、議論、敘事、詩賦四部分，前面部分由其自選，後一部分委託其弟子劉克莊選錄。但當劉氏選入了一些抒情的篇章時，真德秀即於定稿時刪去。《後村詩話》卷一曰：「《文章正宗》初萌芽，西山先生以詩歌一門屬余編類，且約以世教民彝為主，如仙釋、閨情、宮怨之類皆弗取。……凡余所取，而西山去之者大半。又增入陶詩甚多，如三謝之類多不入。」於此可見道學家的態度何等偏執，與文學家的觀點又是多麼格格不入。

第三章　蘇軾對創作經驗的闡述

歐陽修的學說，既有重道的一面，也有重文的一面。道學家繼承和發展了前一部分的論點，蘇軾繼承和發展了後一部分的論點。

蘇軾（公元一〇三六—一一〇一年）字子瞻，號東坡，眉州眉山（今四川眉山）人。他是北宋最享有盛名的文人。政治思想比較保守，反對新法，但與舊黨中人也有矛盾，一再遭到貶謫和排斥，到過很多地方，而任地方官時也曾採取過一些有利於民眾的措施。他的世界觀很複雜，一方面深受儒家思想的影響，一方面也受到了道家和佛家的影響，因此他的作品形式多樣，內容複雜，但在很多方面卻也超出了傳統思想的束縛。特別是在文學思想方面，由於他對文學創作有着深切的體驗，瞭解文學的特點，因而提出了與道學家截然不同的意見。

宋代的詩文革新運動繼承了唐代古文運動的傳統。蘇軾極為推崇韓愈的文學成就。《韓文公廟碑》曰：「文起八代之衰，道濟天下之溺。」他也努力寫作古文，積極從事於韓愈所開創的事業，終於使宋代的詩文革新運動獲得了穩固的成績。

蘇軾也常討論有關「道」的問題。不過他所理解的「道」，並不限於儒家的一些教條。由於他受其他學派的影響，把《莊子》中提出的「佝僂承蜩」等事也視為得「道」，因而蘇軾提到的「道」，一般具有事物的規律的意思。這從著名的《日喻》一文也可看出。瞎子生來不見日形，有人以銅盤為喻，有人以燭為喻，瞎子聽到和銅盤一樣能發聲的鐘，摸到了像燭一樣的排籥，也就都誤以為是日了。蘇軾借此說明，人若不接觸所要瞭解的具體對象，只憑旁人指點，實際上是無從瞭解的。像太陽這樣具體的東西，人們尚難表達，那麼抽象的「道」自然更是難以告人了。因此蘇軾提出了「道可致（自然獲得）而不可求」的論點。以游泳為例，南方多水，孩童從小就和它打交道，因此十五歲便能潛泳，經過不斷的接觸實踐，也就自然地掌握到了水的規律。北方條件不同，人若從未見過大水，那他就是聽到游泳好手的指點，可也無法懂得水性，「故凡不學而務求道，皆北方之學沒（潛水）者也」。顯然，在他看來若要瞭解文學的規律與義理，必須通過學習文學才能掌握。

這種學說之中含有合理的因素。他反對道學家之流一味推崇經典修養忽視文學特點的言論。作家只有通過不斷的學習和創作，才能掌握文學的特殊規律。但是蘇軾這種論點也有不足之處，它明顯地受着《莊子》的影響。人們若要掌握客觀事物的具體規律，應該親自去接觸它，但是前人得出的經驗教訓，有助於後人更深入地掌握情況。而且萬事萬物的「道」都是可以充分表達的，只要這「道」具有可靠的內容和普遍的意義，也就有助於後人提高認識，蘇軾的意見似乎側重個人的經驗，忽視一般規律的指導，這對他詩文創作中多蕪雜之病當有關係。

蘇軾認為「道莫之求而自至」，應當也是受了道家學派有關順乎自然的學說的影響。寫作上的「自然」，即所謂「辭達」，他曾數次提到這種最高的創作境界。

> 孔子曰：「言之無文，行之不遠。」又曰：「辭達而已矣。」夫言止於達意，即疑若不文，是大不然。求物之妙，如繫風捕影，能使是物了然於心者，蓋千萬人而不一遇也，而況能使了然於口與手者乎！是之謂辭達。辭至於能達，則文不可勝用矣。（《答謝民師書》）

要想做到「辭達」，先要做到能對寫作對象「了然於心」，即求得徹底的瞭解；其後還要「了然於口與手」，即作充分的表達。由此可見他對技巧問題也是很重視的。《東坡題跋‧自評文》曰：「吾文如萬斛泉源，不擇地皆可出，在平地滔滔汩汩，雖一日千里無難；及其與山石曲折，隨物賦形而不自知也。所可知者，常行於所當行，常止於不可不止，如是而已矣，其他雖吾亦不能知也。」當然，要想達到這樣揮灑自如的境地，必須具有很高的修養。蘇軾所以能夠達到這樣高的成就，和他本人才氣過人與努力學習有關；後代受此學說影響的人很多，卻往往由於才力與學力的限制，剪裁失當，失之冗雜。

蘇軾主張「隨物賦形」，只是重視客觀對象，要求寫得形象生動的意思。他很反對刻板地描繪。《書鄢陵王主簿所畫折枝》詩曰：「論畫以形似，見與兒童鄰；賦詩必此詩，定非知詩人。」作品要有概括力，要能攝取描寫對象的精神，要有豐富的寓意，這種見解可以糾正他的學說可能產生的流弊。

在有關作家生活與知識等問題上，蘇軾也有很多體會。他的父親蘇洵在《仲兄字文甫說》中曾經提出過「風水相遭」之說。風流動於太空，水流動於河海，偶然相遇，形成千奇百怪的波紋。蘇洵指出，這也不是水的文，也不是風的文，「物之相使而文出於其間也，故此天下之至文也」。當然，這是一個譬喻，蘇洵藉以說明作家平時如有道與文的修養，那麼他與外界事物接觸之時，雖然出於無意或偶然，也可自然地產生好的作品。蘇軾在《江河唱和集序》中作了進一步的發揮。他先是說：「夫昔之為文者，非能為之為工，乃不能不為之為工也。」然後介紹了自身的經歷，「己亥之歲（公元一〇五九年），侍行適楚」時的一些體會，所謂「山川之秀美，風俗之樸陋，賢人君子之遺跡，與凡耳目之所接者，雜然有觸於中，而發於詠歎」。他的弟弟蘇轍也有相似的議論，說得尤為透徹，《上樞密韓太尉書》中介紹了孟子的養氣說，又以司馬遷「行天下，周覽四海名山大川，與燕趙間豪俊交遊，故其文疏蕩，頗有奇氣」為事例，說明多方面提高修養的重要性。他體會到百氏之書「皆古人之陳跡，不足以激發其志氣」，必須「求天下奇聞壯觀，以知天地之廣大」。這裏包括遊歷名山大川、古今都城，並與當代文壇領袖歐陽修及其門弟子等人的交遊。顯然，蘇氏兄弟已經能夠突破單純從書本中找創作源頭的錯誤傾向，轉而注意觀察外界事物，注意積累生活知識，增加閱歷，提高修養，這些都是突過前人與時人的一般見解的地方。但他們所理解的生活鍛煉，限於瞭解民情風俗等方面，這是需要加以說明的。

蘇軾注意到了對立的不同風格之間存在着相反相成的辯證關係，追求風格多樣化的統一。《書黃子思詩集後》曰：「韋應物、柳宗元發纖穠於簡古，寄至味於澹泊，非餘子所及也。唐末司空圖崎嶇兵亂之間，而詩文高雅，猶有承平之遺風。其論詩曰：『梅止於酸，鹽止於鹹，飲食不可無鹽梅，而其美常在鹹酸之外。』」他最推崇的是陶潛等人的「枯澹」詩風，《評韓柳詩》曰：「所貴乎枯澹者，謂其外枯而中膏，似澹而實美。」這是基於司空圖的理論作出的發展。說明作者寫作某種風格的作品，不能侷促一隅，而應注意不同風格的作品，多方汲取，融會貫通，自成一格。因為修養深了，技巧也老到了，創作上才能進入爐火純青的境地。周紫芝《竹坡詩話》曰：「作詩到平淡處，要似非力所能。東坡嘗有書與其侄云：『大凡為文，當使氣象崢嶸，五色絢爛，漸老漸熟，乃造平淡。』」這樣的作品，內涵才能深厚，意味才能深長。

蘇軾的創作和理論具有很大的創造性。他曾指出吳道子繪畫上的特點是：「出新意於法度之中，寄妙理於豪放之外。」（《書吳道子畫後》）表達了他對創作的要求。實際上這也正是他創作上的特點。這對後來江西詩派中人所謂「活法」等說也有影響。

第四章　黃庭堅的詩論和江西詩派的形成

蘇軾門下詩人很多，其中以黃庭堅對後代的影響為最大。

黃庭堅（公元一〇四五—一一〇五年）字魯直，號山谷，一號涪翁，江西分寧（今江西修水）人。他曾追隨蘇軾反對新法，因而遭到貶謫，鬧得意志消沉，接受了佛家消極避世的思想，從政治鬥爭中退縮了下來，專在詩文上下功夫。因為他在詩歌的形式技巧（例如韻律的安排等）上也有不少創造，大量寫作所謂「拗體」詩，贏得了很大的聲名，因而當時的品評者即以蘇、黃並稱。

蘇軾重視創新，《詩頌》曰：「衝口出常言，法度去前軌；人言非妙處，妙處在於是。」（周紫芝《竹坡詩話》引）因此他的創作直抒胸臆，信筆直書。黃庭堅也注意創新，而「悟抉章摘句為難，要當於古人不到處留意，乃能聲出眾上」（吳曾《能改齋漫錄》卷八引《西清詩話》），卻是走着生僻的小路，追求出奇制勝，以人巧勝天工。這種方向，容易把人帶向形式主義的歧路。

黃庭堅主張「於古人不到處留意」，結果卻受到了古人的無形束縛。首先就得注意古人的文章有哪些題材還不曾寫過？有哪些材料還可補充？這樣勢必把鑽研古籍視為成功的捷徑。他在《答洪駒父書》中說：

> 自作語最難。老杜作詩，退之作文，無一字無來處。蓋後人讀書少，故謂韓、杜自作此語耳。古之能為文章者，真能陶冶萬物，雖取古人之陳言，入於翰墨，如靈丹一粒，點鐵成金也。

杜甫敘述創作經驗時說：「讀書破萬卷，下筆如有神。」但他在詩歌上所以能夠取得巨大的成就，還在於經歷了社會的變亂，廣泛地接觸了現實。黃庭堅以讀書為創作成敗的關鍵，「以學問為詩」，卻把創作活動導入狹隘的境地。這類詩人填塞典故，連綴奇字，迎合某些上層文士的趣味。這樣的創作，內容必然貧乏，成就必然受到局限。

如何利用古人的材料，花樣翻新，黃庭堅還提出了兩項具體的主張。

山谷云：詩意無窮而人之才有限，以有限之才追無窮之意，雖淵明、少陵不得工也。然不易其意而造其語，謂之換骨法；窺入其意而形容之，謂之奪胎法。（惠洪《冷齋夜話》卷一）

所謂「換骨」，就是不改變原來的詩意，另用其他語句來表達；所謂「奪胎」，則是依仿前人詩意而改作之。換句話說，「換骨法」注意在文辭上加工改寫，「奪胎法」注意在文義上引申發展。黃庭堅認為人的才能有限，不可能廣泛地反映外界事物，因此只能追隨於若干有成就的作家之後，跟着他們向已被證明為走得通的平坦大道上走去。黃庭堅的本意是在利用或借鑒優秀的文學遺產，推陳出新，構成新的意境和句式。他本人精於此道，取得了不少成績，但學之者眾，不免泥沙俱下，才力低下者，也就難免蹈襲之弊了。金代王若虛批判道：「魯直論詩，有『奪胎換骨、點鐵成金』之喻，世以為名言，以予觀之，特剽竊之黠者耳。」（《滹南詩話》卷下）語雖尖刻，卻也不能不認為他說出了部分事實。

應該說明，點竄前人語句而成詩，也是古人常用的手法，並不是從黃庭堅開始的。例如何遜《入西塞示南府同僚》詩中有句云「薄雲岩際出，初月波中上」，杜甫《宿江邊閣》詩中有句作「薄雲岩際宿，孤月浪中翻」。仇兆鰲《杜詩詳注》曰：「何仲言詩尚在實處摹景。此用前人成句，只轉換一二字間，便覺點睛欲飛。」但宋代之前的人於此只是偶爾為之，並不以此見長，黃庭堅卻把這種手法總結成理論，作為寫詩的訣竅，告誡後人，這就是一種容易滋生弊病的理論了。

黃庭堅也提到了關於詩文內容的問題。他曾再三囑咐後輩要留心經術，並在《與王觀復書》中提出學習「杜子美到夔州後詩，韓退之自潮州還朝後文章」的主張。這是因為杜、韓兩人自此之後關心現實的傾向有所減弱，更多地注意形式技巧的緣故。黃庭堅專挑兩人後期的作品供人學習，正好表明他的喜好和傾向。

這是一種消極避世者的詩論，但他適合一般兼具學者與文士雙重身份的封建文人的脾胃，因而直到晚清之時，遵照它的原則而寫作的人代代弗絕，而在南宋之時影響尤為廣大。那時國勢很弱，內憂外患，連綿不斷。文人之中，只有個別人物還有一些蓬勃的氣概，一般文人卻都顯得柔弱萎靡。他們不敢正視社會矛盾和民族矛盾，對人生缺少真切的感受，但卻還要吟詩作文，這就只能鑽研技巧，從古人的作品中去尋找生活。因為他們的創作源泉枯竭，只能在書本與技巧上下工夫，黃庭堅的學說既有理論又有具體方法，最能滿足他們的需要，因而根據這些原則寫作的人越來越多，逐漸形成了一個流派。

南宋初年，呂本中作《江西詩社宗派圖》，並刻《江西宗派詩集》一百一十五卷，列陳師道以下凡二十五人（其後幾家記載人數不一，有的多到二十七人），於是文壇上正式出現了江西詩派這一名稱。似乎這是一個地方性的詩歌流派，其實不然，例如陳師道為彭城（今江蘇徐州）人，韓駒為蜀仙井監（今四川仁壽）人，都不是江西人，因此楊萬里在《江西宗派詩序》中指出它的組成是「以味不以形也」，也就是說這些人物是因詩歌風格一致而被視為同一流派的。其後元代的方回在《瀛奎律髓》這部詩歌選集中更提出了所謂一祖三宗之說。卷二十六「變體」類中云：「古今詩人當以老杜、山谷、後山、簡齋四家為一祖三宗，餘可預配饗者有數焉。」這裏遙推杜甫為「祖」，而以黃庭堅、陳師道、陳與義為「宗」；實則陳與義的詩風與此流派不同，杜甫的氣派和生活道路更與這些詩人不同，江西詩派的後輩所以虛尊之為祖宗，除了在形式技巧方面個別地方確是有所繼承這一原因之外，主要目的可能還是在於抬高這一流派的地位。陳師道則對作品風格提出了具體要求，他說「寧拙毋巧，寧樸毋華，寧粗毋弱，寧僻毋俗，詩文皆然。」（《後山詩話》）〔一〕由此可見江西詩派中人自鳴孤高的心理和對形式技巧問題的注意。

其後江西詩派的某些作家在理論上還曾作過一些補充。曾季貍《艇齋詩話》曰：「後山〔陳師道〕論詩說『換骨』，東湖〔徐俯〕論詩說『中的』，東萊〔呂本中〕論詩說『活法』，子蒼〔韓駒〕論詩說『飽參』，入處雖不同，然其實皆一關捩〔關鍵〕，要知非悟入不可。」徐俯「中的」之說未詳。陳師道的「換骨」說見《次韻答秦少章》詩，中云「學詩如學仙，時至骨自換」，說明關鍵在一「時」字。學習的功夫既深，一旦變化，便能形成自己的風格，是謂「換骨」。韓駒「飽參」說的原理與此相似，《贈趙伯魚》詩曰：「學詩當如初學禪，未悟且遍參諸方；一朝悟罷正法眼，信手拈出皆成章。」這種玄虛的論調，深受佛教禪宗的影響，實際上只是說明不應死守一家一派，應該多方面地學習，一旦得到啟發之後，則可深知寫作詩歌的訣竅，寫作之時自能揮灑自如。這些地方說明江西詩派的作家也有建立個人獨特風格的要求，但他們卻以學習前人作品為成功的關鍵，因而拘守家法的人始終不能擺脫「以學問為詩」的錯誤見識。呂本中在《童蒙訓》中也提倡「悟入」，而又強調「悟入必自功夫中來」，也就是說「飽參」之後始能「悟入」。他的所謂「活法」之說則見於《夏均父集序》，中云「學詩當識活法。所謂活法者，規矩備具而能出於規矩之外，變化不測而亦不背於規矩也。是道也，蓋有定法而無定法，無定法而有定法。如是者，則可以與語活法矣」（劉克莊《後村先生大全集》卷九十五《江西詩派》引）。看來此說似曾受過蘇軾學說的影響，但二者的精神卻已有很大的不同。蘇軾的理論重點在創造，呂本中則着重在「不背於規矩」；前者超越於個別字句而自「出新意」，後者追求技巧而膠着於個別文字。呂本中在《童蒙訓》中論「響」字等問題，認為不但七言詩中第五字要響，五言詩中第三字要響，「所謂響者，致力處也。予以為字字當活，活則字字自響」。

可見江西詩派中人即使在討論活法之時仍然着眼在個別的字上，這就不免時而死於句下了。

「活法」當然是與「死法」相對而言的。俞成《螢雪叢說》卷一中有一段話，就個別字句解釋死活二法，可以參考。他以為「若膠古人之陳跡而不能點化其句語，此乃謂之死法；死法專祖蹈襲，則不能生於吾言之外。活法奪胎換骨，則不能斃於吾言之內」。可見所謂活法，只是能點化「古人陳跡」中的句語就是了。這類詩人還是恪守「奪胎換骨」等基本原則，自以為能變化創新，實則何嘗超出「規矩」之外，只是用了一種靈活的「蹈襲」法罷了。

第五章　南宋詩人對江西詩派的批判

江西詩派的理論，最配那些養尊處優的封建文人的脾胃。他們生活嫌貧乏，但有時間鑽書本，因此

〔一〕風格問題較抽象，這裏酌舉一些詩句作為例證加以說明。

[拙]杜甫《即事》：「一雙白魚不受釣，三寸黃柑猶自青。」[樸]陳師道《示三子》：「喜極不得語，淚盡方一哂。」

[粗]薛能《自諷》：「千題萬詠過三旬，忘食貪魔作瘦人。」[僻]孟郊《秋懷》：「商葉墮乾雨，秋衣臥單雲。」

江西詩派刻意尋求的就是這一類詩句。按宋代已有人疑《後山詩話》為依托之作，然胡仔《苕溪漁隱叢話》後集卷二十七引《復齋漫錄》也轉引了陳氏的這四句話，可證這些意見確是江西詩派中的代表人物陳師道提出的。

樂於在文字上下功夫。但是見解較高的人卻不願意受它清規戒律的束縛，他們要求自由地表現現實生活；為了擺脱「以學問為詩」的束縛，他們常是改而信從蘇軾「衝口出常言，法度去前軌」的學説；為了突破江西詩派「鉤章棘句」的詩風，他們常常改為推崇晚唐詩，因為這類作品寫作上顯得隨便些。由是南宋、金、元各個朝代翻來覆去地進行着蘇、黃之爭，晚唐詩和宋詩（以江西詩派為代表）之爭。所謂南宋四大家：尤袤、楊萬里、范成大、陸游，早年都曾信從江西詩派的理論，後來都脱離了這一陣營。楊萬里的創作道路是有代表性的。《誠齋荊溪集序》中曾自述學詩經過，早年他學江西詩派的詩，但「學之愈力，作之愈寡」，以後因做外任官，公務繁忙，雖有詩思，無暇動筆，一朝「忽若有寤」，擺脱前人的影響，改為即興式的創作，終於形成了自己的風格。於是他説：「傳派傳宗我替羞，作家各自一風流。黃（庭堅）、陳（師道）籬下休安腳，陶（潛）、謝（靈運）行前更出頭。」（《跋徐恭仲省干近詩》之三）不再當他人的奴隸了。楊萬里的這種作風近於晚唐詩體，因而對此一再表示推崇，如云：「受業初參且半山（王安石），終須投換晚唐間。」（《答徐子材談絕句》）並不平地説：「晚唐異味同誰賞？近日詩人輕晚唐。」（《讀〈笠澤叢書〉》）

陸游的經歷與抱負與尤、楊等人有很大的不同，他的理論顯得更高超些。

陸游（公元一一二五—一二一〇年），字務觀，號放翁，越州山陰（今浙江紹興）人。早年曾從江西詩派中人曾幾為師，曾幾稱其詩淵源於呂本中。中年以後逐漸突破江西詩派的束縛。因為陸游所處的時代，民族矛盾異常激烈，南宋王朝處在危殆之中，而他小時就曾受到家庭的愛國教育，長大以後常想報效朝廷，但屢次遭到統治集團中人的打擊，仕途上很不得意。中年入蜀從軍之後，由於生活上的突變，視野開闊了，題材豐富了，終於在創作上揭開了新的一頁。《九月一日夜讀詩稿有感走筆作歌》中自述這一曲折的轉變過程道：「我昔學詩未有得，殘餘未免從人乞，力孱氣餒心自知，妄取虛名有慚色。四十從戎駐南鄭，酣宴軍中夜連日，打毬築場一千步，閱馬列廄三萬匹，華燈縱博聲滿樓，寶釵豔舞光照席，琵琶弦急冰雹亂，羯鼓手勻風雨疾。詩家三昧〔真訣〕忽見前，屈〔原〕賈〔誼〕在眼元歷歷，天機雲錦〔寫作的奧妙和錦繡的文章〕用在我，剪裁妙處非刀尺。……」這樣陸游才算是走上了創作的正路，寫出了許多氣勢雄壯的愛國詩篇。

「詩家三昧」從何而來？江西詩派歸之於「飽參」，陸游則說得之於戰地生活。這是兩種不同的回答。當然，陸游這時也還只是過着封建社會的軍隊裏上層人物所過的生活，經常參與狂歡、縱博以及欣賞營妓的歌舞，但他畢竟處於國防的前線，緊張而又豪放的心情，激發了詩思，而這樣的生活卻又是其他詩人所根本缺乏的。從這種新的生活中也就誕育了新的文學見解。這時他再回過頭來觀察過去的創作道路，也就感到狹隘得很了。於是他對過去宗奉的江西詩派作了揭露和批判。

黃庭堅說老杜作詩「無一字無來處」，陸游駁斥道：杜甫作詩的本意不在此，例如研究《岳陽樓詩》吧，怎能以搜求典故為滿足？即使字字找到了出處，反而離杜甫的原意更遠了。又如《西昆酬唱集》中的詩，倒是字字有出處，那又怎能與杜甫的詩相提並論？接着他說：「且今人作詩，亦未嘗無出處，渠自不知；若為之箋注，亦字字有出處，但不妨其為惡詩耳。」（《老學庵筆記》卷七）這就從根本上否定了江西詩派中人的作品的價值。

呂本中倡「活法」，並引謝朓「好詩流轉圓美如彈丸」語為印證，陸游對此也作了駁斥。《答鄭虞任檢法見贈》詩曰：「區區圓美非絕倫，彈丸之評方誤人。」他已瞭解到雕琢形式技巧畢竟是次要的問題。當時學習晚唐詩的人已很多，陸游對此也有不滿。《宋都曹屢寄詩且督和答作此示之》曰：「……及觀晚唐作，令人欲焚筆。此風近復熾，隙穴殆難窒。淫哇解移人，往往傷妙質。」他反對這類詩人只在小天地中打轉的作風。

詞是宋代的重要文體。宋代詞人受五代之時專寫兒女私情的作家的影響很大。陸游在《跋〈花間集〉》中說：「方斯時，天下岌岌，生民救死不暇，士大夫乃流宕如此，可歎也哉！」這裏涉及到了文學與時代的關係，國家危急之時怎麼還能寫作這類柔靡浮豔的作品呢？

幾年從軍生活，使他開拓了眼界，提高了認識，此後他就反覆宣傳這個道理，不能為做詩而做詩，必須走出書齋，到現實生活中去尋找創作的材料，激發創作的靈感。《冬夜讀書示子聿》之三曰：「紙上得來終覺淺，絕知此事要躬行。」《題盧陵蕭彥毓秀才詩卷後》曰：「法不孤生自古同，癡人乃欲鏤虛空。君詩妙處吾能識，正在山程水驛中。」《廣西通志》卷二百二十四載桂林石刻陸游與杜思恭手札曰：「大抵此道在道途則愈工。雖前輩負大名者，往往如此。願舟楫鞍馬間加意勿輟，他日絕塵邁往之作必得之此時為多。」而在《示子遹》一詩中，更對個人的發展道路和文學見解作了簡括的說明：

我初學詩日，但欲工藻繪；中年始少悟，漸若窺宏大。……詩為六藝一，豈用資狡獪？汝果欲學詩，工夫在詩外。

第六章　宋人詩話和嚴羽的《滄浪詩話》

一、詩話的形成和發展

中國古代的文人通常喜歡運用「詩話」這種體裁表達文學見解。許顗《彥周詩話》曰：「詩話者，辨句法，備古今，記盛德，錄異事，正訛誤也。」說明這類作品內容很龐雜，而形式卻是很活潑的。它是作家創作經驗的總結，也是理論家文藝探索的隨筆。可作批評，可作考證，可敍故事，可談理論。有心得就記下來，略作匯輯即可公之於世。因為它成書較易，故而內容好壞不一。其中一些優秀的作品，堪稱文學理論上的傑作，優秀作家的創作經驗，時代思潮的遞變興衰，都反映在這類著作中。後人若要瞭解一個時代文學思想上的成果，就得從這類詩話中去搜求。一些普通的作品，也就是絕大多數的詩話，則是精華與糟粕雜存，閱讀這樣的作品，常會產生「披沙簡金，往往見寶」的感覺。至於一些水平低的作品，則如章學誠在《文史通義．詩話》中說的：「以不能名家之學，入趨風好名之習；挾人盡可能之筆，著惟意所欲之言。」這對詩話中一些庸濫的作品確是一針見血的批評。

唐詩的創作成就極為偉大，但詩人所積累的極為豐富的創作經驗卻未能及時總結，從現存的一些「詩格」、「詩式」、「詩例」之類的著作來看，大都偏於形式技巧方面細枝末節上的研討，專在對偶、聲律、體勢上下功夫，諸如五格、十七勢、二十式、二十八病、二十九對、四十門等等，細碎煩瑣，對指導創作未必有什麼大的幫助。這類作品經過時代的淘汰，大都湮沒了，只有部分著作保存在旅華日僧遍照金剛（法名空海，即弘法大師，公元七七四—八三五年）編纂的《文鏡秘府論》一書中，藉此可見一斑。宋代詩歌創作進入了另一個高潮，喜好理論探索的宋代文人，需要創製一種適當的體裁，對前代和當代積累下來的創作經驗加以總結和記錄。這項任務首由歐陽修來完成。他在晚年寫作《六一詩話》，自言「居士退居汝陰而集以資〔助〕閒談也」。寫作態度似乎還不夠嚴肅，但是這種記敘方式卻也體現了宋代詩話的特色：稱心而言，娓娓而談，文筆舒卷自如，讀之饒有興味。這樣的著作，不是什麼記錄崇論閎議的煌煌大著，往往以其精粹著稱。《六一詩話》所錄條目不多，但已純屬論詩之作。裏面偶有率意着墨記憶疏誤之處，但也不乏精到的議論。例如其中一則說：「聖俞〔梅堯臣字〕嘗語余曰：『詩家雖率意而造語亦難。若意新語工，得前人所未道者，斯為善也。必能狀難寫之景如在目前，含不盡之意見於言外，然後為至矣。』」就對詩歌形象的特點和含蓄的情趣作了很好的說明，因而博得了後人的讚美。這是推闡《文心雕龍．隱秀》篇中「情在詞外曰隱，狀溢目前曰秀」〔二〕二語而提出來的，說明他們對前人的學說有所繼承；而從他們所舉的一些唐人詩句來看，則又說明他們對唐代有關意境的學說也當有所繼承。

其後寫作詩話的人愈來愈多，成了中國古代詩文評這一文藝傳統中的重要樣式。宋代詩話總計約有上百種之多，只是大多數作品已經散佚或有殘缺。明、清兩代共有多少詩話已經很難統計了。這類著作的內容一般隨文壇風氣的變遷而推移，例如北宋初年大修史書，因此像歐陽修的《六一詩話》、司馬光的《續詩話》、劉攽的《中山詩話》，記載文壇軼事和考訂史實的比重很大；蘇、黃出現於文壇之後，詩風一變，蘇軾博學，好鋪排典故成語，黃庭堅更主張以學問為詩，因此北宋中葉以後的詩話對考索用事造語的出處很感興趣，例如魏泰的《臨漢隱居詩話》、葉夢得的《石林詩話》、吳幵（？）的《優古堂詩話》、曾季貍的《艇齋詩話》，都是喜歡談學問的著作。但到南宋中期以後，蘇、黃詩的弊端開始暴露，於是又有幾部作品出來反對，並對詩歌創作的一些根本問題作了理論上的探索，例如張戒的《歲寒堂詩話》、姜夔的《白石道人詩說》、嚴羽的《滄浪詩話》，都以此著稱。這樣，隨着時代和文學的發展，自歐陽修至嚴羽，詩話的寫作也經歷着一段提高的過程。軼事典故的記錄逐漸減少，文學批評的成分不斷增加，它由隨筆雜記慢慢進化為較有綱領的理論闡述，從閒談的小品發展為嚴肅的理論著作。

二、張戒的《歲寒堂詩話》

中國是一個有着悠久的詩歌傳統的國家。每一個時代的詩歌，都有它不同的風貌；每一個有成就的詩人，都有他獨特的風格。而一代詩風的形成，又常是由這個時代的偉大詩人的獨特風格所開創而形成的。例如李白和杜甫的作品奠定了盛唐詩歌的基礎，又給中、晚唐詩人以巨大的影響，但他們的風格，與前相較有着較多的不同，因而常是得不到同時人的認可。唐代前期出現的幾部詩歌選集，殷璠的《河岳英靈集》不選杜甫詩，芮挺章的《國秀集》和高仲武的《中興間氣集》都不選李、杜詩，可以看到開創新風氣的困難。宋代詩歌的發展也遇到了同樣的情況。蘇軾、黃庭堅走的是詩歌散文化的路子，經過他們的努力，宋詩才形成了一代風貌。這是古典詩歌上的一次大發展。比起唐詩來，宋詩的議論多了，更注意寫作技巧了，這又是蘇、黃經常受到指責的地方。張戒也表示反對，他在《歲寒堂詩話》中說：

〔一〕《隱秀》篇原文已殘缺，這兩句佚文還保存在張戒的《歲寒堂詩話》中。

「國風」、《離騷》固不論。自漢、魏以來，詩妙於子建，成於李、杜，而壞於蘇、黃。余之此論，固未易為俗人言也。子瞻以議論作詩，魯直又專以補綴奇字，學者未得其所長，而先得其所短，詩人之意掃地矣。

這裏應該指出的是：他對蘇、黃的詩持分析的態度，認為他們既有所長，也有所短。自宋代起，批判江西詩派的人很多，但也有一些人把黃庭堅和江西詩派分開，區別對待。例如元好問在《論詩三十首》之二十八中就說：「論詩寧下涪翁拜，未作江西社裏人。」張戒的見解也有類於此，批判的矛頭主要指向沾染了「蘇、黃習氣」的人。

做詩當然不能賣弄學問。填塞典故，高談哲理，無視文學的特點，也就破壞了詩歌創作。但以議論為詩，卻未必就是弊病，杜甫的《戲為六絕句》，也是以議論為詩，但因所論以情出之，作品之中仍然充滿着豐富的韻味，因而自古至今一直視為佳作。可見問題不在詩歌中有沒有議論，而是時時不要忘記文學的特點。以文為詩，可以更自由地表達內容，擴展詩境，這也不能算是什麼歧路。從歷史發展的觀點來看，由唐詩演變成散文成分較多的宋詩，或許正是文學創作道路上的必由之路。因此，宋人對蘇、黃的批判，固然有其合理之處，但也需要具體分析，特別是對蘇軾的批判，更應該持鄭重對待的態度。但一種詩風形成之後，魚龍混雜，往往把它內部存在的問題發展到極端，則又是亟應加以糾正的了。張戒反對蘇、黃詩的流弊，總結創作上的歷史經驗，要求繼承儒家倡始的詩歌傳統。這樣做，實際上是企圖借重儒家詩論糾正當代的文風。

張戒指出：「言志乃詩人之本意，詠物特詩人之餘事。」一些「情真」、「味長」、「氣勝」的作品，「本不期於詠物，而詠物之工，卓然天成」。「蘇、黃用事押韻之工，至矣盡矣，然究其實，乃詩人中一害，使後生只知用事押韻之為詩，而不知詠物之為工，言志之為本也，風雅自此掃地矣。」這裏是用「詩言志」說反對蘇、黃的偏重形式技巧。

張戒標舉「思無邪」說，反對一切「落邪思」的詩歌，而他給「邪思」下的定義，卻又顯得特別。例如他說：「魯直雖不多說婦人，然其韻度矜持，冶容太甚，讀之足以蕩人心魄，此正所謂邪思也。」這就讓人難於領會了，或者黃詩頗多修飾，惡之者嫌其做作，嗜之者以為有異味，因而引起張戒的反感，認為這類詩歌足以勾引他人走上邪路。

張戒提出了「主文而譎諫」的原則，要求詩歌中有「含蓄」的情趣，這自然是傳統的主張。元、白的詩卻是「詞意淺露，略無餘蘊」，「若收斂其詞，而少加含蓄，其意味豈復可及也。蘇端明子瞻〔蘇軾曾為端明殿學士〕喜之，良有由然」。說明蘇詩軒豁淺露，和白詩同病。

張戒認為學習前代詩人的作品，「其始也學之，其終也豈能過之？」必須取法乎上，研究這些詩人所以成功的歷史原因，看他繼承了前代的哪些東西，推本窮源，才有可能超過這些可供學習的詩人。他最推崇杜詩，「欲與李、杜爭衡，當復從漢、魏詩中出爾」。「學者須以次參究，盈科而後進，可也」。這種見解，從文學發展的前後繼承關係來說，有其合理之處；但詩人的成功並不單是決定於繼承了前代的哪些遺產，因而這種意見又有其片面的地方。

張戒生活於南宋初年，其時蘇、黃詩的流弊還在發展之中，而他在《歲寒堂詩話》中痛下針砭，可以說是得風氣之先。這對後來反對蘇、黃的一些詩論都有影響。

三、姜夔的《白石道人詩說》

姜夔（公元一一五五？——一二三〇？年）字堯章，號白石道人。他是南宋著名的詩人和詞人，曾從蕭德藻（號千巖）學詩，又跟尤、楊、范等人交遊。蕭也是出於江西詩派又想擺脫其影響的人。范晞文《對床夜語》卷二引其語曰：「詩不讀書不可為，然以書為詩不可也。」這種意見，不但影響着姜夔，看來還影響到後來的嚴羽。

姜夔在《白石道人詩集自序一》中介紹了尤袤的勸導，作詩應該「自出機軸」，不必學江西詩派；他自述學詩經過，也提到當年曾「三薰三沐，師黃太史氏。居數年，一語噤不敢吐，始大悟學即病，顧不若無所學之為得，雖黃詩亦偃然高閣矣」。於是他在《白石道人詩集自序二》中介紹了自己的學詩心得：

> 作者求與古人合，不若求與古人異。求與古人異，不若不求與古人合而不能不合，不求與古人異而不能不異。彼惟有見乎詩也，故向也求與古人合，今也求與古人異；及其無見乎詩已，故不求與古人合而不能不合，不求與古人異而不能不異。其來如風，其止如雨，如印印泥，如水在器，其蘇子〔軾〕所謂「不能不為」者乎？

這就是說，不管你是有意識地學習前人，還是有意識地想擺脫前人的影響，心目都有前人的作品存在，因而實際上還是受着前人的束縛。只是當你有了「不能不為」的要求，在強烈的創作衝動之下寫去，才能出現你個人的風格。顯然，這種意見繼承了蘇軾的理論遺產。

姜夔的詩成就雖然有限，但卻出之於精思獨造，不傍人門戶，有個人的風格。所著《白石道人詩說》

僅三十則，集中討論了形式技巧上的一些問題，已是一部純粹記錄創作經驗的詩話，談的全是個人的體會，很有參考價值。

因為他出於江西詩派，因此也談詩法，也談詩病，而談「活法」之語尤多。如曰：「難說處一語而盡，易說處莫便放過；僻事實用，熟事虛用；說理要簡切，說事要圓活，說景要微妙。多看自知，多作自好矣。」「學有餘而約以用之，善用事者也；意有餘而約以盡之，善措辭者也；乍敘事而間以理言，得活法者也。」「波瀾開闔，如在江湖中，一波未平，一波已作。如兵家之陣，方以為正，又復是奇；方以為奇，忽復是正。出入變化，不可紀極，而法度不可亂。」這些說法，有與江西詩派相同的地方，而在實質上已有差異。江西詩派以文字為詩，只在用字、造句、使事、謀篇等方面求「活」，姜夔「唯無見於詩」，要求表現自己的創作個性，因此他的求「活」，目的是在突破一些程式的束縛。姜夔填詞追求清越冷雋，談詩時提倡「高妙」，作為最高的境界，而於理、意等處再三致意。

> 詩有四種高妙：一曰理高妙，二曰意高妙，三曰想高妙，四曰自然高妙。礙而實通，曰理高妙；出自意外，曰意高妙；寫出幽微，如清潭見底，曰想高妙；非奇非怪，剝落文采，知其妙而不知其所以妙，曰自然高妙。

四種「高妙」都要求超脫於文字的形跡，「自然高妙」一項，更是只可意會不可言傳的最高境界。「知其妙而不知其所以妙」，這種論點雖有玄虛之弊，但反對以規矩為巧，強調詩歌創作的特點，破除江西詩派那種用實學代替創造的錯誤傾向，還是有其合理的因素。

《白石道人詩說》中還說：「文以文而工，不以文而妙。然舍文無妙，勝處要自悟。」也是很有啟發性的意見。江西詩派中人的詩，往往停留在「工」上，姜夔則進一步要求「妙」。「妙」不能憑空出現，只能體現在文字上，但「知其妙而不知其所以妙」，而又要努力去領會此中「妙」處，「礙而實通」，「出自意外」云云，又不能用理性去分析，這就只能仰仗於直覺的「悟」了。這種理論，向前再跨進一步，就出現了嚴羽的《滄浪詩話》。

四、嚴羽的《滄浪詩話》

嚴羽（生卒年不詳）字儀卿，號滄浪逋客，邵武（今福建邵武）人。他是一個不大出名的詩人，但所著《滄浪詩話》，內分「詩辨」、「詩體」、「詩法」、「詩評」、「考證」五部分，比之時人同類著作，體系最為完整，對後人的影響也最大。

嚴羽寫作《滄浪詩話》的主要目的是攻擊江西詩派，自稱「其間說江西詩病，真取心肝劊子手」（《答出繼叔臨安吳景仙書》）。其主要理論根據是：

> ……近代諸公乃作奇特解會，遂以文字為詩，以才學為詩，以議論為詩。夫豈不工，終非古人之詩也。蓋於一唱三歎之音，有所歉焉。且其作多務使字，不問興致；用字必有來歷，押韻必有出處。讀之反覆終篇，不知著到何在。

宋代的詩人常是忽視詩歌的特點，他們喜歡以學問為詩，以此作為說理的工具。其中一些極端的作品，和學術論文也就相去不遠了。南宋一直有人起而反對，繼尤、楊、范、陸和前面介紹的一些詩話作者之外，和嚴羽時代相去不遠的詩人，如四靈〔三〕及隨之而起的江湖詩派，也是為了反對江西詩派而形成自己的詩風的。他們為了反對以學問為詩，改為不用典故成語，盡量採用白描的手法。江西詩派自稱師法杜甫，江湖、四靈則改為效法晚唐詩人，特別學習賈島、姚合一派的作品。他們的詩風淺薄瑣碎，走上了狹隘的歧路，所以嚴羽對此也有不滿，稱之為「清苦之風」，作為江西詩派的另一極端而加以反對。這樣嚴羽左右開弓，對南宋文壇上兩種主要的創作傾向都有批判，並對詩歌的藝術特點作了探索。他說：

夫詩有別材，非關書也；詩有別趣，非關理也。然非多讀書，多窮理，則不能極其至。所謂不涉理路，不落言筌者，上也。

前面的話指斥江西詩派，後面的話指斥江湖、四靈。這些話乍看起來似有矛盾，實際上只是說明：詩人平時必須注意提高學識，但不能直接把它用進創作中去，這是因為詩歌有它的特點，「詩者，吟詠情性也」，它不是賣弄學問的場所。

嚴羽提出「學詩者以識為主」，就是說詩人要有很高的見解，才能走上創作的正路。但這識力通過什麼途徑才能培養呢？嚴羽提出的辦法，卻又像是江西詩派的所謂「飽參」了。他認為應該從高標準的作品入手，「功夫須從上做下，不可從下做上。先須熟讀楚辭，朝夕諷詠以為之本；及讀『古詩十九首』，樂府四篇，李陵、蘇武，漢、魏五言，皆須熟讀，即以李、杜二集枕藉觀之，如今人之治經，然後博取盛唐名家，醞釀胸中，久之自然悟入」。認為這種學詩途徑才可「謂之向上一路，謂之直截根源，謂之頓門，

〔三〕徐璣，號靈淵；徐照，字靈暉；翁卷，字靈舒；趙師秀，號靈秀；合稱「四靈」。

謂之單刀直入也」。

大約嚴羽感到詩歌理論很玄妙，為了「說得詩透徹」，他引用了唐代以來風行於知識界的禪宗哲學，作為譬喻。禪宗之中向有所謂南頓、北漸之說。以慧能為創始者的南宗禪學，不重學習經典，追求某種突發的機緣，覺察人生的至理，頓時成佛，此即所謂「頓悟」；而以神秀為創始者的北宗禪學，仍奉佛經為根據，着重深入體察，逐漸領會，最後達到「大徹大悟」的境界，此即所謂「漸悟」。嚴羽對佛教哲學沒有什麼研究，議論中有許多常識性的錯誤，例如他對大、小乘的區分就有問題。佛教認為人有三種不同的修持途徑，並把這三種修持途徑比作所乘的三種車，故稱「三乘」。內分：一、菩薩乘；二、辟支乘；三、聲聞乘。菩薩乘重普度眾生，故稱大乘。「辟支」為梵語獨覺的意思，是說無所師承獨自悟道；「聲聞」指通過誦經聽法而悟道：後面二乘均重自我解脫，故稱小乘。由此可知，「聲聞」「辟支」就是小乘，嚴羽卻認為大、小乘外另有「聲聞、辟支果」了。《滄浪詩話》中的這些錯誤，清初馮班曾著《嚴氏糾謬》一一辯駁。但嚴羽的目的是在引用這些道理作為譬喻。因為「禪道唯在妙悟，詩道亦在妙悟」，所以「以禪喻詩，莫此親切」，只是以其有共通處，故而借用佛教中的一些說法闡明自己的理論主張罷了。

嚴羽雖然標榜頓悟，但卻強調「參詩」，「辨盡諸家體制」，也重視學識方面的功夫。這也就是頓悟而不廢漸修的意思。不過在他看來，寫詩之時可不能用科學的分析方法，只能「醞釀胸中」，「一味妙悟」，即玩味體會，豁然貫通，突發地掌握住詩歌的美學特點。這種學說帶有宗教學說固有的神秘色彩，似乎寫詩可以排除邏輯思維的作用，實則這又怎能與理性認識脫離關係？「悟有深淺，有分限，有透徹之悟，有但得一知半解之悟。」則是由於領會的深度不同而引起的。

嚴羽「參詩」的結論是：「大曆以前，分明別是一副言語；晚唐，分明別是一副言語；本朝諸公，分明別是一副言語。」因此他說：「漢、魏、晉與盛唐之詩，則第一義也。」「故予不自量度，輒定詩之宗旨，且借禪以為喻，推原漢、魏以來，而截然謂當以盛唐為法。」

盛唐詩的妙處「惟在興趣」。「興趣」就是他所重視的詩歌藝術特點。「興」，當指感興，即詩人受外界事物的感發而激起的思想情緒上的波動；「趣」，當指情趣，從作者而言，指他所抒發的詩情畫意；從讀者而言，則指通過吟詠而體會到的韻味。這類作品，「如空中之音，相中之色，水中之月，鏡中之象，言有盡而意無窮」。也就是說盛唐詩的特點是形象鮮明，情意深長，又有含蓄不盡的妙處，出之以神韻悠然的筆法。嚴羽認為：這類詩歌，你能接受它，但不能分析它。他之所以提出「妙悟」，大約就是認為這種詩歌藝術特點難以言說的緣故。其實唐詩的好處還是可以說明的，但應聯繫每一個作家的時代背景，分析他們的語言特點，作深入細緻的研究。

在盛唐詩人之中，他最推崇李、杜二人。「子美不能為太白之飄逸，太白不能為子美之沉鬱。太白《夢遊天姥吟》《遠離別》等，子美不能道；子美《北征》《兵車行》《垂老別》等，太白不能作。論詩以李、杜為準，挾天子以令諸侯也。」從他所舉的例子來看，李、杜兩家風格上的不同，是由彼此不同的創作特點形成的。李白的作品以浪漫主義為特徵，杜甫的作品以現實主義為特徵，二者創作手法的不同，嚴羽已能從不同風格的感受上清楚地加以區分。

為了達到盛唐詩的高度，嚴羽提倡機械的摹擬，甚至說：「詩之是非不必爭，試以己詩置之古人詩中，與識者觀之而不能辨，則真古人矣。」這種主意則是很低拙的。但嚴羽的強調摹擬，重在風格體貌上規仿前人；江西詩派的強調摹擬，重在字句形跡上學步前人。二者雖然都有學古的論調，實質卻是不同的。嚴羽所以提出這種論點，原因還在不能認清文學與現實生活的關係，因而不能瞭解唐詩興盛的原因。他只知標舉盛唐詩來反對晚唐詩和江西詩派，不知道現實生活才是文學的源泉，妄以流為源，這是他學說中最大的缺陷。

按學術源流來說，嚴羽的「興趣」說出於司空圖的「詩味」說。司空圖在《與極浦書》中提出「味外之旨」云云，即嚴羽說的「一唱三歎之音」，也就是詩歌「言有盡而意無窮」的妙處。司空圖的理論反映了王、孟詩派的創作特點，嚴羽雖然不談王、孟而推崇李、杜，實則這些偉大詩人的作品中都有形象鮮明與含蓄不盡之美。李、杜也有一些閒淡高遠的作品，只是不如王、孟以此著稱罷了。

嚴羽反對江西詩派堆垛學問，提倡「透徹之悟」，強調「不涉理路」，對後代神韻之說有影響。他反對江湖、四靈的貧瘠枯窘，提倡「第一義之悟」，強調摹擬，則對明代前後七子的「詩必盛唐」之說有影響。

第七章　元好問的優秀詩篇《論詩三十首》

這是中國古代文學理論的一大特點：一些優秀的批評論文，往往也就是不朽的文學名著，而那些用抒情詩形式寫作的名篇，更是千古傳誦，廣泛流傳。杜甫首先寫出《戲為六絕句》，開創了論詩絕句這一新的體裁，後代一直有人運用它進行寫作。總的說來，這種作品又可分為兩類。南宋戴復古作論詩十絕，偏於闡說理論；元好問作《論詩三十首》，側重在品評作家和流派。一般說來，用抒情詩這一文體闡述理論，總要受到形式上的牽制；詩歌用來說理，則常是喪失其抒情的特有情趣，詞既不能曲折盡意，也就妨礙了精義的充分表達。因此，這一類作品難於取得令人滿意的成就。元好問的論詩絕句，用形象化的語言表達深切的感受，議論風生，情韻盎然，並不喪失抒情詩的長處。因此，這一類作品取得了很好的藝術效果。後代論詩絕句的成功之作也以後一類為多。

元好問（公元一一九〇——一二五七年）字裕之，號遺山，太原秀容（今山西忻縣）人。他是金代最著名的詩人，所作絕句《論詩三十首》，縱論文壇上的興衰成敗，表現出很高的見解。他在第一首詩中開宗明義地說：

> 漢謠魏什久紛紜，正體無人與細論。誰是詩中疏鑿手？暫教涇、渭各清渾。

查慎行《初白庵詩評》說他「分明自任疏鑿手」，點明了這一組詩的宗旨。元好問向以評詩精到自負，《答聰上人書》曰：「……至於量體裁，審音節，權利病，證真贗，考古今詩人之變，有贑直而無姑息，雖古人復生，未敢多讓。」他在論詩絕句中作清本窮源的探討，目的是在總結前代的創作經驗，指導當前的文學活動。

《論詩三十首》中論述了魏晉南北朝、唐、宋三大階段的詩歌。中國的五、七言近體詩，經過魏晉南北朝的創建階段，唐代的鼎盛時期，宋代的開拓演變，這時又面臨着一個如何發展的新局面。每當歷史上出現轉折的重要關頭，總有人出來作正本清源的探討，中國古代文人講求「入門須正」，處在紛紜複雜的情況之下，詩壇巨子元好問自然要從總結歷史經驗着眼，先把正體和偽體區分清楚了。

金朝原是遊牧民族建立起來的國家，文化比較落後，但到後期時，由於不斷輸入中原文化，也就迅速地達到了和南宋文壇相近的水平，而它的詩壇也為蘇、黃的詩風所控制。和南宋的許多詩人和詩話作者一樣，元好問也反對江西詩派，《自題〈中州集〉後》曰：「北人不拾江西唾。」這與《論詩三十首》之二十八中申明「不作江西社裏人」的態度是一致的。

但在金代文壇上，蘇軾的影響尤為深廣。元好問本人受蘇軾的影響也很深，但他自有其文學見解，覺得詩歌要向正確的方向發展，必須克服蘇詩的很多流弊。《論詩三十首》之二十六曰：「金入洪爐不厭頻，精真那計受纖塵。蘇門果有忠臣在，肯放坡詩百態新！」顧奎光《金詩選》解此首謂「蘇詩取材極博，亦不免雜，說得深婉」。說明元氏對蘇詩的許多「新」創成分是不滿的。

《論詩三十首》之二十一曰：「窘步相仍死不前，唱酬無復見前賢。縱橫正有凌雲筆，俯仰隨人亦可憐。」這裏指斥古人次韻和詩之弊。早期的和詩之作本不拘體制韻腳，而自元稹、白居易和皮日休、陸龜蒙等人起，反覆唱和，剌剌不休，爭奇鬥險，不免趨於形式。宋代的蘇軾和黃庭堅等人更以此為逞才的手段。這樣產生的作品，必然缺乏充實的內容和深切的感受，其末流已成為文字遊戲。

《論詩三十首》之二十五曰：「亂後玄都失故基，看花詩在只堪悲。劉郎也是人間客，枉向東風怨兔葵。」這裏批評劉禹錫詩存譏刺，而其真實用意，恐怕仍在糾正蘇詩之弊。因為蘇軾曾學劉詩，也喜歡微文譏嘲。

《論詩三十首》之二十三曰：「曲學虛荒小説欺，俳諧怒罵豈詩宜？今人合笑古人拙，除卻雅言都不知。」蘇軾受莊子的影響很深，喜俳諧為文。黃庭堅《答洪駒父書》曰：「東坡文章妙天下，其短處在好罵，慎勿襲其軌也。」這在元好問看來，也是亟待克服的弊端。

由此可知，元好問對當代文壇上的許多弊病作了針砭。他對蘇、黃的詩並不否定，對蘇軾的學問成就評價尤高，但從總結創作經驗而言，卻又覺得必須克服發展中的許多流弊。《論詩三十首》之二十二曰：

奇外無奇更出奇，一波才動萬波隨。只知詩到蘇、黃盡，滄海橫流卻是誰？

這就説明，他的寫作《論詩三十首》，寓有力挽狂瀾的意思。

元好問論詩重「雅」。他在《楊叔能〈小亨集〉引》中自我介紹道：「初予學詩，以十數條自警云：無怨懟，無謔浪，無驁狠，無崖異，無狡訐，無媕阿，無傅會，無籠絡，無炫鬻，無矯飾，無為堅白辨，無為賢聖癲，無為妾婦妒，無為仇敵謗傷，無為聾俗哄傳，無為瞽師皮相，無為黥卒醉橫，無為黠兒白捻，無為田舍翁木強，無為法家醜詆，無為牙郎轉販，無為市倡怨思，無為琵琶娘人魂韻詞，無為村夫子《兔園策》，無為算沙僧困義學，無為稠梗治禁詞，無為天地一我今古一我，無為薄惡所移，無為正人端士所不道。」這裏着眼於用儒家的道德規範提高個人的修養。假如詩人能夠規避上述弊端，也就可以説是近「雅」了吧。聯繫他對蘇詩的評價來看，其中有説得合理的地方，但也有過趨保守而失之於迂拙的毛病。例如他反對怨懟、譏刺，就會削弱文學的批判作用。孔子論詩已經肯定了詩有「可以怨」的功能，《詩經》中不乏尖銳的譏刺之作，元好問連這樣的傳統都不敢繼承，要求作家束手束腳地規行矩步，就以正統詩論而言，也是落後的見解。

《論詩三十首》之二十八日「古雅難將子美親」，則是以為杜詩最得「古雅」之長。這裏所說的「雅」字，具有更深的含義。元氏論詩以唐人為指歸，而在唐人之中，尤其推重杜甫。他曾撰《杜詩學》一書，在《杜詩學引》中備致敬仰之意。杜甫自述學詩心得云「法自儒家有」，繼承的是儒家的詩說。所謂「古雅」，就是指風雅比興的傳統，也指溫柔敦厚的詩教。這是儒家詩說的最高準則。《楊叔能〈小亨集〉引》中說：「唐詩所以絕出於《三百篇》之後者，知本焉爾矣。何謂本？誠是也。……故由心而誠，由誠而言，由言而詩也。三者相為一。情動於中而形於言，言發乎邇而見乎遠，同聲相應，同氣相求，雖小夫賤婦孤臣孽子之感諷，皆可以厚人倫，美教化，無它道也。故曰：不誠無物。夫惟不誠，故言無所主，心口別為二物，物我邈其千里；漠然而往，悠然而來，人之聽之，若春風之過馬耳，其欲動天地，感鬼神，難矣。其是之謂本。」他在《陶然集詩序》中要求詩人「復古」，也就是要求歸復到自《三百篇》至唐人的風雅比興、溫柔敦厚的「本」上去。這是元氏清本窮源之後向詩人指出的歸宿。

所謂「誠」，也就是《論詩三十首》中反覆強調的「真」。「心口別為二物」，是謂不誠；而他在《論詩三十首》之六中批評潘岳「心畫心聲總失真」，也是從個人品德着眼批判其不誠的。《論詩三十首》之十一曰：「眼處心生句自神，暗中摸索總非真。畫圖臨出秦川景，親到長安有幾人？」查慎行曰：「見得真，方道得出。」則是重在親身體驗，反對憑空抒寫，模糊影響之談。因為「心聲只要傳心了」，只有寫出了親身的深切感受，這樣的作品才能「真」「誠」。

基於這樣的認識，元好問能區別「正體」和「偽體」，從大處着眼，把握住重要的文學流派。他在《論詩三十首》中除了推重杜甫的古雅一派之外，還推重曹〔植〕、劉〔楨〕的豪氣一派和陶

〔潛〕、謝〔靈運〕的高韻一派。《自題〈中州集〉後》曰：「鄴下曹、劉氣盡豪，江南諸謝韻尤高。若從華實評詩品，未便吳儂得錦袍。」可以與此互證。因為推重建安風骨，所以反對張華的「風雲氣少」；因為推重陶、謝風流，所以也重繼承這一流派的白居易、柳宗元。因為重視豪氣，所以推重李白、韓愈等人之作，而反對盧仝、孟郊等人的險怪、苦澀詩風；因為重視高韻，所以推重謝靈運的自然，而反對陳師道的拗樸。但元好問論詩並不採取一筆抹殺的態度，例如他多次批判過「溫、李新聲」，而在《論詩三十首》之二十八評江西詩派時則又指責其「精純全失義山真」，認為李商隱的詩中還有其「真」處。這些地方可以看出他的評詩見解還是通達的。

第八章　婉約派和豪放派的詞論

宋詞號稱一代傑作，但理論上建樹不大，這是因為文人學士把它作為娛玩之具，不想在此「小道」上下大功夫。只是隨着詞的發展，各種流派的出現，引起了許多不同的看法，產生了爭論，於是在理論上也有了專門的著述。

唐代形成詞體之後，經過五代文人的創作，出現了以《花間集》作家為代表的所謂婉約派，到宋初時還為這種詞風所支配。其後蘇軾崛起，他那豪放的風格，顯然和柔靡的婉約派詞不同。如何評價這種文壇新物，也就產生了爭論。

《後山詩話》曰：「退之以文為詩，子瞻以詩為詞，如教坊雷大使之舞，雖極天下之工，要非本色。」這種意見代表傳統的看法，對豪放派詞表示非議。蘇門的另一學士晁補之則起而為之維護，他說：「東坡詞，人謂多不諧音律。然居士詞橫放傑出，自是曲中縛不住者。」（《苕溪漁隱叢話》後集卷三十三引《復齋漫錄》）肯定了蘇詞的創新精神。

所謂蘇詞「非本色」，當指其突破傳統詞風之處。蘇詞的豪放風格突破了詞律上的束縛。這種大膽的創新態度，最為保守派不滿。這是爭論的焦點所在。

其後婉約、豪放兩派均有發展，都取得了很大的成績，而兩派之間的爭論也始終不停止。兩宋之交的女詞人李清照，寫了一篇詞論，對當代各家作了比較細緻的批評。她說柳永「變舊聲作新聲」，「雖協音律而詞語塵下」。張先等人「破碎何足名家」。晏殊、歐陽修、蘇軾「學際天人，作為小歌詞，直如酌蠡水於大海，然皆句讀不葺之詩爾，又往往不協音律者」。王安石、曾鞏「文章似西漢，若作一小歌詞，則人必絕倒，不可讀也」。晏幾道、賀鑄、秦觀、黃庭堅等人能懂得詞的特點，但「晏苦無鋪敍，賀苦少典重，秦則專主情致而少故實」，「黃即尚故實而多疵病」，都有不足之處。從她對各家作出的評語中，可以看到婉約派心目中最高的美學標準，這就是「高雅」、「渾成」、「協律」、「典重」、「有鋪敍」，「情致」和「典實」並重。顯然，這裏反映了文人學士正規的美學情趣。

李清照認為詞「別是一家，知之者少」，強調詞的特點，要求與詩、文分開。這裏有着合理的因素。因為一種文體形成之後，作家確是應該根據它的特點進行寫作，才能使內容與形式得到最大限度的協調，產生完美的作品。但是隨着內容的發展，形式也應不斷隨之變更；死抱住已經過時的標準不放，只能陷入保守的困境。蘇詞已經經過時代與讀者的考驗，說明它是詞學上的一種發展，王灼《碧雞漫志》卷二稱為「指出向上一路，新天下耳目」，李清照卻還要拘守前此的舊音律和纖細的舊情調，說明她的文學思想已經落後於發展中的實際。

李清照是非常講究韻律的人，她說「詩文分平仄，而歌詞分五音，又分五聲，又分六律，又分清濁輕重」。南宋末年詞學理論家張炎更有專門的研究，所著《詞源》，大部分的篇幅都在討論詞樂。本來詞是音樂和文詞並重的東西，但他們的推敲韻律卻已達到因噎廢食的地步，例如《音譜》章中載其父張樞所作「惜花春起早」詞，中有「瑣窗深」之句，「深」字意不協，改為「幽」字，又不協，再改為「明」字，歌之始協。上三字都是平聲，只是將齒音改成唇音，但「深」字與「明」字意義正相反，卻不以為意了。這一流派由於過度重視形式，帶有濃厚的雕章琢句的習氣。

張炎對南宋的豪放派作家也有批評，《雜論》中說：「辛稼軒（棄疾）、劉改之（過）作豪氣詞，非雅詞也。於文章餘暇，戲弄筆墨為長短句之詩耳。」所持論點，與李清照批評蘇軾之語如出一轍。

張炎提出詞學上的最高標準是「意趣高遠」、「雅正」和「清空」，後者是他獨創的主張。《清空》中說：「詞要清空，不要質實；清空則古雅峭拔，質實則凝澀晦昧。姜白石詞如野雲孤飛，去留無跡；吳夢窗（文英）詞如七寶樓台，炫人眼目，碎拆下來，不成片段：此清空、質實之說。」這種論調實際上反映了婉約派的一次分化。同樣注意形式，但如吳文英一派作家，辭語穠麗，結構細密，然失之於晦澀。這種詞風由周邦彥開其端，由吳文英承其流，在形式的琢磨上還未達到無斧鑿痕的程度。張炎要求提高一步，用疏快的詞語表達超塵脱俗的情趣。應該説明，南宋之時民族矛盾與社會矛盾都極為尖鋭，姜夔與張炎等人卻忙着寫作「清空」的作品，説明這些文人都是迴避現實問題的上層知識份子。

當時也有一些人對豪放派詞表示推崇，例如胡寅在《題〈酒邊詞〉》中稱蘇詞「一洗綺羅香澤之態，擺脱綢繆婉轉之度」，「於是《花間》為皂隸，而柳氏〔永〕為輿台〔賤役〕矣」。認為蘇軾打破了柔靡的傳統詞風的束縛。范開在《稼軒詞序》中説辛棄疾、蘇軾修養懷抱相同，故而辛詞似蘇。辛棄疾「意不在於作詞，而其氣之所充，蓄之所發，詞自不能不爾也」。這裏范開注意到了作者的人格修養與創作之間的關係。

劉辰翁在《辛稼軒詞序》中總結了豪放派的創作經驗，曰：「詞至東坡，傾蕩磊落，如詩如文，如天地奇觀，豈與群兒雌聲學語較工拙，然猶未至用經用史，牽雅頌入鄭衛也。自辛稼軒前，用一語如此者必且掩口。及稼軒橫豎爛熳，乃如禪宗棒喝，頭頭皆是；又如悲笳萬鼓，平生不平事並卮酒，但覺賓主酣暢，談不暇顧。詞至此亦足矣。」這裏點明了蘇、辛詞的發展，從表達的角度來説，就是融入了散文的手法和寫詩的手段，這樣也就提高了詞的表現能力，開拓了反映現實的新領域。但要説到辛棄疾用經史入詞就是什麼貢獻，則以事實為驗證，未必是什麼成功的經驗。

第六編

明至清中葉的文學批評

⊙ 明代文壇上的衝突非常尖銳，這與當時特定的歷史條件有關。中國古代的封建社會，經過自漢至唐的繁榮發達，自宋至元的繼續發展，這時已經走上衰殆的道路。封建社會內部的各種矛盾加速發展，社會秩序普遍出現動盪不安，政治上的鬥爭極為激烈。一方面，統治者採取了嚴厲的統治手段；另一方面，被統治者起而英勇反抗，農民起義連綿不斷，打擊着統治階級政權的基礎。在這尖銳的衝突中，統治階級的隊伍走向分崩離析，他們都想穩住當時的秩序，或發展某一階層利益，因而互相攻訐，思想界的鬥爭非常複雜。文壇上的紛爭，只是社會上動亂的一種反映。自明初起，各個流派此起彼伏，一直到政權的覆滅，而這也正是階級或階層之間的紛爭的一種曲折表現。

⊙ 自唐代起，詩文成了創作中的「正宗」文體；到了明、清時期，情況起了某些變化。從表面上看，明、清詩文創作的繁榮達到了空前未有的程度；文人隊伍的龐大，傳世的文集之多，都是前代無法比擬的。但從實際上看，創作已經逐漸陷入困境。由於找不到繼續前進的方向，詩歌糾纏在學唐還是學宋之爭上，散文糾纏在學秦漢還是學唐宋之爭上。這個時候的文人一般都過於着重摹擬，忽視創新。他們都不能結合現實情況發展文學形式，創造新技巧，因此儘管明代及清初的詩文在某些領域內（如小品文）還有一些特點，但總的來說，成就已是很有限的了。比起其他一些新興的文體來，總的趨勢是詩文正在走向衰落。

⊙ 而從宋、元之時起，市民階層已經開始壯大，作為通俗文學的戲曲、小說已經登上文壇，取得了很好的成就。明代中葉以後，東南地區更滋長起了資本主義的經濟因素，反映於思想界，更增添了要求思想解放的先進內容，一些超越於儒家正統思想規範之外的文人，通過各種途徑發表新穎的見解，影響讀者和觀眾。由於通俗文體和社會保持着密切的聯繫，所以各個階層中的人物，代表各種不同的社會力量，都想加以利用進行宣傳，從而出現了多種不同的小說觀和戲劇觀。明、清時代的文人已在理論總結工作中獲得了很多成果，並在論爭中取得了發展，其中尤以戲曲方面的收穫為大。這在傳統的文學批評領域內放出了異彩。

⊙ 清初經過改朝換代，更加強了思想統制，文壇上順次出現的幾個詩文流派，反映了統治者的政治要求。由於這時社會結構和前代相似，文風也和明代相近，故而合在一起進行敘述。

第一章　明代詩文擬古主義者的紛爭

一、高棅的《唐詩品彙》

明代文壇受嚴羽《滄浪詩話》的影響很大。明初高棅（一名廷禮，公元一三五〇——一四二三年）編了一部百卷之巨的總集《唐詩品彙》，承嚴氏之餘緒，把唐詩分為初唐、盛唐、中唐、晚唐四個時期，大略以初唐為「正始」；盛唐為「正宗」，為「大家」，為「名家」，為「羽翼」；中唐為「接武」；晚唐為「正變」，為「餘響」。這就是說：初唐為一代詩風的開始，盛唐為鼎盛的正統時期，中唐為繼承，晚唐則為餘音。後人常是批評這種分法不夠科學，因為唐代兩千多名詩人的成就極為豐富多樣，不能按照出現時代的先後整齊劃一地填嵌到這四個現成的模式裏去。但也正如《四庫全書總目》的「提要」中所說：「限斷之例，亦論大概耳！」後人以其簡明易解，沿用不廢。因此《唐詩品彙》這書，自問世起，一直起着很大的影響。《明史・文苑傳》上說：「終明之世，館閣以此書為宗。」其後茶陵詩派的出現，前後七子的風行，尊崇唐音，都與此書有關。

二、台閣體和茶陵詩派

這一時期統治階級內部的矛盾很嚴重，明太祖朱元璋和明成祖朱棣採取殘酷的手段消滅異己勢力，為了統制思想，屢興大獄，於是文人不大敢談時事。但這時的社會秩序相對地說還比較穩定，於是一些

「元老重臣」競作歌功頌德、點綴昇平的作品，其中楊士奇、楊榮、楊溥三人，自永樂至成化，接連任相位達數十年，所作詩文號「台閣體」，風靡一時。然而自明英宗正統年後，政治即日趨混亂，文人再要粉飾太平，似乎與現實距離太遠了，由是接着產生了以李東陽（公元一四四七——一五一六年）為代表的茶陵詩派，他們企圖糾正「台閣體」的「雍容典雅」、呆板平庸，改為推崇李、杜，從聲律用字上下功夫；大約想用聲調鏗鏘的詩句，一新時人耳目吧。李東陽為茶陵（今湖南茶陵）人，也是一個執政五十年的大官僚，坐擁權位，不出都門一步，因而在作品中也不可能出現新的內容。所著《懷麓堂詩話》一卷，討論體制、音節、聲調，有精到的見解，但其所長也僅在於此。從理論到創作，茶陵詩派中人都不可能闖出什麼新的途徑。不過前後七子的推崇唐音，卻由此得到了啟發。

二、前後七子擬古理論中的同異

前七子為李夢陽、何景明、徐禎卿、邊貢、康海、王九思、王廷相，後七子為李攀龍、王世貞、謝榛、宗臣、梁有譽、徐中行、吳國倫。前七子的活動年代在弘治、正德年間，後七子的活動年代在嘉靖、隆慶年間。

這時朝野已經危機四伏，統治者任用宦官和權奸，施行特務統治，百般搜刮財富，人民則起而反抗。這時統治階級陣營內的某些官吏，意在挽救本階級的危亡，起而和當國者抗爭，結果卻遭到了殘酷的鎮壓。於是有的文人專事迎奉上意，夤緣求進；有些文人則憤世嫉俗，故為偏激。上述諸人中的代表人物很多人屬於後一類型。他們對當時的黑暗政治不滿，對阿諛粉飾的文學不滿，但他們又是一些浮在上面的官僚，或養尊處優的莊園地主，與人民之間隔着一條鴻溝，因此也難於寫出什麼深刻的作品。於是他們轉到古代文學中去尋求寄託，推崇氣勢闊大的秦漢散文，音節激昂的盛唐詩歌，這樣似乎也就可以給自己一些鼓舞。也正因為當時知識份子普遍有這樣的要求，由是前後七子內容貧乏的擬古之作竟然風行達百年之久。

李夢陽首先開了這種風氣。《明史．李夢陽傳》說：

> 夢陽才思雄鷙，卓然以復古自命。弘治時，宰相李東陽主文柄，天下翕然宗之，夢陽獨譏其萎弱，倡言文必秦漢，詩必盛唐，非是者弗道。

前後七子中的代表人物——李（夢陽，字獻吉，號空同子，公元一四七二—一五三〇年）、何（景明，字仲默，號大復，公元一四八三—一五二一年）、李（攀龍，字于鱗，號滄溟，公元一五一四—一五七〇年）、王（世貞，字元美，號弇州山人，公元一五二六—一五九〇年）四人，對此有過很多具體闡述。例如何景明的《與李空同論詩書》曰：「近詩以盛唐為尚，宋人似蒼老而實疏鹵，元人似秀峻而實淺俗。」王世貞《藝苑卮言》卷三曰：「西京之文實；東京之文弱，猶未離實也；六朝之文浮，離實矣；唐之文庸，猶未離浮也；宋之文陋，離浮矣，愈下矣；元無文。」這就宣揚了一代不如一代的蛻化觀點。李攀龍無理論，但編《古今詩刪》時，唐代以下刪去宋、元兩代而直接明代，作風偏激武斷。

前後七子寫作上的成就都不高，只是寫作一些空套文字，闖不出新的局面，但他們自視都很高，由於文學見解上本有些差異，而且經常意氣用事，結果內部爭吵得很激烈，李夢陽與何景明在擬古的看法上發生了爭執。李夢陽是徹底的擬古派，他認為寫作詩文猶如學習書法，《再與何氏書》曰：「夫文與字一也。今人模臨古帖，即太似不嫌，反曰能書，何獨至於文，而欲自立一門戶邪？」說明他以酷肖古人為最高目標，於是何景明便很俏皮地稱之為「古人影子」。

李夢陽最重視形式技巧上的摹擬，特別注意學習古人作品中的「法」和「規矩」。他甚至認為一篇文章之所以成功，全在遵循這些自古已然的天生不變的法則。不過當他真的把「法」端出來時，也就可以瞭解此「法」並不怎麼玄虛了。《再與何氏書》曰：「古人之作，其法雖多端，大抵前疏者後必密，半闊者半必細，一實者必一虛，疊景者意必二；此予之所謂法，圓規而方矩者也。」就以最後一「法」來說，此即避免所謂「合掌」是也。例如六朝詩人王籍《入若耶溪》中的寫景名句「蟬噪林逾靜，鳥鳴山更幽」，前後兩句意思相同，無非反襯環境幽靜而已。唐代詩人已知這種句法過於呆板，他們描寫景物時都很注意開闔成勢，例如杜甫《送李八秘書赴杜相公幕》中寫景曰：「石出倒聽楓葉下，櫓搖背指菊花開。」一指舟行之險，一指舟行之速，意思迥然不同。這些「法」是古人創作上的經驗總結，並不是天生成的。照此「規矩」做去，可使詩句多變化，形象更豐富，但也不是什麼絕對不可變動的原則。而且作家掌握這種技巧後，貴在靈活運用，而李夢陽卻提出「學不的古，苦心無益」（《答周子書》），只是模仿古人句法，這就不免降為古人奴隸了。其後李攀龍更公開聲言「視古修辭，寧失諸理」（《送王元美序》）。說明這些擬古成癖的人已經發展到連思想內容能否表達出來也在所不問了。

何景明也重摹擬，也重視「法」，《與李空同論詩書》曰：「僕嘗謂詩文有不可易之法者，辭斷而意屬，聯類而比物也。」有些字句看似不相連接，但因文意貫通，故而不妨礙閱讀，反而覺得有奇趣。學習這種「法」，就不能亦步亦趨，而要從精神上去領會，故何云：「僕則欲富於材積，領會神情，臨景構結，不仿形跡。」「法同則語不必同。」

按何景明的理論來說，只是把摹擬作為一種過渡手段，最後還應開闢一種境界，只是他後來也未能實現這項主張。李夢陽到晚年則承認了過去創作上的錯誤，《詩集自序》說：「予之詩非真也，王子（叔武）所謂文人學子韻言耳，出之情寡而工之詞多者也。」

四、唐宋文派的改弦更張

在前、後七子之間，曾有一個流派起來反對，他們推崇唐宋古文，故有「唐宋文派」之稱。實際上這也是一個重視摹擬的流派，只是摹擬的對象有不同罷了。

這個流派自王慎中（號遵巖，公元一五〇九—一五五九年）始，至唐順之（公元一五〇七—一五六〇年）而聲勢始著，其後茅坤（號鹿門，公元一五一二—一六〇一年）編《唐宋八大家文鈔》一百六十四卷，對宣傳唐宋古文影響頗大。歸有光（公元一五〇六—一五七一年）是這一流派中創作成就最高的一個。

唐順之批評前七子時，嬉笑怒罵，尖鋭潑辣。他說七子之文「本無精光，遂爾銷歇」（《答蔡可泉書》），可謂擊中要害。李夢陽等人的古文缺乏深刻的思想內容，價值不大。唐順之服膺宋儒道學，晚年又受王陽明學派中右翼巨頭王畿的影響，放言高論，發表種種唯心的見解。他在《答茅鹿門知縣二》中強調作家應是「具千古隻眼人」，作品中應有「真精神與千古不可磨滅之見」，因此他提出創作時應「直攄胸臆，信手寫出」，此即所謂「本色」。在另一處他又說：

近來覺得詩文一事，只是直寫胸臆，如諺語所謂「開口見喉嚨」者，使後人讀之，如真見其面目，瑜瑕俱不容掩，所謂「本色」，此為上乘文字。（《與洪方州書》）

這種意見，乍看起來似有道理，實則他一味強調倫理道德方面的主觀修養，抹殺生活和寫作技巧的重要意義，只是重彈宋代道學家的老調而已。他「以為三代以下之文，未有如南豐〔曾鞏〕；三代以下之詩，未有如康節〔邵雍〕者」（《與王遵巖參政書》），也就透露出了他的主張的真面目。他要求文章「可以闡理道而裨世教」，目的是在鞏固明代搖搖欲墜的政權。

但是後來的人一般認為唐宋文派寫作上的成就比前七子的摹擬秦、漢古文水平要高些，這是由於二者學習的對象與方法不相同的緣故。王、唐等人也喜歡談論作文之法。王慎中《與江午坡書》曰：「文字法度規矩一不敢背於古，而卒歸於自為其言。」唐順之在《董中峰侍郎文集序》中更對秦、漢古文和唐、宋古文中的「法」作了分析與比較，他認為漢以前之文有「法」，只是這時的文人並不斤斤計較於形式技巧，因此又可說「未嘗有法」，前七子看不到其中的「法」，只能從詞彙與句法等方面機械摹擬，結果成了假古董。唐、宋古文之法則甚嚴密，他們曾經做過很多研究，唐順之曾在自編的《文編》一書中對所收的唐、宋古文作過分析，綜括言之，即「開闔、首尾、經緯、錯綜之法」，也就是一些比較容易掌握的起伏照應的法門就是了。不過唐、宋古文一般「文從字順」，距明代時間較近，語法、詞彙方面變化不大，故而摹擬它寫出的作品較易為人接受。當然，這也只是相對而言的，充其量也只是五十步笑百步罷了。

其後歸有光與王世貞之間更有針鋒相對的衝突。歸有光在《項思堯文集序》中旁敲側擊地罵王為「妄庸」「鉅子」，據說王世貞聽到後曾解嘲似地說：「妄誠有之，庸則未敢聞命。」歸有光又說：「唯妄故庸，未有妄而不庸者也。」（錢謙益《列朝詩集·震川先生小傳》）實則後七子中人至此也認識到了擬古之路不通，但這可不能反證唐宋文派的道路是正確的。

第二章　李贄和公安派的創新學說

一、李贄的童心說

明自中葉以後，資本主義經濟因素有了發展；尤其是在東南地區，因為和西洋各國有所接觸，航海業與手工業更為發達，市民階層也就隨着不斷壯大，反映在思想領域內，出現了要求擺脫封建禮教束縛的異端學說。由左派王（陽明）學中發展而來的傑出人物李贄可以作為這一思潮的代表。

李贄（公元一五二七——一六〇二年）字卓吾，號溫陵居士，晉江（今福建晉江）人。他的祖先中曾有很多人經商外洋，精通外語。這種特殊的生活環境，對他異端思想的形成當有關係。他的學說雖然還不能完全突破封建思想的體系，但在很多地方卻也發表了很多叛逆性的意見，諸如要求個性解放，否定某些傳統的禮教，攻擊程朱理學，甚至直接指斥世代奉為神聖的孔子。他說：

> 夫天生一人，自有一人之用，不待取給於孔子而後足也。若必待取足於孔子，則千古以前無孔子，終不得為人乎？（《焚書·答耿中丞》）

在當時來說，這是一種大膽的見解，對傳統的儒家思想起着極大的衝擊作用。他在《藏書．世紀列傳總目前論》中還說：漢、宋時無是非可言，因為「咸以孔子之是非為是非，故未嘗有是非耳」。顯然，他主張每一個人在觀察外物時都要有自己的是非觀念。

為此，他提出了著名的「童心說」：

> 夫童心者，真心也，……絕假純真最初一念之本心也。……童心既障，於是發而為言語，則言語不由衷；見而為政事，則政事無根柢；著而為文辭，則文辭不能達。……所以者何？以童心既障，而以從外入者聞見道理為之心也。（《童心說》）

這種學說，按其淵源而言，當是孟子人皆有「赤子（孩童）之心」說的發揮。它是一種唯心主義的哲學思想。大家知道，人的思想是由出身、教育、經歷等多種因素所決定的，成人又怎能保持嬰兒似的思想狀態呢？況且作文只強調真情實感，也是不妥當的。奸惡文人的作品也有其真情流露，難道也可稱作「天下之至文」麼？

但李贄用這種學說批判當時的各種不良文風，卻起到了犀利的匕首作用。因為明代的摹擬學派所講的「道理聞見皆自多讀書識義理而來」。他們內心缺乏真切的感受，又無獨立見解，只能「以假人言假言，而事假事、文假文」，寫作虛假的作品。有人還要高談性理，殊不知「六經、《〔論〕語》、《孟〔子〕》，乃道學之口實，假人之淵藪也，斷斷乎其不可以語於童心之言明矣！」有人只講求「結構之密，偶對之切，依於理道，合乎法度，首尾相應，虛實相生」（《雜說》），這樣，「言雖工，於我何與」？

李贄反對假道學，反對擬古主義的創作，這些都是很有戰鬥性的言論。他以「童心」為最高標準，認為出之於真心的文學都是好的作品，歷代都有出自真心的東西，因而歷代都有佳作。

詩何必古《選》？文何必先秦？降而為六朝，變而為近體，又變為傳奇，變而為院本，為雜劇，為《西廂曲》，為《水滸傳》，為今之舉子業，大賢言，聖人之道，皆古今至文，不可得而時勢先後論也。（《童心說》）

這裏有許多不尋常的看法。他反對復古主義者的厚古薄今之風，反對摹擬的作風，又認為各種文體的價值無高低之分，提高了戲曲、小說的地位。但是這種看法之中也有不足之處，因為厚古薄今的觀點固然是錯誤的，但文學作品自有它的特點，也不能說後出的作品一定是好的，李贄持文學發展的觀點而肯定時文，也就作出了形而上學的錯誤結論。《水滸》等作品之所以可貴，主要在於反映了深刻的社會矛盾和表現了先進的思想，決不是什麼童心的表現，這裏李贄又把複雜的文藝問題簡單化了。

以雜劇院本而言，李贄推崇《西廂記》《拜月記》而貶抑《琵琶記》，認為後者只是人為的工巧，只能稱為「畫工」之筆；前兩種作品則有真實的感觸，可以稱為「化工」之筆。他在闡述作者內心感受時的一段文字，可以說明要求擺脫封建壓迫的進步思想家具有怎樣鬱勃的感情。

且夫世之真能文者，比其初皆非有意於為文也。其胸中有如許無狀可怪之事，其喉間有如許欲吐而不敢吐之物，其口頭又時時有許多欲語而莫可所以告語之處，蓄極積久，勢不能遏；一旦見景生情，觸目興歎，奪他人之酒杯，澆自己之壘塊〔鬱積〕，訴心中之不平，感數奇〔屢遭不遇〕於千載。……遂亦自負，發狂大叫，流涕慟哭，不能自止，寧使見者聞者切齒咬牙，欲殺欲割，而終不忍

藏於名山，投之水火。（《焚書・雜說》）

二、公安派的文學發展觀點

袁宗道（字伯修，公元一五六〇——一六〇〇年）、袁宏道（字中郎，公元一五六八——一六一〇年）、袁中道（字小修，公元一五七〇——一六二三年）弟兄三人籍貫公安（今湖北公安），故稱公安派。

他們都是李贄的後學友輩，對李氏很敬仰，他們大張旗鼓地反對前後七子的復古主義，所持理論，主要內容為「獨抒性靈，不拘格套」（袁宏道《敍小修詩》）。所謂「性靈」，就是作家個人對外界事物獨到的領會，因此他們論文之時強調真實的感情與個性的流露。袁宗道說：「有一派學問，則釀出一種意見；有一種意見，則創出一般言語。無意見則虛浮，虛浮則雷同矣。」（《論文下》）袁宏道也說：「文章新奇無定格式，只要發人所不能發，句法、字法、調法一一從自己胸中流出，此真新奇也。」（《答李元善》）在這種思想的指導下創作出來的詩文，確有一些擺脱老套的好處，只是他們一味強調主觀感受，忽視生活歷練，因此作品的內容顯得貧薄，還宣揚了許多士大夫階層享樂主義的腐朽觀點。

公安派創作和理論上的短處，跟他們的政治態度密切有關。萬曆之時，政局已趨危亡，各種矛盾都在急劇地展開。他們看到李贄因反抗黑暗統治而被迫害致死，不願參加政治鬥爭，也不敢在思想領域中作全面的衝擊。袁中道《李溫陵傳》中曾説「其人不能學者有五，不願學者有三」，其一即「公直氣勁節，不為人屈，而吾輩膽力怯弱，隨人俯仰」。因此他們趨向於獨善其身，至多發表一些反對做官或反對假道學的議論，而把主要精力放在文學活動上面。這些政治上軟弱的人自然不可能寫出氣魄很大的進步作品。

前後七子創作上的流弊，至此已經暴露無遺，因此他們在這一點上超過了李贄，直接攻擊擬古派。袁宏道說近人「以剿襲為復古，句比字擬，務為牽合。棄目前之景，摭腐濫之辭」（《雪濤閣集序》）。無異「糞裏嚼查（渣），順口接屁」，「一個八寸三分帽子，人人戴得」（《與張幼于》）。袁宗道指出，擬古派所以陷於這樣的境地，「其病源則不在模擬而在無識。若使胸中的有所見，苞塞於中，將墨不暇研，筆不暇揮，兔起鶻落，猶恐或逸，況有閒力暇晷引用古人詞句耶？」（《論文下》）指出擬古派的毛病在於缺乏深刻的見解，只能敷衍搪塞。

三袁反對復古，重視「性靈」，必然承認每一個時代都有其佳作。袁宏道在《與丘長孺》書中以唐詩為例，詳細地說明了這個問題。以時代而言，「初、盛、中、晚自有詩也，不必初、盛也」。以作家來說，元、白等人自有詩，不必李、杜。《敍小修詩》曰：「唯夫代有升降，而法不相沿，各極其變，各窮其趣，所以可貴，原不可以優劣論也。」不但這樣，他還認為寫作的題材和技巧都是愈來愈進步的。袁宏道說：「詩之奇、之妙、之工、之無所不極，一代盛一代，故古有不盡之情，今無不寫之景。」（《與丘長孺》）他又說：

> 賦體日變，賦心亦工。古不可優，後不可劣。若使今日執筆，機軸（構思）尤為不同。何也？人事物態，有時而更；鄉語方言，有時而易。事今日之事，則亦文今日之文而已矣。（《與江進之》）

他們認識到社會上的事物都是在不斷演變着的，文學也應該隨之不斷演變，「《毛詩》『鄭』『衛』等風，古之淫詞媟語也，今人所唱『銀柳絲』『掛針兒』之類，可一字相襲不？」這種見解是大膽的，也是通達的，它對促進文學（包括通俗文學）創作的發展起了很好的作用。

但以文學的演變而言，各種不同的流派，各種不同的風格，此起彼伏，相互替代，這到底是由什麼原因支配的呢？袁宏道對此作了探索。《雪濤閣集序》曰：「夫法因於敝而成於過者也。」例如六朝詩歌的缺點是「駢儷飣餖〔堆砌〕」，所以初唐用「流麗」的風格去矯正；其後「流麗」變為「輕纖」，於是盛唐諸人以「闊大」矯之……他從詩歌的語言風格方面着眼，考察文學的遞嬗演變，接觸到了文學史上的一些現象，有供後人參考的地方。但是詩歌領域中風格與流派的變化，決不是某些語言特點的問題。文學反映社會現實，社會現實起了變化，文學也隨之起變化，一個時期的文學特點總是由這個時期社會上的種種情況所決定的。當然，它與過去的文學作品也有繼承與發展的關係，但主要原因應當從現實中去尋找。

為了糾正不良文風，公安三袁就性之所近，遵循自己的文學史觀，提出一些「矯枉」主張。「世人喜唐，僕則曰：唐無詩；世人喜秦漢，僕則曰：秦漢無文；世人卑宋黜元，僕則曰：詩文在宋元諸大家。」（《與張幼于》）為了反對前後七子的摹擬文風，三袁主張「信心而出，信口而談」，「率性而行」，「任性而發」，極力提倡率易平淡的作風，這樣他們也就傾向於繼承白居易與蘇軾的寫作傳統。袁宗道就是以「白蘇」為其書齋命名的。但是這種文風也有很大的流弊，袁中道晚年已經看出了問題，指出「及其後也，學之者稍入俚易，境無不收，情無不寫，未免衝口而發，不復檢括，而詩道又將病矣」（《阮集之詩序》）。這是因為他們又走到了另一極端，不講究取材，不講求構思與錘煉，這樣的作品，草率馬虎，水平自然不高。「由此觀之，凡學之者，害之者也；變之者，功之者也」。袁中道最後希望「變之者」「學其發抒性靈，而力塞後來俚易之習」，再經歷一次「因於敝而成於過」的過程。

三袁對前後七子的弊病作了較深的挖掘。自公安派興起後，擬古之風走向下坡路。

三、竟陵派追求「別趣奇理」

就在公安派聲勢還很盛的時候，興起了另一個企圖矯正其流弊的派別。它的代表人物鍾、譚都是竟陵（今湖北天門）人，故稱「竟陵派」。

鍾惺（字伯敬，公元一五七四——一六二四年）、譚元春（字友夏，公元一五八六——一六三七年）身處明代末期，眼看文學流派的興替經歷着幾個反覆，為了避免重蹈覆轍，他們想走一條有利無弊的道路。前後七子和公安派興起時，為了克服前一時期創作上的缺點，都曾推舉前代某一時期的作品為楷模，提倡寫作某一種格調的作品，結果卻產生了另一種流弊。在鍾、譚看來，這是「取異於途徑」的緣故。「途徑」是有局限的，因此不能再照他們的辦法去做。竟陵派的新辦法是通過選詩標出古人的「精神」，「接後人之心目」，實際上是打算提出某些「典範」的作品，吸引後人，以此形成某種風格流派。他們認為這樣既可克服上面一些流派的缺點，也可避免新的流弊的滋生。但從事實來看，既然想吸引他人寫作某種題材狹隘風格單調的作品，這又何嘗不是一種取異於途徑的辦法？

「精神」是抽象的，它落實在「真詩」上。那麼又有什麼辦法可以鑒別真詩呢？鍾、譚無計可施，只能說些虛無縹緲的話來搪塞。譚元春《詩歸序》說「真有性靈之言，常浮出紙上，決不與眾言伍，而自出眼光之人」研索時，「覺古人亦有炯炯雙眸從紙上還矚人」。大抵他們就是這樣見神見鬼地選出了「真詩」，並編為「精神」寶庫《詩歸》（內分《古詩歸》十五卷、《唐詩歸》三十六卷兩部分）的。

鍾惺的話講得老實一些。他在《唐詩歸》評王季友的詩時說：「每於古今詩文，喜拈其不著名而最少者，常有一種別趣奇理，不墮作家氣。」說明他們只想出冷門，走僻徑，避免走上膚熟和俚率的老路。於是在創作上，喜歡用怪字，押險韻，構造一些奇特的句子；在趣味方面，追求「幽深孤峭」的風格，表現孤僻淡漠的情懷。因此，他們宣傳的「別趣奇理」，實際上是一些不健康的趣味和不正常的心理。鍾惺在《詩歸序》中說：「真詩者，精神所為也。察其幽情單緒，孤行靜寄於喧雜之中，而乃以其虛懷定力，獨往冥遊於寥廓之外。」這種情調體現出他們的精神狀態，它是明代亡國之前知識份子逃避現實鬥爭的一種沒落消極情緒。

第三章　明末清初三大學者的文學見解

前人批評明代文風，一般都說它虛浮。這是因為明代文人大都喜歡標榜聲氣，強立宗派，然而瞭解國計民生、接觸社會實際的人很少，因此文壇上此起彼伏似很熱鬧，然而旋興旋歇成就不大。明末清初三大學者——黃宗羲（公元一六一〇—一六九五年）、顧炎武（公元一六一三—一六八二年）、王夫之（號薑齋，公元一六一九—一六九二年）懷抱亡國之痛，探求明代政治文教的得失，重新對明代幾種突出的壞學風作了批判。他們的學術成就各不相同，文學見解也不完全一樣，但因出發點有一致之處，故而在理論上有很多相近的地方。

他們都很重視文學的社會作用。顧炎武說：「凡文之不關於六經之指、當世之務者，一切不為。」（《與人書三》）這話就是有代表性的。他們的文學思想基本上屬於封建正統的思想體系，但他們關心當前現實，強調經世致用，因而企圖設法補救時弊。

從文學上來說，他們對明代詩文的各個流派都有不滿。王夫之在《明詩評選》卷四評湯顯祖詩時說：「三百年來，李、何、王、李、二袁、鍾、譚，人立一宗，皆教師槍法，有花樣可仿，故走死天下如騖。」顧炎武《日知錄》中有《文人摹仿之病》一條，說：「近代文章之病，全在摹仿，即使逼肖古人，已非極詣，況遺其神理而得其皮毛者乎？」他指出某些人的毛病在胸中有杜詩與韓、歐文之蹊徑，故而「終身不脫『依傍』二字」。黃宗羲在《金介山詩序》等文中提出了同樣的見解。

詩文確立宗派，為什麼會有這麼大的流弊？王夫之解釋道：「才立一門庭，則但有其局格，更無性情，更無興會，更無思致，自縛縳人，誰為之解者？」（《薑齋詩話》卷二）這等於說宗派一立，也就設下了框框，宗派內部遵循的一些寫作原則，也就成了束縛作者創造活動的僵化模式，學習者鑽進去後，必然喪失真實的思想感情。這種論斷有不全面處，然而用在批評明代詩文各流派時卻還恰切。

三人經歷國破家亡的大變故，心中都有深沉的悲痛，因此論詩着重親身經歷、切身感受，反對浮泛之作，推崇血淚之作。王夫之說：「身之所歷，目之所見，是鐵門限。」（《薑齋詩話》卷二）黃宗羲說：「蓋詩之為道，從性情而出。人之性情，其甘苦辛酸之變未盡，則世智所限，易容埋沒。即所遇之時同，而其間有盡、不盡者，不盡者終不能與盡者較其貞脆。」（《陳葦庵年伯詩序》）即使是那些經歷過社會大變亂的人，對時局的感受，在程度上也大有不同。一些所得甚淺而惺惺作態的人也不能寫出真有性情的作品，只是那些孤憤絕人的作者，迫於中之不能自已，「而後至文生焉」。在《萬履安先生詩序》中他甚至還提出「史亡而後詩作」之說。處在每個封建王朝危亡之時，統治階級的文人中總是出現兩種傾向，一逃避現實，一悲歌慷慨，後者往往成為古代詩文中的傑出作品，儘管這類作品之中往往伴隨着濃厚的感傷情調。

為了強調真實感，王夫之還反對講求煉字煉句，賈島《題李凝幽居》詩中的名句「僧敲月下門」，起先擬作「僧推月下門」，經再三斟酌，且經韓愈指點，才決定用「敲」字，從而傳下了「推敲」的佳話。王夫之認為大可不必費此苦心，作者如果「即景會心」，或推或敲，必居其一，只需順其自然就是了。「因景因情，自然靈妙，何勞擬議哉？」這裏所舉的例句，發表的議論，都很偏頗，是不妥當的。創作而不講推敲，則字句如何能精煉？認識如何能深化？寫作如何能提高？這裏王夫之片面地發展了《二十四詩品．自然》中「俯拾即是，不取諸鄰」的觀點，認為詩人必須及時捕捉住刹那時「即景會心」的感受，「以神理相取，在遠近之間，才着手便煞，一放手又飄忽去，如『物在人亡無見期』，捉煞了也」。這就是一種強調靈感的詩論了。它對後來王士禛的神韻説有影響。

王夫之對構成詩歌意境的問題還作了分析。詩歌的內部可分「情」「景」兩項因素，但「情景名為二，而實不可離」，「景以情合，情以景生，初不相離，唯意所適」。不過二者結合的好壞還是有程度上的差別。「神於詩者，妙合無垠」，也就是説二者取得了高度的和諧，宛如天衣無縫。「巧者則有情中景，景中情」，這就顯得有所偏長了。例如李白《子夜吳歌》中云「長安一片月」，可作「景中情」的例子，從月夜景色中透露出「孤棲憶遠之情」；又如杜甫《奉和賈至舍人早朝大明宮》詩中的「詩成珠玉在揮毫」之句，則可作為「情中景」的例子，從興高采烈的情緒中「寫出才人翰墨淋漓自心欣賞之景」。比較起來，「情中景」更難寫，所以古人的名句大都是景語，在形象生動的詩句內寓託着深厚的感情。因此他說：「以寫景之心理言情，則身心中獨喻之微（獨到的體會和感受）輕安拈出。」（《薑齋詩話》卷二）這也是一種經驗之談。他已認識到抒情詩的一大特點，作者不能單純地吐露心聲，作簡單的陳述，即使是那些寫作水平很高的詩人，也難於在「情中景」的作品中見功夫。這就說明詩人應該借助外界事物的景象映襯內心的感情，採用融情入景的方式表現。這裏對抒情詩的形象問題作了比較深入的分析。

第四章　葉燮探討詩歌原理的著作《原詩》

清初三大學者指責明代詩文之病，可謂義正詞嚴，沉痛迫切，然而文壇上仍然沒有多大起色，還為摹擬之風所支配。錢謙益《題懷麓堂詩鈔》曰：「近代詩病，其證凡三變：沿宋、元之窠臼，排章儷句，支綴蹈襲，此弱病也；剽唐選之餘瀋，生吞活剝，叫號隳突，此狂病也；搜（孟）郊、（賈）島之旁門，蠅聲蚓竅，晦昧結愲，此鬼病也。救弱病者必之乎狂，救狂病者必之乎鬼，傳染日深，膏肓之病已甚。」這樣敘述詩風變遷，憤激有餘，說服力不足，因為他所指出的詩壇弊病還只是暴露出來的一些現象。這些問題是怎樣產生的？如何才能走上正路？缺乏縝密的分析和論證。

有葉燮出，用歷史的觀點考察文學的發展，深入探討了創作過程中的許多問題，在理論建設上達到了新的水平。

葉燮（公元一六二七——一七〇三年）字星期，嘉善（今浙江嘉善）人。康熙進士，官至寶應知縣，被劾歸。居吳縣之橫山，學者稱為橫山先生。著有《己畦集》三十卷。同郡汪琬以寫作古文享大名，葉燮取他的十篇文章細加糾詰，名《汪文摘謬》，表現出很強的分析能力。他的文學理論主要見於《原詩》內、外篇中。

葉燮把文學的發展看成是自然運行的過程，他從研究文學史的角度提出問題：「詩始於《三百篇》」，一直發展到當代，「上下三千餘年間，詩之質文、體裁、格律、聲調、辭句，遞嬗升降不同，而要之詩有源必有流，有本必達末；又有因流而溯源，循末以返本，其學無窮，其理日出。乃知詩之為道，未有一日不相續相禪而或息者也。」這種歷史進化的觀點，認為每一階段的文學創作都有它存在的理由，是由文學發展的內在規律所支配而不能不如此的，這就為文學上的創新提供了理論上的根據。

明代前後七子的看法與此相反，李夢陽倡言不讀唐以後書；李攀龍說唐無古詩，又說陳子昂寫的古詩其實不能稱作古詩，這就是缺乏歷史發展的觀點而產生的偏見，因為文學是隨時代的發展而進化的，這裏既有繼承的關係，又有發展的關係。舉例來說：建安、黃初的詩，繼承了「古詩十九首」的傳統，「然十九首止自言其情，建安、黃初之詩乃有獻酬、紀行、頌德諸體，遂開後世種種應酬等類」。從它「達情」而言，這是「因」（繼承）；從它流為「諸體」而言，這是「創」（創新）：這是由於人事日繁而不得不如此的。古代事物都很簡樸，後代的東西都比較精緻，「大凡物之踵事增華，以漸而進，以至於極。

故人之智慧心思，在古人始用之，又漸出之，而未窮未盡者，得後人精求之而益用之出之」。文學作品中形式和技巧的發展情況同樣如此。自《尚書》中的「虞廷『喜』『起』」之歌起，「自後盡態極妍，爭新競異」，這些都是由「理」、「勢」二者所決定的。「理」是事物發展的內在規律，「勢」是事物發展的必然趨勢，一切事物都為「理」「勢」所支配而不斷向前發展着。後人學習前代作品而又有不同，「因而實為創」，這樣的繼承也就是創新。唐人寫作古詩，如果只去摹習漢、魏的聲調字句，那只能稱作漢、魏古詩，不能說是自己的古詩。惟其「不肯沿襲前人以為依傍」，才有自己的成就。因此，文學史上的「健者」，「雖各有所因，而實一一能為創」；「正有漸衰，故變能啟盛」，也只有創新才能使文學生生不已。唐詩固然高妙，宋詩也有成就，後人崇唐抑宋，入主出奴，都是缺乏歷史觀點的一偏之見。「竊以為相似而偽，無寧相異而真，故不必泥前盛後衰為論也」。這是基於歷史進化觀而提出的文學發展觀，用來批判崇古非今的謬論，甚為有力。

葉燮的這種意見，汲取了公安派的研究成果，而「踵事增華」之說，則又繼承了蕭統的學說。他比前人說得更為透徹，但還不能算是他的創見。

詩歌必須創新。怎樣才能創新？公安派一味強調獨抒「性靈」，偏重主觀的感受，立論偏頗，無法開拓寬廣的詩境。葉燮則從主客觀兩方面的結合着眼，並對二者所包孕的許多重要因素作了細緻的分析。

曰理，曰事，曰情，此三言者，足以窮盡萬有之變態。凡形形色色，音聲狀貌，舉不能越乎此。此舉在物者而言，而無一物之或能去此者也。曰才，曰膽，曰識，曰力，此四言者，所以窮盡此心之神明。凡形形色色，音聲狀貌，無不待於此而為之發宣昭著。此舉在我者而為言，而無一不如此心以出之者也。以在我之四，衡在物之三，合而為作者之文章，大之經緯天地，細而一動一植，詠歎謳吟，俱不能離是而為言者矣。

他舉草木為例，說是「其能發生者，理也；其既發生，則事也；既發生之後，夭喬滋植，情狀萬千，咸有自得之趣，則情也」。據此可知：「理」是事物發生的依據，「事」是事物存在的現實，「情」是事物表現的情狀。客觀事物無不具備這三個方面，這就表現為萬事萬物的千姿百態和變化無窮。明代詩文各派喜歡談「法」，老是想用幾條刻板的寫作手法去窮盡詩文創作的奧秘，殊不知作為反映對象的客觀世界極為繁富多樣，決不是幾條僵死的法所能牢籠的。這裏葉燮用反映論的觀點批判了前人的模式論。

葉燮反對先驗的「法」，否認詩文中有這類萬應良藥，但並不是說創作詩文不存在「法」的問題。他要求從反映客觀事物的角度去概括出「法」來。「先揆乎其理，揆之於理而不謬，則理得。次徵諸事，徵之於事而不悖，則事得。終絜諸情，絜之於情而可通，則情得。三者得而不可易，則自然之法立。」所謂「自然之法」，就是區別於前人的人為之法而言的。「自然之法」又可分為「死法」和「活法」。「死法」只能用來反映事物的常態，例如臉上耳、目、口、鼻的位置，這是人人都能看得到講得出的，葉燮稱之為「定位」。但世上還有「美之絕世獨立」者，儘管五官位置與常人無異，而自有一種超乎形跡的風流體態，這就得講求「活法」了，葉燮把這稱之為「虛名」。「虛」是相對於實而言的，它要求詩人「遇之於默會意象之表」。正如下文所說的，「虛名不可以為有，定位不可以為無。不可為無者，初學能言之；不可為有者，作者之匠心變化，不可言也」。

葉燮所以創造「定位」「虛名」這一對概念，從反映對象而言，是要求區分開事物的常態和變化；從文學創作而言，則是維護詩歌的美學特點，批判執而不化的寫作程式。「作詩者實寫理、事、情，可以言言，可以解解，即為俗儒之作。惟不可名言之理，不可施見之事，不可徑達之情，則幽渺以為理，想像以為事，惝恍以為情，方為理至、事至、情至之語，此豈俗儒耳目心思界分中所有哉！」說明葉燮追求的詩歌境界，超出於事物的形跡表象，它要離「實」就「虛」，呈現出文學作品雖出之於虛構而更為真實可信的藝術特點。「所謂言語道斷，思維路絕；然其中之理，至虛而實，至渺而近，灼然心目之間，殆如鳶飛魚躍之昭著也」，則又提出了詩歌「虛」中有實的美學特點。這裏闡述了詩人的構思特點。它超越於事物的具體形態，不用理性的陳述而具有完美的思想深度，似乎排除了邏輯思維的參與，然而依靠形象思維的特殊方式卻達到了高度的思想性，塑造的形象超越於形似而達到了神似的境界。

他舉杜甫的許多詩歌作說明。《摩訶池泛舟作》中有句曰「高城秋自落」，「秋」不能自「高城」而落，「理」「事」俱似不通，然而細細體會，又覺得「理與事俱不可易」。這類有關詩歌的形象特點的闡述都是精到而富於啟發性的。但他為了強調「虛名」的重要意義，有時把詩歌的特點說得過於玄虛，而對「定位」的重要性又過分加以壓抑，則是理論上的不足之處。因為「虛名」有賴於「定位」，只有在「定位」的基礎上提高到「虛名」，才是可信的提高，否則詩歌創作仍會重犯「獨抒性靈」者「不拘格套」而出現的弊病。

以上是就創作中所反映的客觀事物方面而言的。從詩人本身來說，其水平的高下，又為「才、膽、識、力」四項條件所決定。

葉燮曾經分析過四者的重要性。「大凡人無才則心思不出，無膽則筆墨畏縮，無識則不能取捨，無力則不能自成一家」。人的「才」似乎是先天的，但它為「識」、「膽」所決定，「唯膽能生才」，「內得之於識而出之而為才」，所以「才」也為後天的因素所支配。

四者之中，「識」最重要。「四者無緩急，而要在先之以識，使無識，則三者俱無所托」。「識」對具體事物的理、事、情而言，是指觀察，表現為對客觀世界的分析、判斷和鑒別、取捨的能力；對詩學原理的探討而言，是指見解，這就是思想水平高下的問題了。觀察外物，「其道宜如《大學》之始於格物」，這樣就能提高見解。見解一高，「膽」也壯了，「才」也外現了，於是又落實到「力」上。「力」指詩人的創造力。葉燮重創新，凡能開闢一代詩風的人，都曾詳加論列。唐詩重杜甫，宋詩重蘇軾，而「唐詩為八代以來一大變，韓愈為唐詩之一大變，其力大，其思雄，崛起特為鼻祖。宋之蘇（舜欽）、梅（堯臣）、歐、蘇、王（安石）、黃，皆愈為之發其端，可謂極盛」。大約就是看到了韓愈「以文為詩」而導致宋詩的形成和成長，目光是敏鋭的，說明他對文學上的變遷遞嬗確有研究。葉燮對韓愈的創造力持讚賞的態度，但對受「以文為詩」的影響而產生的流弊卻缺少應有的敍述。

這些觀點又是怎樣形成的呢？論學主識，當然是受到了劉知幾的影響，《新唐書》本傳上載其語曰：「史有三長，才、學、識。」對後代影響很大。但形成葉氏這種觀點的直接源頭，應當是前代的理論遺產。《續藏書》卷十二《席書傳》載其選學子事王陽明為師事，李贄評曰：「即此一事，公之才、識，已足蓋當世矣。……然有識而才不充，膽不足，則亦未敢遽排眾好，奪時論，而遂歸依龍場，以驛丞為師也。」他在《焚書·二十分識》中又指出「才與膽皆因識見而後充者也」。袁中道《妙高山法寺碑》載李贄評袁宏道「真英靈男子」，「蓋謂其識力膽力皆迥絕於世」。說明葉燮的文學理論確曾受到李贄和公安派的很大影響。

葉燮還對創作理論作了進一步的概括。從「理、事、情」來說，「又有總而持之、條而貫之者，曰氣。事、理、情之所為用，氣為之用也」。「氣」是唯物主義者經常用來指稱物質本體的一個概念，葉燮以為它是事物的「理、事、情」之本，說明他的理論奠基在唯物主義反映論的原理之上。從詩人的主觀方面來說，葉燮強調的是胸襟，胸襟指詩人的修養和抱負，這又是由「才、膽、識、力」所決定的。胸襟可由後天的各種條件形成。他的理論之所以突過前人，就在於擺脫了前人論述抒情詩時偏重主觀的缺點，而把理論置於唯物主義的基礎之上，反對形而上學的先驗和武斷，具有若干辯證法的因素。

葉燮克服了就詩論詩的局限，分析了詩人創新的主客觀因素，細密詳備，自成體系，取得了不少新收穫。

葉燮以名位低下之故，聲名遠遜於同時之王士禛，然而王氏對其詩論頗為尊重，以為能獨立起衰。沈德潛是葉燮的弟子。他的個別論點曾受葉氏的影響，如重視「識」，強調「第一等胸襟」……這是承襲師說的地方；但他轉而推崇前後七子的復古道路，則與葉氏主張發展的學說正相反對。由於清初複雜的政治形勢的影響，三人的學說呈示出各不相同的面貌。今為敍述上的方便，先把葉氏之說介紹如上。

第五章　清初詩壇的紛爭

文學活動總是隨着政治形勢的發展而起變化的。自從清統治者建立政權之後，種族壓迫很嚴重，他們對待文人採取籠絡和迫害的兩手政策，這在文學上也產生了深遠的影響。神韻派取遠離現實的態度，寫作閒淡高遠的作品；格調派取關心現實的態度，宣揚封建的倫理教化，這些都是適應統治者在政治上的需要而產生的不同文學流派，但在文學理論上也自有其歷史淵源。在這些理論的指導下進行的創作活動，取得的成就雖然有限，但因包孕着個人的辛勤勞動，故而也不能截然否定。

一、王士禛的神韻說

王士禛（公元一六三四——一七一一年）字貽上，號阮亭，別號漁洋山人，新城（今山東桓台）人。他在清初文壇上聲譽很高，生平論詩宗旨凡數變：早年推崇唐音，後來看到那些依附盛唐的詩人老是「學為『九天閶闔』、『萬國衣冠』之語，而自命高華，自矜為壯麗，按之其中，毫無生氣」（王士禛口授、何世璂述《燃燈紀聞》），故而中年以後又轉為推崇宋詩，然而「清利浸以佶曲」，流弊又生。於是他選了一部《唐賢三昧集》，標舉宗旨。書中不選李、杜兩家，而是推崇王維、孟浩然、韋應物等人所謂「山水清音」的一派，欣賞那些描寫自然景物的作品。翁方綱《七言詩三昧舉隅》說：「先生於唐賢獨推右丞（王維）、少伯（王昌齡）以下諸家得三昧之旨。蓋專以沖和淡遠為主，不欲以雄鷙奧博為宗。若選李、杜而不取其雄鷙奧博之作，可乎？吾竊先生之意，固不得不以李、杜為詩正軌也，而其沉思獨往者，則獨在沖和淡遠一派，此固右丞之支裔，而非李、杜之嗣音矣。」這種文學見解和他的政治傾向也是一致的。王士禛畢生過着養尊處優的生活，他推崇《滄浪詩話》中「羚羊掛角，無跡可求」之說，以為「不獨喻詩，亦可為士君子居身涉世之法」（《香祖筆記》卷一）。由此出發而提倡寫作脫離現實的作品，也就勢必會對關心現實的杜甫表示不滿，並旁敲側擊地詆之為「村夫子」了。

從理論的歷史淵源來說，王士禛繼承了司空圖等人的學說。他說：「表聖論詩，有『二十四品』，予最喜『不着一字，盡得風流』八字。」（《香祖筆記》卷八）有人要求解釋，他舉李白《夜泊牛渚懷古》和孟浩然《晚泊潯陽望廬山》詩為例，說是：「詩至此，色相俱空，政如羚羊掛角，無跡可求。畫家所謂逸品是也。」（《分甘餘話》卷四）這裏發揮的就是嚴羽的學說；而所謂「逸品」云云，則又說明這種詩論曾受繪畫中南宗山水畫的影響。因為二者所追求的都是那種閒淡沖和情韻悠然的逸趣。

這種說法雖似神秘，但也並非無法把握，可以舉他一些最能反映「神韻」特點的七言絕句為例以說明之。王士禛《冶春絕句》詩曰：「紅橋飛跨水當中，一字欄杆九曲江。日午畫船橋下過，衣香人影太匆匆。」敍述春遊之時偶然遇到美女之後的悵惘情緒，但他並不明白點出，只用含蓄的筆法，抒寫某種突發的印象和感受，使人感到情韻悠長，此即所謂「不着一字，盡得風流」是也。他在寫作景物詩時，常用融情入景的手法，如《江山》詩曰：「吳頭楚尾路如何，煙雨秋深暗白波，晚趁寒潮渡江去，滿林黃葉雁聲多。」末句寓託旅途的蕭條之感，塗抹上一層淡淡的哀愁，這裏沒有什麼主觀抒情的熾烈情緒，然而讓人玩味之時，感到餘味不盡。這些地方也就是所謂「神韻天然」的妙處了。

王士禛很注意擷取剎那時的印象和感受，抒發個人逸興。他在《漁洋詩話》卷上中引用了蕭子顯自序中的話：「若乃登高目極，臨水送歸，風動春朝，月明秋夜，早雁初鶯，開花落葉，有來斯應，每不能已也。」「每有製作，特寡思功，須其自來，不以力構。」（《梁書．蕭子恪（附弟子顯）傳》）還引用了王士源序孟浩然詩中的話：「每有製作，佇興而就。」並說：「余生平服膺此言，故未嘗為人強作，亦不耐為和韻詩也。」這些意見，強調靈感的萌發，近於浪漫主義作家的創作特點。他還稱頌王維畫雪中芭蕉，並說：「大抵古人詩畫，只取興會神到，若刻舟緣木求之，失其指矣。」（《池北偶談》卷十八）或許他的一些成功之作，確是在「偶然欲書」的情況下產生的吧。《漁洋詩話》卷中載施閏章評王氏論詩「如華嚴樓閣，彈指即現；又如仙人五城十二樓，縹緲俱在天際」。說明神韻詩派人追求的是空靈的妙處，風流蘊藉，無斧鑿痕，應該是在興會淋漓的情況下一氣呵成。但王士禛篇章雜沓，每到一處必有詩，未必像他說的那樣都出之於真實感受，實際情況可能還是在多方面修飾上暗下功夫。《煙畫東堂小品》於一「王貽上與林吉人」手札陶澍跋曰：「……如《蠡勺亭》詩『沐日浴月』四字，初欲改『虎豹騂馬』，既又改『騂馬』為『水兕』，此等字亦在撚髭求安之列，豈所謂華嚴樓閣者，固亦由寸積尺累而始成耶！」何紹基跋曰：「壬辰在都，於廠肆見漁洋詩手草五冊，塗乙俱滿。不惟字意疏宕，其研詩之細，亦具可見。」說明他的大部分作品還是「強作」而成的。但他下筆之時，藏頭露尾，欲吐還吞，藉以顯示神龍見首不見尾的樣子，追求「神韻」的妙處。袁枚批評他「一味修飾容貌」，則是掌握到了王詩弱點，說他裝腔作勢寫作「假詩」。

清初文人已經厭倦於明代的擬古模仿和門戶紛爭，王士禛自出手眼，排除以時代和家派論詩的陳腐風氣，寫作清新可詠的作品，能夠一新時人耳目。自是文學理論逐漸擺脫了明代的餘風。

二、格調派和性靈派的爭論

繼王士禛提倡的神韻說之後，興起了沈德潛提倡的「格調說」和袁枚提倡的「性靈說」。沈德潛（公元一六七三—一七六九年）號歸愚，江南長州（今江蘇蘇州）人。生前受到乾隆寵信，官至內閣學士，兼禮部侍郎（時人通稱之曰大宗伯）。他所闡述的理論，也是積極為宣傳封建倫理服務的。袁枚（公元一七一六—一七九七年）字子才，號簡齋，錢塘（今浙江杭州）人，中年以後長期寓居江寧（今江蘇南京），築隨園以自適。他是一個游離於統治集團當權派之外的文人，在文學思想上有突破傳統思想束縛的要求，把詩歌創作當作抒發個人感情的工具。沈、袁的意見在許多地方有矛盾，因而展開過一些針鋒相對的爭論。

袁枚《隨園詩話》卷五曰：「自《三百篇》至今日，凡詩之傳者，都是性靈，不關堆垛。」「性靈」一詞的含義，就是指真性情，即真的思想感受。《答何水部》曰：「詩者，心之聲也，性情所流露者也。」沈德潛論詩也重性情，但其含義卻顯然有別，《清詩別裁》「凡例」曰：「詩必原本性情，關乎人倫日用及古今成敗興壞之故者，方為可存，所謂其言有物也。」這種看法正是封建正統文藝觀點的表現。兩人對文學的社會作用有不同的見解。

沈德潛在《說詩晬語》中說：「詩之為道，可以理性情，善倫物，感鬼神，設教邦國，應對諸侯，用如此其重也。」他選《清詩別裁》時，貫徹其理論主張，不選王次回《疑雨集》中的豔情詩。袁枚對此大不以為然，稱其論調「有褒衣大袑〔褌〕氣象」，實際上是譏刺沈德潛的觀點虛假迂腐。他在《再與沈大宗伯書》中說：「一集中不特豔體宜收，即險體亦宜收。」「豔詩宮體，自是詩中一格。孔子不刪鄭衛之詩，而先生獨刪次回之詩，不已過乎？」堅決維護豔情詩的地位。

袁枚對豔情詩為什麼這樣感興趣呢？這是與他本人的思想品質有關的。袁枚論詩主情，而他又是一個追求享樂的文人，思想感情中有很多庸俗的東西。他說：「情所最先，莫如男女。」（《答戢園論詩書》）似乎描寫男女的歡愛之情最適合他的所謂「人情」。比起前代湯顯祖等人的思想來，他所強調的「情」缺乏積極的思想解放的內容，因而並不值得重視。

但袁枚標榜真感情來反對假道學，畢竟是他學術思想上的可貴之處。他在《答戢園論詩書》中說：「來諭諄諄教刪集內緣情之作，云以君之才之學，何必以白傅〔白居易〕、樊川〔杜枚〕自累。大哉，足下之言，僕何敢當。夫白傅、樊川，唐之才學人也，僕景行之，尚恐不及，而足下乃以為規，何其高視僕卑視古人耶？足下之意，以為我輩成名，必如濂、洛、關、閩而後可耳。然鄙意以為得千百偽濂、洛、關、閩，不如得一二真白傅、樊川。以千金之珠易魚之一目，而魚不樂者，何也？目雖賤而真，珠雖貴而偽故也。」他在《答友人論文第二書》中還說：「三代後，聖人不生，文之與道離也久矣。然文人學士必有所挾持以佔地步，故一則曰明道，再則曰明道，直是文章家習氣如此。而推究作者之心，都是道其所道，未必果文王、周公、孔子之道也。」清初統治者極力頌揚程朱理學，袁枚敢於發表這些叛逆性的意見，應該說是一種大膽潑辣的可喜見解，無怪乎正統派文人和衛道者視之若洪水猛獸，競欲置之死地而後快了。袁枚以在野之身公開批判文壇正宗，矛頭直指封建社會中的正統思想，態度是勇敢的。這些地方還能看到自李贄發展而來的思想餘波。

沈德潛還提出「詩貴溫柔，不可説盡」，重新端出「詩教」説來訓人。這種意見也與袁氏之説不合。袁枚端出「興觀群怨」説來作為抵制。《再答李少鶴書》曰：「《禮記》一書，漢人所述，未必皆聖人之言。即如『溫柔敦厚』四字，亦不過詩教之一端，不必篇篇如是。……故僕以為孔子論詩，可信者興、觀、群、怨也，不可信者溫柔敦厚也。」為了突破儒家倫理教化的束縛，袁枚敢於懷疑作為經典的《禮記》和正統的詩教説，對傳統的文藝思想起過衝擊的作用。

從理論的淵源來説，格調派繼承了前後七子的復古論調。沈德潛説：「詩貴性情，亦須論法。」法即技巧，也就是總結出來的前人的一些創作經驗。和七子相同，古詩宗漢魏，近詩宗盛唐，其中特別推崇杜、韓兩家。李夢陽在《潛虬山人記》中説：「夫詩有七難：格古、調逸、氣舒、句渾、音圓、思沖、情以發之。七者備而後詩昌也。」在《駁何氏論文書》中則説：「高古者格，宛亮者調。」沈德潛追求的就是這種藝術效果，所以博得了「格調派」的名稱。他以為杜、韓兩家的詩最得「格」、「調」之美。袁枚的思想比較靈活，反對以時代和家數論詩。《與沈大宗伯論詩書》曰：「嘗謂詩有工拙而無今古。自葛天氏之歌至今日，皆有工有拙，未必古人皆工，今人皆拙。即《三百篇》中頗有未工不必學者，不徒漢、晉、唐、宋也；今人詩有極工極宜學者，亦不徒漢、晉、唐、宋也。」對厚古薄今的傳統思想作了有力的批判。其中否定《詩經》的一些話，應該説是很不尋常的議論。和袁枚觀點接近的詩人趙翼更是昌言無忌，《論詩》絕句曰：「李、杜詩篇萬古傳，至今已覺不新鮮。江山代有才人出，各領風騷數百年。」這些地方袁枚等人表現出較高的識見。

袁枚的文學思想，受楊萬里和袁宏道的影響很深，要求擺脱前人舊的格局的束縛，自創新的風貌。《何南園詩序》曰：「楊誠齋曰：從來天分低劣之人，好談格調，而不解風趣。何也？格調是空架子，有腔口易描；風趣專寫性靈，非天才不辨。余深愛其言。」楊萬里貶抑格調，袁枚用以批判明代前後七子至沈德潛等奉法的「空架子」；楊萬里與公安派主性靈，袁枚繼承此説，而又不廢學習，主張博採眾人之長而形成一家面目。《與梅東源》曰：「且詩中的題甚多，而古人之擅長不一……我輩宜兼收而並蓄之。到落筆時，相題行事，方不囿於一偏。迨至真積力久，神明變通之後，其中又有我在焉。」這樣做的目的並不在於自立一種宗派，袁枚的目的只在保證詩中能有真實的思想感情，體現出個人的精神面貌，因此他強調「兼收並蓄」之後，並不讓前代的大作家牽着鼻子走。《隨園詩話》卷七曰：「作詩不可以無我，無我則剿襲敷衍之弊大，韓昌黎所以『惟古於詞必己出』也。」除此之外，凡是妨礙個人自由抒發感情的東西，也應一律摒棄。《隨園詩話》卷一曰：「余作詩雅不喜疊韻、和韻及用古人韻，以為詩寫性情，唯吾所適。……既約束，則不得不湊拍；既湊拍，安得有性情哉？」但自宋元之後，文人作詩，學習某一時代或某一流派，已經成為文壇上的通病，而在清初，更是宗派雜陳，創新精神很差。袁枚一一加以批判。他說：「抱韓、杜以凌人而粗腳笨手者，謂之權門托足；仿王、孟以矜高而半吞半吐者，謂之貧賤驕人；開口言盛唐及好用古人韻者，謂之木偶演戲；故意走宋人冷徑者，謂之乞兒搬家；好疊韻次韻刺刺不休者，謂之村婆絮談；一字一句自注來歷者，謂之骨董開店。」（《隨園詩話》卷五）「貧賤驕人」指神韻派，「木偶演戲」指格調派，「乞兒搬家」指以厲鶚為代表的浙派。此外袁枚還曾着力批判了以翁方綱為代表的肌理派。陸廷樞《復初齋詩集序》説翁方綱「純乎以學為詩者……自諸經傳疏以及史傳之考訂，金石文字之爬梳，皆貫徹洋溢於其詩」。袁枚堅決反對這種作風，詆之曰：「填書塞典，滿紙死氣，自矜淹博。」（《隨園詩話補遺》卷三）但由於清代政治空氣的醞釀，這一流派後來竟然得到了很大的發展，和浙派等結合後，形成了晚清最有勢力的宋詩派。

袁枚已經接觸到了生活與題材的問題。上述各宗派，大都脱離實際，只從文字上下功夫，袁枚的作風有所不同，還能注意擴大自己的生活知識，因而發表過一些深知甘苦的言論。

> 欲作好詩，先要好題，必須山川關塞，離合悲歡，才足以發舒情性，動人觀感。若不過今日賞花，明日飲酒，同寮征逐，吮墨揮毫，剔嬲無休，多多益累。縱使李、杜復生，亦不能有驚人之句。（《答祝芷塘太史》）

為此他曾多次出遊，多方面地學習，擴大自己的知識面，但這也不過是古人常説的「行萬里路，讀萬卷書」罷了。在袁枚講來，這方面的生活鍛煉，實際上只是遊山玩水、享清福罷了。因此作品之中自然也不能有「驚人之句」。他在這種認識的基礎上，還對生活作了如下的理解，「行止坐臥，説得着便是好詩」（《隨園詩話補遺》卷五）。因此他把夏天拍蚊子經常自打耳光等一類低級趣味的東西都列為詩歌的好題材，不僅違反了自己在前面提出的意見，而且頗近於耍弄插科打諢似的無聊玩意兒了。

三、肌理説和宋詩派

前面已經提到翁方綱的「肌理説」。翁方綱（公元一七三三——一八一八年）字正三，號覃溪，順天大興（今北京大興）人。他是一個博學的學者，著作很多，但在詩文方面可沒有像王士禛、沈德潛、袁枚等人聲名顯赫；他所提倡的「肌理說」，也不像「神韻」、「格調」、「性靈」諸說傾動一時。然而按之實際，這一學說所起的影響卻極為深遠。後來興起的宋詩運動，一直延續到清末民國之初，都與翁方綱的理論有着內在的聯繫。

翁方綱的理論，承三家之後，是為反對神韻派的虛寂、格調派的空套、性靈派的滑脫而興起的。所謂「肌理」，是指詩歌中的義理和文理，猶如人體充實的肌膚，密致豐腴。根據這種理論產生的作品，也就與前此各派的作風大不相同了。但翁方綱所理解的內容、形式方面的充實，主要指學識的篤實。他處在乾隆、嘉慶年間漢學興起之時，自身就是一個著名的漢學家，因此力主吸收漢學家治學的作風入詩。《蛾術編序》曰「考訂訓詁之事與詞章之事未可判為二途」，必須吸收漢學家的考訂成果充實到詩歌的義理中去。《詩法論》說「窮形盡變」之法乃「立乎其節目，立乎其肌理界縫者」，「大而始終條理，細而一字之虛實單雙，一音之低昂尺黍，其前後接筍、乘承轉換、開合正變，必求諸古人也」。這是要求吸收前人寫作上的經驗充實詩歌文理方面的需要。「肌理說」的理論，從內容到形式，確是處處不忘以學為詩。儘管翁方綱也曾提出：「凡所以求古者，師其意也，師其意則其跡不必求肖之也。」（《格調論中》）但他如此重視以學為詩，創新之意也就很有限的了，詩中必然缺少個人的真情實感，所以袁枚在《仿元遺山論詩》詩中譏嘲他說：「天涯有客太詅癡，錯把抄書當作詩，抄到鍾嶸《詩品》日，該他知道性靈時。」

康熙之時，浙派詩人已有以學識代替才情的主張。朱彝尊說：「天下豈有捨學言詩之理」（《楝亭詩序》），厲鶚說：「未有能詩而不讀書……書，詩材也……詩材富而意以為匠，神以為斧，則大篇短章，均擅其勝。」（《綠杉野屋集序》）這些意見，當然會給翁方綱以影響。這種以學為詩的主張，和江西詩派的理論相合，因此肌理派宗奉黃庭堅，也就是順理成章的事了。崇尚宋詩的理論一經建立，因為它符合清統治者政治上的要求，與當時的學術空氣也切合，因此成了後起的宋詩運動的先導。

道光、咸豐年間，有程恩澤、祁嶲藻、鄭珍、何紹基等人出，掀起了一次規模較大的宋詩運動。何紹基（字子貞，號蝯叟，公元一七九九—一八七三年）在理論上多所闡發。他強調詩文要自成一家，關鍵在於培育真性情。《與汪菊士論詩》曰：「平日明理養氣，於孝弟忠信大節，從日常起居及外間應務，平平實實，自家體貼得真性情。」這是要求遵循宋儒的修養功夫。他還主張多讀書，《題馮魯川小像冊論詩》曰：「故詩文中不可無考據，卻要從源頭上悟會。」「於書理有貫通處，則氣味在胸，握筆時方能流露。」這是要求像漢學家那樣讀書明理。因此，這一流派仍然重視以學為詩，而他們主張的學，又有調和漢、宋的特點。曾國藩也是這一時期的宋詩運動的參加者，他在寫作古文時也是主張調和漢、宋的。

同治、光緒年間，陳三立、鄭孝胥、沈曾植、陳衍等人掀起了清末最後一次宋詩運動。陳衍（字叔伊，號石遺，公元一八五六—一九三七年）是這一流派的理論家，所著《石遺室詩話》達三十六卷，篇幅之巨古今所無。他以生當晚近之故，分析問題時，在科學性邏輯性上時能超越前人，但其內容已是無甚精彩可言了。因為這一批人身處封建社會覆亡的前夕，想要挽回局勢，卻又無可奈何，只能看着清廷淪亡以致遜位，而以遺老自居。於是他們迴避現實，鑽到古書堆裏去，提倡「學人之言與詩人之言合」（陳衍《近代詩鈔序》），寫作所謂「同（治）光（緒）體」。他們讚美「生澀奧衍」和「清蒼幽峭」的風格，還曾提出所謂「三元」之說，《石遺室詩話》卷一載其與沈曾植論詩之語曰：「余謂詩莫盛於三元，上元開元，中元元和，下元元祐也。君謂三元皆外國探險家覓新世界、殖民政策開埠頭本領。」而他們意之所在，還是推尊下元之時以黃庭堅為代表的江西詩派。傳統的舊體詩歌發展至此，已近窮途末路，於是在封建社會的這個最後發展階段，抱殘守缺的宋詩派，只能在淒清孤冷的氣氛中趨於沒落了。

第六章 桐城派的基本理論和發展

桐城派的得名，是由它的三個創始人——方苞、劉大櫆、姚鼐都是安徽桐城（今安徽桐城）人的緣故。他們先後奠定了桐城派的理論基礎。方苞確立了寫作上的幾項基本原則，劉大櫆把理論具體化、通俗化，姚鼐則把古文創作結合漢學興起後的新局面，作了深入一步的發揮。

一、方苞提倡「義法」之說

方苞（公元一六六八—一七四九年）字靈皋，號望溪，早年曾因文字獄遭到牽累而被囚，然而由於他在文學和理學上有很好的修養，得到了清統治者的寵愛，官位不斷升遷，成了顯赫一時的正統派文人，由他開創的桐城派，成了清代文壇上最大的一個流派。袁枚《仿元遺山論詩》說：「一代正宗才力薄，望溪文集阮亭詩。」說明兩人創作成就都不太大。

桐城派產生時，散文發展已有千年之久，方苞等人以歸有光接唐宋八家，上溯先秦兩漢，探源六經、

《左》《史》，建立他們的道統和文統。因為前代積累的許多寫作經驗和理論認識可以供他們參考，因此每當他們敘述一般原理時，也有說得中肯的地方；但他們的目的是在利用這些認識成果為其政治目的服務，因而按其理論的具體內容來看，卻是充滿着陳腐的說教。這些都應該聯繫他們的政治和時代背景，加以具體的考察。

桐城派的核心理論是「義法」說。

「義法」一詞，最早見於《史記・十二諸侯年表序》，但它的內涵和方氏之說不同。《史記》中說的「義法」，只是「儀法」的異寫，「儀」即「法」，它是一個同義複詞。明代唐宋文派也提到過「義法」之說，王慎中《曾南豐文粹序》上說：「士之才庶可以有言矣，而病於法之難入，困於義之難精。」它對桐城派的理論有着直接的影響。

什麼叫做「義法」？《又書貨殖傳後》說：

義即《易》之所謂「言有物」也，法即《易》之所謂「言有序」也。義以為經而法緯之，然後為成體之文。

前者指內容，內容要充實；後者指文章的條理，有關結構等方面的問題。因此，這裏涉及的是內容和形式的關係。二者應該協調，但「義」是第一位的，「法」是第二位的。《書五代史安重誨傳後》說：「夫法之變，蓋其義有不得不然者。」說明「法」是隨着「義」的要求而改變的。這樣的「法」，就不會是什麼僵死的教條，學文之時，不致摹擬剽竊；寫作之時，也不致生搬硬套了。

方苞在《古文約選序》中說：「義法最精者，莫如《左傳》《史記》。」關於《左傳》，曾撰《左傳義法舉要》一文；關於《史記》，也曾舉過很多例證。如「伯夷、孟、荀、屈原傳」，這些人的突出之處在於「道德節義」，而生平事蹟則很簡單，因此文章的寫作特點是「議論與敘事相間」；如《陸賈傳》，於分奴婢裝資等瑣碎小事都詳加記載，如作《蕭曹世家》也細書其治績，則文字雖增十倍，也不可能記全，因此他在寫作《留侯世家》時，只記錄有關天下存亡的大事，而把次要的事情略去了。這些「虛實詳略」之法，即根據內容的要求而決定題材的剪裁和安排，方苞是有體會的，《與孫以寧書》曰：「古之晰於文律者，所載之事必與其人規模相稱。」這項原則可以適用於以人物為中心的散文寫作。

桐城派的最高藝術標準是「雅潔」。

王兆符在《望溪文集序》中稱方苞「學行繼程、朱之後，文章介韓、歐之間」。可見方苞的文學活動就在寫作韓、歐式的古文宣揚程、朱的理學，而程、朱理學正是清代法定的統治思想。統治者為了束縛天下讀書人的頭腦，培養忠實的官僚臣僕，還曾委託方苞主編過幾部應科舉考試用的八股文讀本。雍正、乾隆都曾下「上諭」，說是作文要以「清真雅正」為準。方苞作《欽定四書文》「凡例」也說：「凡所錄取，皆以發明義理、清真古雅、言必有物為宗。」桐城派的古文也把這些要求作為最高準則，這與清統治者取士的標準密切一致。桐城派的文風反映了統治者的口味與要求。

錢大昕《與友人書》中引「王若霖言：靈皋以古文為時文，卻以時文為古文」。後人也一直批評桐城派的古文是高級八股，這個問題應該作些具體分析。桐城古文的內容一般都很陳腐貧薄，而在文章的起承轉合、虛實呼應上卻頗下功夫，這就必然給人八股腔的感覺。方苞又是寫作時文的能手，因此它的古文實踐必然受到時文的影響。但從他的主觀意圖來說，卻是界限區分很嚴的。古文託體甚尊，不同於詩賦等其他文體，不能讓塵垢污穢的東西纏繞筆端，應該達到古人立言不朽的標準。《史記・十二諸侯年表序》上說：孔子「次《春秋》，上記隱，下至哀之獲麟，約其辭文，去其煩重，以制義法，王道備，人事浹」。其中「約其辭文，去其煩重」二語，也就成了他們寫作上的準則。《書蕭相國世家後》說：「柳子厚稱太史公曰『潔』，非謂辭無蕪累也，蓋明於體要，而所載之事不雜，其氣體為最潔耳。」說明「雅潔」的標準也是根據內容方面的需要而提出的。桐城派古文雖因思想方面的原因而產生不出宏大的作品，然而他們講求言簡意賅，去俚去俗，一般作品能夠做到結構嚴謹，清順可讀，這與他們理論上的一些可取之處是有關係的。但方苞等人過分強調刪繁就簡，刊落浮詞，由是文章簡潔有餘，而又缺少波瀾縈迴之妙和一唱三歎之音，則是這種理論過趨極端而產生的流弊了。

但方苞為了追求這種「澄清無滓」的風格，在文學語言方面，提出了許多要求，則又成了束縛人手腳的清規戒律。他認為：「古文中不可入語錄中語，魏、晉、六朝人藻麗俳語，漢賦中板重字法，詩歌中雋語，《南、北史》佻巧語。」（沈廷芳《隱拙齋集》卷四十一《書方望溪先生傳後》）其後桐城派的後學吳德旋續作發揮，聲言「古文之體，忌小說，忌語錄，忌時文，忌尺牘」（《初月樓古文緒論》），排斥一切已被證明為生動的文學語言，因循保守，維護其士大夫的藝術趣味，是不可取的。

二、劉大櫆講求神氣音節

劉大櫆（公元一六九八—一七七九年）字才甫，號海峰。曾事方苞為師，姚鼐則從他受學。他在仕途上很不得意，聲名遜於方、姚，然而卻是桐城派理論演變中承前啟後的重要人物。方宗誠《桐城文錄序》

曰：「海峰先生之文，以品藻音節為宗。雖嘗受法於望溪，而能變化以自成一體。義理不如望溪之深厚，而藻采過之。」也就點明了劉大櫆的貢獻和作用。

他的理論主張發表在《論文偶記》一文中。

劉大櫆說：「文人者，大匠也；神氣、音節者，匠人之能事也；義理、書卷、經濟者，匠人之材料也。」這種看法就和方苞的主張大不相同了。義理只是寫作中的一種「材料」，而不是決定文章高下的主要因素。「義理、書卷、經濟者，行文之實，若行文自另是一事。」因為「作文本以明義理，適世用。而明義理，適世用，必有待於文人之能事」。可見寫作上的表達問題倒是具有決定成敗的關鍵性作用。因此，他把精力集中在鑽研行文之「法」上。因為「古人文字最不可攀處，只是文法高妙」，「至專以理為主者，則猶未盡其妙也」。這裏又對方苞的「義法」之說委婉地作了否定。

劉大櫆還說：「古人文章，可告人者惟法耳。」他在這方面的心得，總結在下面一段話中。

> 神氣者，文章最精處也；音節者，文之稍粗處也；字句者，文之最粗處也。然論文而至於字句，則文之能事盡矣。

「神者，文家之寶」，它「只是氣之精處」。二者有着主從的關係。「神者氣之主，氣者神之用。」「氣隨神轉，神渾則氣灝，神遠則氣逸，神偉則氣高，神深則氣靜，故神為氣之主。」神指精神，它是形成作家個人風格的靈魂，氣指體現於文章中的氣勢。文章表現出種種不同的氣勢，體現出作家各不相同的風格特徵。

神氣是抽象的東西，它要通過具體的音節和文字而表現出來。因為語言的氣勢反映了作者獨特的個性和在一個時候的感受。作家若要表達某一種特定的思想感情，就會通過某一種氣勢的語言來表達，而語言的氣勢又表現為一定的音節，音節的抑揚頓挫構成了語言的氣勢。文字是音節的符號，它通過各種不同的句式，從蘊藏豐富的詞彙寶庫中採擇最能符合音節上需要的詞彙，組織成文。「神氣不可見，於音節見之；音節無可準，以字句準之」。這就是由文之最精（神氣）↓文之稍粗（音節）↓文之最粗（文字）的由內到外的發表過程。

劉大櫆把古文家的奧妙拆穿了。「神氣」都是字句上的功夫，所以他們注意增減字數和調諧平仄，還注意運用虛字和講求起承轉接。為了揣摩古文音節，他們講求朗讀，說是這樣才能把古文的「神氣音節」都控制於「我喉吻間」。這方面的經驗，劉大櫆又合起來說：「積字成句，積句成章，積章成篇。合而讀之，音節見矣；歌而詠之，神氣出矣。」

這種學習和寫作的方法，近於細枝末節。文章之妙，首先要有充實的內容，形式技巧畢竟只是為了表達內容服務的。劉大櫆等人着重在形式技巧上下功夫，掩蓋其內容的貧乏，只能侈談什麼神氣音節之妙。這是評價桐城派古文理論時必須注意到的一點。但是劉大櫆的學說也有它的可取之處，那就是把古文理論具體化了。前人論文侈談神氣，往往流於抽象而難以掌握，劉大櫆把玄妙的理論落實在可以具體掌握的音節字句上，初學者以此為階梯，而又不以此自限，進窺創作的妙境，也不能說全無是處。大匠能與人規矩，不能使人巧，但若規矩都難於掌握，那離巧字更覺迷惘；如能掌握規矩而進窺於巧，則畢竟對學者有所裨益。

韓愈《答李翊書》曰：「氣，水也；言，浮物也。水大而物之浮者大小畢浮。氣之與言猶是也，氣盛則言之短長與音之高下者皆宜。」這種意見對於劉大櫆的學說有直接的影響，只是經過劉大櫆的闡發，體系更嚴密，論斷更明晰了。這也說明，「神氣音節」並不是桐城派的獨創，前人對此已經有所體會。元代程端禮《程氏家塾讀書分年日程》討論句逗時說：「凡議論體自然讀〔逗〕多句少。凡敍事體自然句多讀〔逗〕少（意未盡者，或為讀亦可）。」因為逗多句少，讀時感到欲止而不可住，這就顯出文章中的所謂氣勢來了。桐城派的意見大約也是從這些地方揣摩出來的。

三、姚鼐主張義理、考證、文章相濟

姚鼐（公元一七三二——一八一五年）字姬傳。曾任四庫全書纂修官。他繼方苞、劉大櫆之後，崛起為桐城派的大師，一般認為他的成就超過方、劉，而在理論上也多所修正。著有《惜抱軒文集》二十卷，《惜抱軒詩集》二十卷，選有《古文辭類纂》四十八卷。

方苞倡導「義法」之說。儘管他也注意到了「法」隨「義」轉，但既強調「法」，則仍然不免着重在造句、修辭、謀篇等一般寫作方法上。姚鼐認為這些地方還不能算是行文中的精微之處，《覆魯絜非書》曰：「抑人之學文，其功夫所能至者，陳理義必明當，佈置取舍繁簡廉肉不失法，吐辭雅馴，不蕪而已。古今至此者，蓋不數數得，然尚非文之至；文之至者，通乎神明，人力不及施也。」所以他在《與陳碩士》書中又說：「望溪所得，在本朝諸賢為最深，而較之古人則淺。其閱《太史公書》，似精神不能包括其大處、遠處、疏淡處及華麗非常處。止以義法論文，則得其一端而已。」

但他對「義法」之說雖有貶抑，而對「義法」中的精髓「義理」則極重視，認為它是文章中的首要因素，這又是和劉大櫆的意見有所差異的地方。

姚鼐生當乾隆、嘉慶之時，以考據為特色的漢學，正風行朝野。清統治者仍把宋學的心性之道樹為正宗，而以漢儒的經義作為輔助。漢學家每自負淵博，瞧不起空談義理的宋學，桐城派把維護法定的正統思想作為首要任務，當然不肯放棄程朱理學的義理，但他們也要適應漢學興起後的新局面，於是姚鼐提倡義理、考證、辭章三者並重之說，企圖吸收漢學上的成就，為其古文創作服務，形成一種儒雅的學風。

段玉裁在《戴東原集序》中說：「……始玉裁聞先生之緒論矣，其言曰：有義理之學，有文章之學，有考覈之學。義理者，文章、考覈之源也。孰乎義理，而後能考覈，能文章。玉裁竊以謂義理、文章未有不由考覈而得者。」這種意見反映了漢學家本身的演變。早期的漢學大師戴震還重視義理之學，到了他的學生段玉裁、王念孫等人，已經純以考覈為能事，不再重視義理、文章的重要作用了。姚鼐也能考證，曾想拜戴震為師，為戴氏所拒，然而他在這方面的意見，仍然受到了戴氏的影響。

余嘗論學問之事有三端焉，曰：義理也，考證也，文章也。是三者，苟善用之，則皆足以相濟；苟不善用之，則或至於相害。（《述庵文鈔序》）

姚鼐克服了劉大櫆忽視文章思想內容的不足之處，強調義理的重要意義，從理論建設的角度來說，體系更為完整。但他所追求的「義理」，正像《復汪進士輝祖書》中所說的，「明道義維風俗以詔世者」，發揮的是陳腐的程朱理學。桐城派緊握不捨，把宋學作為指導思想，不能不影響他們創作上的成就。

但比較起來，桐城派的文學見解還是有其勝過漢學家的地方。兩派人物對文學的特點都缺乏明確的認識，都把學術論文和作為文學作品的散文混為一談，只是桐城派古文講求雅潔，還是注意到了散文的藝術特點。姚氏作考證時，常是把結論性的東西容納在整篇文章中，不像漢學家那樣動輒旁徵博引，缺乏散文的情趣。例如姚鼐的著名作品《登泰山記》，就目之所見，首先介紹了春秋時齊國的長城，但並不掉書袋，而是把考訂所得的結論娓娓道出，引起後文。假如讓漢學家做這文章，就要引用《管子》《戰國策》《史記》《水經注》《括地志》等典籍，喋喋不休地先考訂一番，這樣也就不能收到姚文的創作效果。因此他在《述庵文鈔序》中說：「世有言義理之過者，其辭蕪雜俚近，如語錄而不文；為考證之過者，至繁碎繳繞，而語不可了當。」說明他對正宗的宋學家和漢學家的文辭都有不滿，因為他雖有宋學和漢學的修養，但畢竟是個文人。《與陳碩士》書中說：「以考證累其文，則是弊耳；以考證助文之境，正有佳處。」這比漢學家的論文就要高出一籌了。

文章以義理為主，文辭才不至於遊蕩無所歸。而文章中所用的材料，所發揮的思想，都經過翔實的考證，貫徹着求實的精神，文章才不至於空疏。「議論考覈甚辨而不煩，極博而不蕪，精到而意不至於竭盡」，這樣的文也就「有唐宋八大家之高韻逸氣」。

一篇好的文章，裏面應該含有哪些重要因素，劉大櫆列出了神氣、音節、文字數項，姚鼐於此也有新的發展。他在所編《古文辭類纂》的「序目」中說：

凡文之體類十三，而所以為文者八，曰：神、理、氣、味、格、律、聲、色。神、理、氣、味者，文之精也；格、律、聲、色者，文之粗也。然苟捨其粗，則精者亦胡以寓焉。

關於這八個字的含義，桐城後學姚永樸在《文學研究法》中作過解釋，如曰：「神者，人功與天機相湊泊，其義在可解不可解之間。」仍然抽象而難於捉摸。實際說來，神當指精神，理當指義理，氣當指氣魄或氣勢，味當指韻味，格當指體式，律當指法度，聲當指音調，色當指辭藻。姚鼐在文之精處列入氣勢和韻味，文之粗處細分為格、律、聲、色，對構成作品藝術性的一些重要因素更為注意；文章的精妙之處寓於可學可感的粗處，對文學中內容形式上許多重要因素之間的關係理解得更全面了。這裏把「神」字置於首位，然而意之所屬，可能仍在義理的「理」字上。謝應芝《蒙泉子》曰：「文以理為主，神以運之，氣以充之，醞釀以取味，抑揚以取韻，聲貴能沉能飛，色淡而不黯，麗而不耀。」（《會稽山齋全集》卷後）看來就是發揮了姚鼐的學說，切合桐城派的宗旨和要求。它說明八者之間有着緊密的內在聯繫，作者應該運用各方面的修養圍繞着「理」寫好「立言」的古文。

姚鼐還對文章的風格問題作了研究。前此如司空圖的《二十四詩品》，已對風格問題作過細緻的分析，但分類過細，不免趨於煩瑣。劉勰《文心雕龍·鎔裁》篇曰「剛柔以立本」，《定勢》篇曰「勢有剛柔」，姚鼐本於前人學說而又作了詳細的闡述，提出所謂陰陽剛柔之說。

> 鼐聞天地之道，陰陽剛柔而已。文者，天地之精英，而陰陽剛柔之發也。（《覆魯絜非書》）

下面他用許多譬喻作了說明。「其得於陽與剛之美者」，則噴薄出之，「其文如霆，如電，如長風之出谷，如崇山峻崖，如決大川，如奔騏驥；其光也，如杲日，如火，如金鏐鐵；其於人也，如馮空視遠，如君而朝萬眾，如鼓萬勇士而戰之」。這類作品以雄偉勁直勝。「其得於陰與柔之美者」，則蘊藉出之，「其文如升初日，如清風，如雲，如霞，如煙，如幽林曲澗，如淪，如漾，如珠玉之輝，如鴻鵠之鳴而入寥廓；其於人也，漻乎其如歎，邈乎其如有思，暖乎其如喜，愀乎其如悲」。這類作品以溫深徐婉勝。這些風格與作者的個性又是一致的，所以「觀其文，諷其音，則為文者之性情形狀舉以殊焉」。

陰陽剛柔並行不可偏廢，只有陽剛之美，或只有陰柔之美，都有不足之處。雖然姚鼐更為推重陽剛之美，然而「文之雄偉而勁直者，必貴於溫深而徐婉」（《海愚詩鈔序》），必須要用陰柔之美加以補救。作家應該認清自己的長處和短處，既「能避所短而不犯」，又「能取異己者之長而時濟之」，這樣就能形成個人完美的風格。

這種陰陽剛柔之分，一般人的口頭上也是常說的，因為一切事物都包含着對立統一的兩個方面，《易·繫辭》中早就提出「一陰一陽之為道」，因此用來說明風格問題，既有傳統的依據，又符合眾人的習慣，還不失為雖很簡單但尚扼要的概括。前人也曾運用兩分法來研究風格問題，如嚴羽在《滄浪詩話·詩辨》中把詩品歸為九種，而又總起來說：「其大概有二：曰優游不迫，曰沉着痛快。」但像李賀一類詩歌，既不能說是「優游不迫」，也很難說是「沉着痛快」，說明這種分法概括力不強，反而不如陰陽剛柔之說的更能適應文壇上的多種情況了。姚鼐本於「陰陽剛柔」之說而對作者提出的一些規誡，也是切實可行的。

自韓愈起，已有所謂道統之說。桐城派以古文正宗自命，又以宣揚儒家正統思想為責志，故而結合新的歷史條件，依傍道統，進一步發展了所謂文統之說。姚鼐在《古文辭類纂》中以六經、《語》《孟》為古文之源，以《左》《史》、八家、歸（有光）、方（苞）、劉（大櫆）為文統，自己則以繼承者自命，這裏也可以看到他們與唐宋文派之間的繼承關係。

四、桐城派的支流與餘波

在姚鼐提出的八個字中，理、格、律三者多襲方說，神、氣、聲三者多襲劉說，而神、氣二者又遠承歸有光之說。歸有光曾用五色筆圈點《史記》，每一種顏色表示一種義例，其中之一便是精神氣魄。八字中之味、色二者則是姚氏的獨創，這也是為了補弊救偏而提出的。

桐城古文的普遍缺點是貧薄。文理清順，語言質樸，只是藻彩不足，使人有枯瘠之感。於是姚鼐在《古文辭類纂》十三類中特闢「辭賦類」，希望擴大散文寫作的源頭，吸收駢文寫作的成果，使桐城古文在味、色方面豐富起來。

一些反對或不滿桐城派古文的人，也常是從這個方面提出問題的。

李兆洛編《駢體文鈔》三十一卷，就想與姚鼐的《古文辭類纂》分庭抗禮。但他並不排斥散文，而是主張奇、偶「相雜而迭用」，綜合散文、駢文的長處。阮元則援用六朝時的文筆之說，認為散文只是古之所謂「直言之言，論難之語」，不能稱之為「文」。孔子曾說「言之無文，行而不遠」，阮元據之立論，在《文韻說》中提出「凡為文者，在聲為宮商，在色為翰藻」；而在《文言說》中更是具體說明文之特點在於「多用韻」和「多用偶」。這是公開要求以駢文為正宗，把散文逐出文苑。這種一偏的理論當然也是不可能實現的。阮元為江蘇儀徵人，因此這一流派曾被稱為「儀徵派」；又因這派人奉《文選》為寶典，故又被稱之為「文選派」；五四運動起來之後，文選派也極力反對白話文的寫作，於是又被斥之為「選學妖孽」。

桐城派自身也經歷着演變。乾隆、嘉慶時出現了以惲敬為代表的陽湖派，這也是因為這一流派中的人大都出於陽湖（今江蘇常州）地區的緣故。他們不滿於桐城古文的貧瘠，追本窮源，認為方、劉、姚等幾位宗師識見不高，影響到寫作上的成就。惲敬《上曹儷笙侍郎書》謂方苞「旨近端而有時而歧，辭近醇而有時而窳」。《上舉主笠帆先生書》謂劉大櫆「識卑且邊幅未化」，《與章灃南》書謂劉「字句極潔而意不免蕪近」，謂姚鼐「才短不敢放言高論」。後起的文人要想取得更大的成就，不能「有意於古文」，以文人自限，而是應該提高修養，擴大學習的面。《大雲山房文稿二集自序》說：「後世百家微而文集行，文集敝而經義起，經義散而文集益漓。」補救之方，則「百家之敝，當折之以六藝；文集之衰，當起之以百家」。這就跟桐城派的見解有所不同了。陽湖派於不廢唐宋古文的前提下，還主張吸收漢學成就，採納駢文的筆法，與阮元等人的見解有相通處。總的說來，緣飾經術，縱橫百家，是這一流派的特點，也是桐城古文的擴展。

到了咸豐、同治年間，又有所謂桐城中興之說。曾國藩（公元一八一一——一八七二年）利用他政治上的聲勢，大力提倡桐城古文，曾給處於後勁不繼狀態中的這一流派注入過一支強心劑。因為曾國藩是湖南湘鄉人，後人有稱圍繞曾國藩而形成的這一流派為湘鄉派的，藉以區別於原來的桐城文派。

曾國藩在《聖哲畫像記》中說：「國藩之粗解文章，由姚先生啟之也。」王先謙在《續古文辭類纂序》中也說：「（曾文正）於惜抱遺書，篤好深思，雖嚮欬不親，而途跡併合。」但分析起來，所謂湘鄉派的文論，對姚氏的「義理、考證、文章」三者已經都作了修改。

曾國藩在《復吳南屏》書中說：「僕嘗稱古文之道，無施不可，但不宜說理耳。」因為他看到了清政府的搖搖欲墜，覺得空談義理已經不能充分適應變亂中的實際，故而想用直接為現實政權服務的內容充實進去。劉大櫆在《論文偶記》中已經提出「經濟」是行文之寶，至是曾國藩便把它置於首要的地位，要求文人講求經世濟民之道，用直接為政治服務的「經濟」來充實「義理」。《示直隸學子文》曰：「苟通義理之學而經濟該乎其中矣。」由於當時社會已經淪入半封建半殖民地階段，而曾國藩又是洋務派的領袖，因此他的「經濟」內容之中也包括洋務。其後曾門弟子吳汝綸繼起為桐城派（或湘鄉派）的首領，在《答嚴幾道》書中，主張西學堂中學生仍然應該嫻習《古文辭類纂》一書，這樣中國學術就不會廢墜，可見這一流派就是在迎合西化的情況下，仍然苦心孤詣企圖維繫桐城一脈。

曾國藩兼收並蓄地網羅人才，在學術上也主張調合漢學和宋學，因此在《聖哲畫像記》中把王念孫和姚鼐並列。而從文學方面說，則是主張「以精確之訓詁，作古茂之文章」（同治二年三月初四日《家訓》）。從所用文筆來說，則又主張駢、散合一，《復吳子序》書曰：「弟嘗勸人讀《漢書》《文選》，以日漸於腴潤。」他自己作文時就遵循這樣的途徑，吳汝綸《與姚仲實》書說，桐城派的文章氣精體潔，平易而不能奇崛，「曾文正公出而矯之，以漢賦之氣運之，而文體一變」。這些主張，已與桐城文論的本來面目大不相同了。

但桐城派可並不因為曾國藩的大聲疾呼而挽回殆勢，這是因為他們文章中的「義理」或「經濟」，都已趕不上時代潮流，只在文章作法上努力，無法寫出成功的作品。儘管其後還有嚴復和林紓出來維持桐城派的殘局，林紓以孤臣孽子自命，而又熱衷於翻譯小說，這就犯了該派「古文之體忌小說」的禁律，因此自命為桐城文派正宗的人還不肯引之為同調。只是不管桐城文派如何抱殘守缺或曲意迎新，還是無法避免衰亡的命運。五四運動起來之後，在一片聲討「桐城謬種」的呼聲中，這一流派終於隨着古文寫作的衰殆而漸趨消亡。

第七章　明清文人對民間歌曲的評述

勞動人民的詩歌創作，反映了他們的生產實踐和社會生活中的切身感受，情深意摯，富於生活氣息。它灌溉着詩壇園地，給予文人巨大的影響。中國文學上的許多次重大發展，都是跟一些民間文學的興起密切相關的。《詩經》中的民歌部分給予後代的影響，這裏可以不多說了，南朝之時吳歌、西曲盛行，曾給鮑照、湯惠休等一些注意民間文學的文人以影響，從而促進了五、七言詩的進一步發展。白居易、劉禹錫等人讚賞巴山楚水之間的民謠，摹擬其創作，促進了詞體的形成。這些例子說明，有見識的文人應該注意吸收民間文學中的新鮮養料，作為借鑒，推動文學的發展。

明代的民間文學創作極為繁榮。沈德符《野獲編》卷二十五《詞曲．時尚小令》中說：「自宣〔德〕、正〔統〕至成〔化〕、弘〔治〕後，中原又行『鎖南枝』『傍妝台』『山坡羊』之屬。……自茲以後，又有『耍孩兒』『駐雲飛』『醉太平』諸曲，然不如三曲之盛。嘉〔靖〕隆〔慶〕間乃興『鬧五更』『寄生草』『羅江怨』『哭皇天』『乾荷葉』『粉紅蓮』『桐城歌』『銀絞絲』之屬……比年以來，又有『打棗竿』『掛枝兒』二曲，其腔調約略相似，則不問南北，不問男女，不問老幼良賤，人人習之，亦人人喜聽之，以至刊布成帙，舉世傳誦，沁人心腑。其譜不知從何來，真可駭歎！」可見當時民間歌曲風行全國的盛況，決不是那些只在少數文人之間流傳的擬古派詩人的作品所能比擬的了。當時就有很多熱情搜集民間歌曲的人將之彙輯成書，例如著名的通俗文學工作者馮夢龍（字猶龍，別署龍子猶、墨憨齋主人，公元一五七四—一六四五年）就刊有《掛枝兒》（一名《童癡一弄》）、《山歌》（一名《童癡二弄》）二書，其他散見於明清人的曲選、筆記、雜著等書中的民間歌曲，數量也不在少數。說明民間歌曲已經引起廣泛的注意。

有的文人隨即提出，明代文學應以民間歌曲為代表。卓人月曰：

> 我明詩讓唐，詞讓宋，曲又讓元，庶幾「吳歌」「掛枝兒」「羅江怨」「打棗竿」「銀絞絲」之類，為我明一絕。（陳宏緒《寒夜錄》引）

這是值得注意的一種論點，因為他是把民間歌曲和文人作品比較而得出的結論。過去的正統文人總是把民間歌曲看作下里巴人，認為不登大雅之堂，明代的這些文人卻一反「常」態，他們又為什麼這樣熱情地讚美民間歌曲呢？有趣的是，那些擬古派的著名詩人也自慚形穢，貶損自己的作品，轉而推崇民間文學。李開先《詞謔》論時調曰：「有學詩文於李崆峒者，自旁郡而之汴省，崆峒教以『若似得傳唱「鎖南枝」，則詩文無以加矣。』請問其詳，崆峒告以不能悉記也，只在街市上閒行，必有唱之者。越數日，果聞之，喜躍如獲重寶。即至崆峒處謝曰：『誠如尊教。』何大復繼至汴省，亦酷愛之，曰：『時調中狀元也，如十五「國風」，出諸里巷婦女之口者，情詞婉曲，自非後世詩人墨客操觚染翰刻骨流血所能及者，以其真也。』」說明民間歌曲的最大優點就在一個「真」字。擬古派詩人的作品之中缺乏真實的思想感受，只能「以假人言假言」，因此李夢陽不得不承認「真詩乃在民間」，李開先在《市井豔詞序》中也再次重申：「故風出謠口，真詩只在民間。」

民間歌曲又為什麼會有「真」的特點呢？

因為勞動人民身受統治階級的沉重壓迫。艱苦的生活，繁重的勞動，都使他們感受到痛苦和不平，需要通過親自創作的文學作品來宣洩。統治階級還用禮教作為枷鎖，束縛人民大眾的愛情生活，精神上的折磨，也使他們增加了思想上的鬱結，於是反映廣大人民思想感情的民間歌曲廣泛流傳起來。袁宏道《陶孝若〈枕中囈〉引》曰：「夫迫而呼者不擇聲，非不擇也，鬱與口相觸，卒然而聲有加於擇者也。古之為風者，多出於勞人思婦，非勞人思婦為藻勝於學士大夫，鬱不至而文勝焉，故吐之者不誠，聽之者不躍也。」這就把文人之中無病呻吟的常見病清楚地映現出來了，特別是在虛假的作品充斥文壇的明代。

文人寫作詩文常有名利觀念存於胸中，因而總是不能真實地抒發內心深處的感受。還有一些裝模作樣的正統派文人，更是時時不忘名教二字，以此作為沽名釣譽獵取利祿的手段，他們的作品，臭腐之氣撲人。民間歌曲不然，它無所顧慮，無所企求，無非只是想表達出一些真實的想法就是了。馮夢龍《序山歌》說：「今雖季世，而但有假詩文，無假山歌，則以山歌不與詩文爭名，故不屑假。」那些抒發男女真摯愛情的民歌，「借男女之真情，發名教之偽藥」，更是具有衝決羅網的戰鬥意義。馮夢龍是受李贄影響很深的文人，他的重視民間文學，也是他先進思想的一種表現。時至明代，隨着資本主義經濟因素的發展，市民階層的思想也得到了更多的反映。民間文學中的不少作品，正是反映了社會上的這一新鮮因素。

而在明代文壇上，文人好尚門戶之爭，此起彼伏，貫徹終始，一直延續到清代。論詩不分感情真假，水平高低，入此門者即為同志，摹擬此格調者都是傑作，這也是妨礙詩文發展的重重陷阱。民間文學中不存在這些問題。袁宏道《敍小修詩》說：「吾謂今之詩文不傳矣，其萬一傳者，或今閭閻婦人孺子所唱『擘破玉』、『打棗竿』之類，猶是無聞無識真人所作，故多真聲。不效顰於漢魏，不學步於盛唐，任性而發，尚能通於人之喜怒哀樂、嗜好情慾，是可喜也。」戴名世《吳他山詩序》中也說：「世之士多自號為能詩，而何其有義意者之少也？蓋自詩之道分為門戶，互有訾謷，意中各據有一二古人之詩以為宗主，而詆他人之不能知，是其詩皆出於有意，而所為自然者，已汩沒於分門戶、爭壇坫之中，反不若農夫細民倡情冶思之出於自然，而猶有可觀者矣。」這裏指出了有意為文和無意為文的差距，是有見地的。

明代文壇上出現的許多新現象，促使文人更多地向民間文學學習，於是在通俗文學普遍發展的情況下，戲曲、小說等理論也蓬勃發展起來。此時傳統的詩文創作日趨衰殆，正經歷着深刻的危機，有識之士轉而注意民間歌曲，以此作為效法的榜樣，也使傳統的詩文增加了一些生氣。公安派的活動，就曾從民間歌曲中汲取養料，才使他們的作品具有一些新的面貌。袁宏道《與伯修》書中說：「近來詩學大進，詩集大饒，詩腸大寬，詩眼大闊。世人以詩為詩，未免為詩苦；弟以『打棗竿』『劈破玉』為詩，故足樂也。」但這也只能算是初步的嘗試，雖在當時具有振聾發聵的意義，但只學習其脫口而出的一面，成就不太大；其後有「詩界革命」起，黃遵憲等人注意向民間歌曲學習，進而模仿其句法結構，取得的成就就要更可觀一些。

第八章　明代戲曲理論的爭論和發展

一、早期戲曲理論家的先導作用

中國戲曲的創作和表演，到元代已經成熟，但在理論上卻還沒有作出系統的總結。當時只有一些接近藝人的文人，對表演中的一些具體問題作過探索，如燕南芝庵在《唱論》中對有關散曲清唱的一些技術問題作了研究，胡祇遹在《紫山大全集·黃氏詩卷序》中對歌唱時的儀態、修養等問題作了分析，周德清在《中原音韻·作詞十法》中對作曲的技巧作過探索。

明代傳奇大盛。作品篇幅擴大，情節豐富，人物眾多，寫作上更見功夫。這時對戲曲特點作深入探討的人比前代加多了。但在明初一段時間內，由於朱明皇室的提倡，還曾興起過一陣雜劇的復古運動，一些南戲的作者，也受到了刻意追求聲律的影響，把原很自由的音樂結構複雜化了。萬曆之時，徐渭（字文長，公元一五二一—一五九三年）著《南詞敍錄》，開始對這種潮流加以抵制。他主張自然，反對尋宮數調，但認為南戲原無宮調組織，則也是一種片面的看法。當時傳奇創作中有以《香囊記》等為代表的所謂「駢綺」派，好用故實，作對子，以四六駢儷之文做賓白，徐渭認為這是「南戲之厄」。他說：「吾意與其文而晦，曷若俗而鄙之易曉也。」糾正時弊，維護戲曲的特點，起了好的作用。

二、吳江派和臨川派的爭論

明代中葉以後，雜劇走下坡路，傳奇得到了迅速的發展。在這過程中，各種流派之間又發生了爭執。所謂重音律的「吳江派」和重文辭的「臨川派」，由於文學思想上的差異以及對戲曲創作中這兩個重要因素有不同的看法，引起了激烈的爭論。

這兩個流派是以地區命名的。實則湯顯祖（字若士，號清遠道人，公元一五五〇——一六一七年）並沒有有意識地培植過什麼流派，沈璟（字伯英，號寧庵，又號詞隱，公元一五五三——一六一〇年）雖曾努力擴大影響，但吳江一地的其他戲曲家並不完全信從他的學說，因此這種命名只能算是習慣上的稱呼。

沈璟一系的人都是曲律專家，沈璟就著有《南九宮十三調曲譜》（即《南曲全譜》）。有人將沈璟的著作送給湯顯祖看，湯答覆道：「凡文以意、趣、神、色為主。四者到時，或有麗詞俊音可用，爾時能一一顧九宮、四聲否？如必按字摸聲，即有窒、滯、迸、拽之苦，恐不能成句矣！」（《答呂姜山》）他在考慮這項問題時，把保證內容的完美表達放在首要地位，一任才情的縱橫，反對戲曲格律的束縛。湯顯祖作《牡丹亭》，實現了自己的主張，文辭很美，而不便歌唱的地方很多。沈璟等人徑加竄改，引起了湯氏的嚴重不滿。時人記載道：

> 臨川之於吳江，故自冰炭。吳江守法，斤斤三尺，不欲令一字乖律，而毫鋒殊拙；臨川尚趣，直是橫行，組織之工，幾與天孫爭巧，而屈曲聱牙，多令歌者齚舌。吳江嘗謂「寧協律而不工，讀之不成句，而謳之使協，是謂中之之巧。」曾為臨川改易《還魂》（即《牡丹亭》）字句之不協者，呂吏

部玉繩以致臨川，臨川不懌，覆書吏部曰：「彼惡知曲意哉！余意所至，不妨拗折天下人嗓子。」其志趣不同如此。（王驥德《曲律》「雜論」第三十九下）

沈璟重視曲律的意見，曾經發表在一組散套裏面〔一〕。他引用何良俊的話說：「名為樂府，須教合律依腔。寧使時人不鑒賞，無使人撓喉捩嗓。說不得才長，越有才越當着意斟量。」矛頭所指，顯然是針對着湯顯祖這一類人。

湯顯祖的意見，除上文所引者外，還再見於《答孫俟居書》中。他說：「曲譜諸刻，其論良快。久玩之，要非人了者。莊子云：『彼惡知禮意。』此亦安知曲意哉？……弟在此自謂知曲意者，筆懶韻落，時時有之，正不妨拗折天下人嗓子。」再次強調曲意第一，批判了曲譜作者音律第一的觀點。他在與《宜伶羅章二》書中還鄭重囑咐道：「《牡丹亭》記，要依我原本，其呂家（指呂玉繩）改的，切不可從。雖是增減一二字以便人俗唱，卻與我原做的意趣大不同了。」

實際說來，這兩派的意見是各有所偏的。中國戲曲向以歌劇的形式演出，音樂歌唱佔有非常重要的位置。但音律畢竟是為表達內容服務的。把音律放在首要的地位，忽視其傳情達意的目的，也就是一種形式主義的傾向，沈璟走的就是這樣一條道路。湯顯祖重視曲意，把思想內容的表達放在首位，見解高出一籌。創作上要求突破格律拘謹的南曲曲律的限制，實際上反映了戲劇界的一種前進趨勢，也就要求戲曲音樂隨着創作實踐和演出實踐的進步而不斷發展。但他的提法卻不免過趨偏激，貶低音律的重要性，甚至聲

〔一〕載所著《博笑記》卷首，題曰《詞隱先生論曲》。

稱能否歌唱也在所不問，則也難以為人接受。

聯繫當時的文學動態來看，湯顯祖的這種思想和他寫作《牡丹亭》的旨趣相同，也有衝決羅網的意義。湯顯祖受王學左派的影響很深，曾與李贄有交往，與公安三袁有交情。他也是一個反對後七子的重要人物，曾經揭露過王世貞作品中的種種缺點，使王氏大為狼狽。因此他在思想領域中反對清規戒律的種種束縛，都是個性解放要求在不同方面的表現，也是明代後期資本主義因素在思想領域中的曲折反映。

但是正如其他一些浪漫主義作家一樣，湯顯祖的理論中也有許多偏頗的觀點。他為反對道學家言性理，極端強調言情，並把男女之情說成可以起死回生，雖是在用幻想的手法表達進步思想，然而終究給人以玄妙的感覺。《耳伯麻姑遊詩序》曰：「世總為情。情生詩歌，而行於神。天下之聲音笑貌大小生死，不出乎是。……其詩之傳者，神情合至或一至焉，一無所至而必曰傳者，亦世所不許也。予常以此定文章之變，無解者。」這裏所說的「情」，就是一種抽象的感情，似乎可以超越理智的支配。他行文時重「神」，則是強調不受理智控制的靈感。《合奇序》曰：「予謂文章之妙，不在步趨形似之間。自然靈氣，恍惚而來，不思而至。怪怪奇奇，莫可名狀，非物尋常得以合之。蘇子瞻畫枯株竹石，絕異古今畫格，乃愈奇妙。」也是一種浪漫主義者常用的論調。雖有打破陳規舊矩束縛的要求，然而從理論上說，總是沾染上了神秘的不可知論的色彩，讀者應撥開迷霧，掌握其實質。

沈璟與湯顯祖的矛盾，還表現在對文學語言的看法上。

湯顯祖欣賞「麗詞俊音」。像《牡丹亭》等作品，文彩富豔，能夠博得讀者的喜好，然而不便於舞台演出。沈璟重視曲律，還說「鄙意僻好本色」〔二〕，這在糾正駢綺派和文辭派的流弊方面也有一些積極的作用。

沈璟是一個熱衷於維護封建秩序的人。他的著名作品《義俠記》，把梁山泊好漢武松改寫成一個封建禮法的忠實信徒，呂天成在《義俠記序》中也說：「先生諸傳奇命意皆主風（諷）世。」因此他的追求演出效果，目的還在更好地為封建政治服務；而且沈璟眼光不高，「欲作當家本色俊語，卻又不能，直以淺言俚句，掤拽牽湊，自謂獨得其宗，號稱『詞隱』」（凌濛初《譚曲雜劄》），文學成就是不高的。

三、王驥德發展了兩派的理論

沈璟與湯顯祖之間的爭論，牽涉到戲曲理論上的許多根本問題，兩派各執一端，又把彼此的合理與謬誤之點暴露無遺。繼之而起的人，很自然地想到了應該擷取兩派之長，揚棄兩派之短，創造出另一種較全面的理論。

呂天成著《曲品》，仿鍾嶸《詩品》的體例，以品位的高下定作者的水平。他定沈璟和湯顯祖為「上之上」，評之曰：「不有光祿（沈璟曾為光祿寺丞），詞硎不新；不有奉常（湯顯祖曾任南京太常博士，世稱奉常），詞髓孰抉？倘能守詞隱先生之矩矱，而運以清遠道人之才情，豈非合之雙美者乎！」但呂天成畢竟是沈璟的嫡傳弟子，因此儘管說是沈、湯二人難分高下，然而仍把沈璟放在前面一位，認為沈璟的理論更能針砭時弊。他的主觀願望總是想把「清遠道人之才情」納入「詞隱先生之矩矱」中去。呂天成本

〔一一〕見《詞隱先生手劄二通》之一，附王驥德《新校注古本西廂記》卷六。

是一個酷好曲律的人，所以隱然仍以曲律為重，只是他對曲律應該不斷革新這一點卻是認識不足。

王驥德（公元？—一六二三年）字伯良，號方諸生，會稽（今浙江紹興）人。曾經師事過徐渭，與沈璟、湯顯祖都有交往，而和呂天成的關係特別深切。所著《曲律》（一稱《方諸館曲律》）融合各家之長，組成了較嚴密的理論體系。他雖以曲律研究方面的成就見賞於沈璟，但更推崇湯顯祖的文學成就。因此，《曲律》中論格律的部分固然已較沈璟的學說更趨精密，而在泛論戲曲的其他構成部分方面見解也有精到之處。

下面介紹他幾點有價值的理論。

王驥德把戲劇創作看成一個完整的藝術品，作者必須注意各種戲劇因素的和諧調配。

> 貴剪裁，貴鍛煉。以全帙為大間架，以每折為折落。以曲白為粉堊，為丹艧。勿落套，勿不經。勿太蔓，蔓則局懈，而優人多刪削；勿太促，促則氣迫，而節奏不暢達。毋令一人無着落，毋令一折不照應。傳中緊要處，須着重精神，極力發揮使透。……若無緊要處，只管敷演，又多惹人厭憎：皆不審輕重之故也。又用宮調，須稱事之悲歡苦樂……以調合情，容易感動得人。（《論戲劇》第三十）

這裏有許多可貴的經驗之談。寫作一部作品，不能草率從事，必須注意結構的完整，要有籠罩全局的觀點，注意每一折和每一個人物的協調。情節結構的開展要恰如其分，音樂與情節要相稱，重點要突出，這些確是寫作一部戲劇作品的必要條件。

明代許多劇作家，寫作劇本猶如寫作詩文，尋章摘句，按律填詞，雖則文彩斐然，然而不能在舞台上演出，只能置之案頭，供人閱讀，這樣也就失去了戲劇創作的特點。王驥德認為這類作品已落「第二義」，只有那些「大雅與當行參間，可演可傳」的作品，才是「上之上也」。至於那些「既非雅調，又非本色，掇拾陳言，湊插俚語」的作品，「勿作可也」。這種意見也有可取的地方。戲劇作品應該能夠公開演出，具有「當行本色」的特點，又要成為具有文學價值的作品，這樣才可算是完美的劇作。

劇本要做到可演可傳，那就要認清它區別於其他一般文藝作品的特點。它應該繼承前代豐富的文學遺產，廣泛地從中汲取養料，《詩經》《楚辭》、歷代詩歌、兩宋詞、金元曲，以及古今諸部類書，「俱博搜精採，蓄之胸中，於抽毫時，掇取其神情標韻」，才能寫出「千古不磨」的佳作。但是戲劇又是一種要在舞台上直接和觀眾見面的藝術，必須讓各式人等即時瞭解劇情，於此不能「賣弄學問，堆垛陳腐」，應該做到像古人所說的那樣：「作詩原是讀書人，不用書中一個字。」（《論須讀書》第十三）即將豐富的學養融會貫通而以易感易解之筆出之。

王驥德注意到了演出效果的問題，必然會對唱詞和賓白賦予同樣的注意。上述那些脫離舞台實際的文人，因為不懂演出情況，常把賓白看作次要的東西，因此他們寫作曲詞時花盡心血，寫作賓白時卻馬虎潦草，這樣也就難以產生完美的劇作。王驥德鄭重提出，「〔賓白〕雖不是曲，卻要美聽。諸戲曲之工者，白未必佳，其難不下於曲」。為此他對定場白與對口白還作了分析，「定場白稍露才華，然不可深晦」，「對口白須明白簡質，用不得太文字，凡用之、乎、者、也，俱非當家」（《論賓白》第三十四），就是一種切實可行的辦法。這些地方都是從舞台實踐中積累下的經驗。

他論插科打諢的意見也很合情理。他說大凡戲劇冷場之時，插入淨、丑去逗逗趣，可使觀眾愉快起來，也是一種好的手法。但「須作得極巧，又下得恰好」（《論插科》第三十五），即掌握好時機和分寸。如果勉強安排，反而使人難受，還不如任其冷場為佳。這些具體的意見，都可供參考。

第九章　李漁《閒情偶寄》論戲曲創作與舞台表演

一、李漁的為人

李漁（公元一六一一——一六八〇？年）字笠鴻，號湖上笠翁，蘭溪（今浙江蘭溪）人。長期居住於南京、杭州兩地。所著《閒情偶寄》一書，內容包括聲容、居室、飲食、器玩等方面，是一部封建社會貴族階層追求享樂生活的專著，但其中「詞曲部」「演習部」兩部分，涉及到戲劇創作和舞台演出的各個方面，雖然也是作為封建文人享樂生活的一部分而加以討論的，但以內容較有體系，在若干具體問題的論述上有精到之處，故而仍有很高的學術價值。

自從昆曲興起後，經過萬曆時期的鼎盛階段，劇作界積累下了豐富的創作經驗和演出經驗，再經過各個流派之間的爭論，一些研究工作者的探索，客觀上已有將零星的經驗提升為系統理論的可能。況且明末其他劇種也已陸續興起，各個劇種之間相互影響，對昆曲的發展也有很大的促進作用。

李漁著有《意中緣》等傳奇十種，稱為「笠翁十種曲」。他還自己組織戲班子，經常率領遊食各地，進行演出。因為他在寫作、教唱、導演等方面經驗很豐富，有與各地劇作家交換心得的機會，具備總結各方面成果的條件，所以能夠寫出《閒情偶寄》中的這兩大部分。

二、幾項重要理論

一、明代中葉以前，封建文人一般都很賤視小說、戲曲。自李贄起，情況有所改變，公安派和臨川派都很重視戲曲的價值，李漁繼起大聲疾呼道：

> 填詞（指作曲）非末技，乃與史傳、詩文同源而異派者也。（《結構》第一）

說戲曲與史傳、詩文同源，不免牽強附會，李漁說這話的目的，只在抬高戲曲的地位，使與史傳、詩文並列而已。

封建文人總是念念不忘利用文藝作品為其政治目的的服務。李漁既然認為戲曲和其他傳統文藝一樣重要，也就必然會利用它為封建政教服務。他的行為在很多地方並不符合封建道德的原則，但是為了迎合統治階級的喜好，總是處處想方設法滿足觀眾的趣味。李漁的作品內容浮淺庸俗，常以情節的曲折離奇取勝，但卻不忘宣傳倫理道德，此即論科諢時所謂有「關係」是也。「關係維何？曰：於嬉笑詼諧之處，包含絕大文章，使忠孝節義之心，得此愈顯」（《重關係》）。這樣觀眾在笑樂之時，已經接受封建的倫理道德的教育。撇開這種理論的浮渣來看，李漁的這種認識之中也包含着可取的成分，他已經懂得了戲劇創作寓教育於娛樂的特點。

明代有些文人，寫作戲曲，影射他人，作為報私怨的工具。李漁非常反對這種作風。他說：「凡作傳奇者，先要滌去此種肺腸。務存忠厚之心，勿為殘毒之事。以之報恩則可，以之報怨則不可；以之勸善懲惡則可，以之欺善作惡則不可。」（《戒諷刺》）本來文人通過創作中傷人的惡劣作風確是不宜提倡的，但一概反對諷刺卻又不對了。自古以來，人民大眾即以怨刺為手段，發揮了文學的武器作用，這裏首先需要突破所謂「忠厚」的封建道德的束縛。但李漁卻惟恐得罪他人，惹人疑心，不惜對天發誓，表明自己的作品決無損傷他人的用意。他在《閒情偶寄》「發端之始即以諷刺戒人」，這些地方反映出了李漁的思想境界是不高的。

二、明代一般文人不大注意演出效果，他們或則講求聲腔，把文學作品當音樂來研究；或則講求辭采，寫作一些不便演出的案頭文學。王驥德對此已有較全面的認識。李漁以演劇為職業，自然特別懂得舞台效果的重要意義，這是他比一般脱離舞台實踐的文人高明的地方。

他拿戲曲和其他文學作品比較，説道：

> 傳奇不比文章，文章做與讀書人看，故不怪其深；戲文做與讀書人與不讀書人同看，又與不讀書之婦人小兒同看，故貴淺不貴深。（《忌填塞》）

舞台聯繫群眾的面最廣。寫作劇本，應該注意這個特點，但文人學士習慣於舞文弄墨，他們「多引古事，疊用人名，直書成句」，為的是「借典覈以明博雅，假脂粉以見風姿，取現成以免思索」，因而常犯「填塞之病」。李漁反對這種作風，認為「能於淺處見才，方是文章高手」。即使援引詩書，也應該是那些早為觀眾熟悉的東西。不但曲文如此，就在戲劇情節等方面，也應處處注意觀眾的理解問題。他自述創作經驗道：「笠翁手則握筆，口卻登場，全以身代梨園（演員），復以神魂四繞，考其關目（情節），試其聲音，好則直書，否則握筆，此其所以觀聽咸宜也。」（《詞別繁減》）眼前有觀眾在，確是李漁寫作上的特點，因此儘管他的作品格調不高，但卻容易為人理解。

由於注意演出效果，他還提出過一些具體建議，都有值得參考的地方。如：（一）少用方言——方言流通地區有限，如「頻用方言」則「令人不解」。「即作方言亦隨地轉」，那麼當地的觀眾也就能夠充分理解劇情了。（二）鑼鼓忌雜——「打斷曲文，罪猶可恕；抹殺賓白，情理難容」。因為觀眾常是依賴賓白瞭解劇情的。戲曲中的鑼鼓起着渲染氣氛和掌握節奏的作用，如果使用不當，大轟大嗡，則非但不能起到它應有的作用，而且直接妨礙觀眾的看戲聽曲，也就起了幫倒忙的作用。（三）吹合宜低——中國的戲曲是以歌劇的形式出現的，聲樂佔有主導的地位，器樂起着幫襯的作用。如果反客為主，器樂蓋過聲樂，則觀眾何以聽戲？所以李漁再三強調戲曲須以歌唱為主，「絲竹副之」，二者協調，「始有主行客隨之妙」。

三、李漁說：「千古文章，總無定格。」因此文章貴在創新，不能守成不變，修修補補，也不能一味模仿元曲。

他追求的「新」突出在兩個方面。

內容方面，要「脱窠臼」。當時有些劇作家，「取眾劇之所有，彼割一段，此割一段，合而成之，即是一種傳奇。但有耳所未聞之姓名，從無目不經見之事實」。這樣的新劇本，倒像僧人縫綴而成的百家衣，東拼西湊，毫無新鮮之處。

李漁解釋「傳奇」二字，說是劇作「非奇不傳，新即奇之別名也」。因此他所重視的地方，側重在情節方面的新奇，而不在內容方面的先進。明代後期的傳奇一般都有重情節曲折而忽視性格刻劃的缺點，李漁的作品更以情節新奇取勝，雖然匠心獨運，逗人笑樂，然而趣味不高，意味不深，這都是跟他的理論指導有關的。

形式方面，李漁特別強調賓白的重要性。過去的文人大都忽視這點，他們把精力集中在「填詞」上，寫作賓白時草率從事，甚至根本不寫，讓演員臨時湊詞，這樣產生的作品，當然很難談到通體完美。李漁提出「賓白一道，當與曲文等視」。他自己寫賓白「當文章做，字字俱費推敲」，而且有意識地增加份量，《意中緣．畫遇》「降黃龍」後對口白有七八百字，《比目魚．改生》「生查子」後對口白至一千五百多字，都是前所未有的新嘗試。這樣做的原因是：

詞曲一道，止能傳聲，不能傳情。欲觀者悉其顛末，洞其幽微，單靠賓白一着。（《詞別繁減》）

若說唱詞不能傳情，是與事實不符的，但觀眾主要依靠說白瞭解劇情，則有說得中肯的地方。這種認識也是因為注意演出效果而取得的。

四、明代王公貴族官僚地主常在家中組織演出，挑選若干齣辭采、聲律並茂的作品，淺吟低唱，細細玩味。在此風氣之下，齣子戲開始盛行，文人只注意寫好劇本中的若干單齣，全劇的結構反而不注意了。李漁有多方面的演出經驗，懂得寫作劇本的一些原則，他舉「工師之建宅」等事作為借鑒，說明「作傳奇者，不宜卒急拈毫」，「結構二字，則在引商刻羽之先，拈韻抽毫之始」（《結構第一》）。這裏包括題材處理、情節組織等各方面的內容。

李漁認為古人每作一篇文章都定有一篇的「主腦」，傳奇也應當如此。「主腦非他，即作者立言之本意也。」（《立主腦》）似乎他已懂得確定主題思想的重要，實則不然，這裏所說的主腦，只是指發生在主要角色經歷中的關鍵性情節，例如《琵琶記》中的「重婚牛府」，《西廂記》中的「白馬解圍」，都是影響全劇情節開展的關鍵性情節。他說作者寫作全書的「初心」就是為了這一人一事而設的，這裏對構成戲劇性的因素雖然作了些分析，但也說明李漁的注意力只放在情節的安排上。中國古典戲曲向來重視劇情的引人入勝，這是民族的特色，也是時代風氣的反映。

李漁對情節的具體安排是有心得體會的，他在《密針線》一節中的分析，說得很在行。「每編一折，必須前顧數折，後顧數折。顧前者，欲其照映；顧後者，便於埋伏。照映，埋伏，不止照映一人，埋伏一事；凡是此劇中有名之人，關涉之事，與前此、後此所說之話，節節俱要想到。寧使想到而不用，勿使有用而忽之」。他說明代劇本處處遜於元人，而在結構方面則「勝彼一籌」，如《琵琶記》的結構就「背謬甚多」，不足取法。

五、戲劇作品大都是虛構的。有人讀了傳奇之後，尋根究底，一定要問這裏根據的是什麼事實，人物出在何地，無異癡人說夢。但這並不是說作者可以隨便編造荒唐的劇情。他說：「凡作傳奇，只當求於耳目之前，不當索諸聞見之外。」「凡說人情物理者，千古相傳；凡涉荒唐怪異者，當日即朽。」（《戒荒唐》）但他自己可並不貫徹這項主張。他雖反對劇中出現鬼魅，然而「笠翁十種曲」中卻常出現神仙，原來他的寫作是以投合觀眾心理為前提的。「有吉事之家」，演出堂會戲時，看到神仙自然高興，看到鬼魅自然掃興，可見李漁的這項主張並無反對迷信的意思。

有人說，日常生活中的事情已被前人寫盡，後人很難再措手，李漁不以為然。例如以倫理道德而言，他認為不同的時代有不同的忠孝節義，各人表現出來的忠孝節義又各不相同。又如婦人的貞節和嫉妒，後代的表現就有異於前人之處。這裏舉出的一些原則有其合理的地方，見解是通達的，但他注意之點就是這麼一些女人嫉妒之類的事例，趣味低下，可以想見。

為了旌表忠節，使作品發揮更好的「勸懲」效果，可以採取如下的手法：要想勸人為孝，可以塑造一個孝子的形象，「但有一行可紀，則不必盡有其事，凡屬孝親所應有者，悉取而加之」（《審虛實》）。這種描寫近於情節的堆湊，還不可能是經過高度概括的個性化形象。只是結合當時的創作實際，考慮到古人在理論文章中表達上的限制，則又可以認為這裏所說的道理已經深入到了典型化的問題。

李漁也曾討論到人物性格的問題，要求「說何人，肖何人；議某事，切某事」（《戒浮泛》）。勿使雷同，弗使浮泛。例如《琵琶記》中「中秋賞月」一場，「牛氏有牛氏之月，伯喈有伯喈之月」，兩人之語不可挪移，就是語言個性化的好例子。要想取得這樣的成績，作者必須先沉潛到人物的內心中去。「欲代此一人立言，先宜代此一人立心，若非夢往神遊，何謂設身處地？」這些地方對創作中形象思維的特點作了生動的描述，都是深知甘苦之言。

三、餘論

清代初年之後，所謂「雅部」的昆曲逐漸衰落，包括在「花部」內的各種地方戲逐漸興盛。清代中葉焦循（公元一七六三——一八二〇年）著《花部農譚》，指出昆曲的缺點：一是聲腔「繁縟」，聽者如果沒有看過本文，也就無從理解；一是內容「猥褻」，多才子佳人戲，題材狹隘。這是切中要害的批評。戲曲為士大夫壟斷，脱離廣大人民之後，生命力即告衰竭。花部戲中也有很多落後的封建意識，但從以上兩點來說則比昆曲好得多，易為一般觀眾接受。焦循以學者身份推崇花部，反映了戲曲史上興衰變遷的趨勢。

第十章　李贄和金人瑞的小說理論

自從市民階層逐漸壯大之後，某些通俗文學也就隨之得到了發展。戲曲、小說在元、明之時已經取得很大的成就。一些見識較高的文人，特別是那些帶有市民意識的人，開始重視戲曲、小說的價值。李贄把小說提高到了與經典並重的地位。

〔李卓吾〕常云：宇宙內有五大部文章：漢有司馬子長《史記》，唐有《杜子美集》，宋有《蘇子瞻集》，元有施耐庵《水滸傳》，明有《李獻吉集》。（周暉《金陵瑣事》卷一「五大部文章」）

批點詩文，古已有之；批點小說，則是從李贄開始的。這是中國古代文學批評上的一種特殊形式。作為思想家的李贄，批點小說成了他發表進步思想的一種手段。他在評論作品中的人物事件時，經常聯繫明代社會的不良現象，一併加以抨擊。此外，他對作為文學樣式之一的小說從藝術上也作了些分析。

李贄能夠根據小說的特點肯定虛構等藝術手段的重要性。《李卓吾先生批評三國志》四十五回評「群英會周瑜智算蔣幹」曰：「此等機關，如同兒戲，不知者以為奇計也。真是通俗演義，妙絕！妙絕！」四十六回總評「諸葛亮計伏周瑜」曰：「孔明借箭，亦謀士之奇用到，非奇秘也。通俗演義中不得不如此鋪張耳！為將者勿遂以此為衣缽也。」說明作為小說之一種的通俗演義應該具有虛構、鋪敍、誇張等特點，這就觸及到了文學上的一個重要問題。一般封建文人總是混淆歷史真實和藝術真實之間的關係，他們經常引經據典，認為小說中的一些情節，這也錯了，那也錯了，用正統的史學觀點嗤鄙和否定通俗文學的創作。李贄見解的高明之處，就在能夠認清二者之間的不同要求，維護文學作品的藝術特點，從而高度評價通俗小說的藝術技巧。也只有在這種觀點樹立之後，小說才能夠順利地發展起來。其後無礙居士在《警世通言序》中說：「人不必有其事，事不必麗其人。其真者可以補金匱石室之遺，而贗者亦必有一番激揚勸誘、悲歌感慨之意。事真而理不贗，即事贗而理亦真。」說明小說的靈魂在於合「理」。只要小說反映了客觀現實的本質，體現了生活的內在規律，也就具有真實可靠的內容。讀者閱讀「理真」的作品，「觸性性通，觸情情出」，就能受到多方面的感染。這種認識，更把李贄的見解大大地發展了。

李贄對文字的表達能力很重視，對於小說中的一些精彩描寫，總是密點濃圈，鄭重提示，例如他在袁無涯本《忠義水滸全傳》第三回中對「魯提轄拳打鎮關西」的一段描寫，就曾從頭到尾一再加圈加點，讚歎不已。魯智深三拳下去時，第一拳打在鼻子上，第二拳打在眼眶上，第三拳打在太陽穴上，書中都有大段文字加以形容。李贄評曰：「鼻、眼、耳三處，以味、色、聲形容，妙甚！」這樣的分析，着墨不多，但對指導閱讀有啟發意義。末復總評這段文字道：「莊子寫風，枚生〔枚乘〕寫濤，此寫老拳，皆文字中絕妙畫手。」說明他很注意文學作品中的形象問題。同書第十五回寫「吳學究說三阮撞籌」，李贄又點出這三個人寫得有狀有聲，激昂如生，積憤堪涕，對作品中具有性格特徵的人物語言也加以注意。

李贄對《水滸傳》中人物性格的分析，是前所未有的新鮮見解。容與堂本《忠義水滸傳》第五十二回批曰：「我家阿逵，只是真性，別無回頭轉腦心腸，也無口是心非說話。如殷天錫橫行，一拳打死便了，何必誓書鐵券？柴大官人到底有些貴介氣，不濟！不濟！」同書第三回中，他還對同一類型的人物性格作了區分，雖然語焉未詳，但對幫助後人注意個性分析卻有指導意義。批語曰：

> 《水滸傳》文字妙絕千古，全在同而不同處有辨，如魯智深、李逵、武松、阮小七、石秀、呼延灼、劉唐等眾人都是急性的，渠形容刻劃來，各有派頭，各有光景，各有家數，各有身份，一毫不差，半些不混。讀者自去分辨，不必見其姓名，一睹事實，知某人某人也。

上述人物性格之間的差異，決定於他們每一個人都有特定的社會地位，特定的發展道路，特定的個性特徵，特定的體貌風度，這就扼要地點出了寫好人物性格的關鍵所在。這種分析人物性格的理論，對於幫助讀者理解作品有很好的作用，對於指導後人塑造鮮明的人物性格也有重要的作用。

公安三袁繼承李贄的傳統，也很重視小說。袁宏道《聽朱先生說〈水滸傳〉》曰：「少年工諧謔，頗溺《滑稽傳》，後來讀《水滸》，文字益奇變。六經非至文，馬遷失組練〔工緻〕。」則是認為《水滸》的寫作水平超過了六經和《史記》。

其後以評點小說著稱的人，有明末清初的金人瑞。

金人瑞（公元一六〇八—一六六一年）一名喟，號聖歎；本名采，字若采；長州（今江蘇蘇州）人。他是一個著名的狂生，在文學上也有一些與眾不同的見解，曾評《離騷》《莊子》《史記》、「杜詩」、

《水滸》《西廂》為「六才子書」，還曾作過一些論證《水滸》文字超過《史記》文字的具體分析。這裏實際上是在對以真人真事為特點的史傳文學和以虛構為特點的小說創作進行比較的研究。歷史著作受到事實的限制，只能「以文運事」；文學創作不受具體的人和事的限制，可以充分發揮想像的作用，「因文生事」，表達的天地要廣闊得多。

金人瑞的批點第五才子書——《水滸》，受到李贄很大的影響。可以說，有關評論《水滸》藝術的一些意見，發展了李贄的學說，而他對《水滸》思想內容的評價，則與李贄的觀點正相對立。

這裏應該說明一下的是：明代那些署名李贄評點的小說，其真偽卻很難判斷。陳繼儒《國朝名公詩選．李贄小傳》云：「坊間諸家文集，多假卓吾先生選集之名，下至傳奇小說，無不稱為卓吾批閱也。惟《坡仙集》及《水滸傳敍》屬先生手筆，至於《水滸傳》中細評，亦屬後人所託者耳。」這種說法應當可信，但也難作定論。姑不說《三國》《水滸》中的某一種批點其作者究竟是誰，把它作為早期的小說理論看待，則仍有其歷史價值。金人瑞的一些小說理論，就是在這些批點的基礎上發展出來的。

李贄認為，由於宋代政治黑暗和民族矛盾尖銳，「驅天下大力大賢而盡納之水滸」，所以「忠義」「歸於水滸」。這裏對水滸英雄的才能和品德作了充分的肯定。當然，李贄希望的是「忠義不在水滸而皆在於君側」，因此他對動搖投降的宋江評價很高，這也表明他的用心還是想維護明代政權。但他與金人瑞的態度是不同的。金人瑞懾於明末農民起義的威力，對此表示仇視，因而把一百二十回本的《水滸》腰斬成七十回。應該說，金人瑞把後五十回中關於征方臘等蕪雜粗率的文字刪去，保留了小說的精粹之處，使之成為一部完整的藝術珍品，具有很高的文學見解，對傳播此書客觀上也起了好的作用。但他在末尾加上了一段梁山泊英雄在夢中駢首就戮的情節，表示參加造反的人都應一一正法，則又只能說是他落後思想的表現了。為此他還極力反對李贄稱水滸英雄為「忠義」，並反問道：「且水滸有忠義，國家無忠義耶？」這裏他雖急於「正名」，可也無法證明《水滸傳》中的國家到底有哪些「忠義」之處。

李贄引用了司馬遷的「發憤著書」說，認為作者施耐庵、羅貫中二人「雖生元日」，但看到宋代政治黑暗，小人竊居高位，引起外族入侵，因而憤恨不平，寫作《水滸》。這種解釋未必切合《水滸》寫作的實際，但他意在說明《水滸》作者確是內心有了很深的感受才「噴玉唾珠」的。金人瑞又起而反對，說什麼施耐庵只是「飽暖無事」，故而「伸紙弄筆」，寫作《水滸》來消遣。「後來人不知，卻於《水滸》上加『忠義』字，遂並比於史公發奮著書一例，正是使不得」（《讀第五才子書法》）。足見他有意識地站在反對李贄的立場上，對《水滸》作者的創作動機作了庸俗的說明。其思想水平之低，與李贄無法並論。

但金人瑞對小說的寫作畢竟是有體會的。儘管他受時文的影響，用批點八股文的方法分析《水滸》，用了許多形式主義的名目，什麼「草蛇灰線法」、「綿針泥刺法」、「鸞膠續弦法」等等，反映了他思想上的陳腐之處。然而《水滸》評點工作中的這些缺點，仍是瑕不掩瑜的。他能注意文學作品中的形象性問題，特別對人物性格作過細緻的分析，達到了前所未有的高度。

《讀第五才子書法》中說：「別一部書，看過一遍即休，獨有《水滸傳》，只是看不厭，無非為他把一百零八個人性格都寫出來。」又說：「《水滸傳》寫一百零八個人性格真是一百零八樣。若別一部書，任他寫一千個人，也只是一樣；便只寫得兩個人，也只是一樣。」這就說明寫作小說能否成功，關鍵在於寫好人物；而寫好人物的關鍵，又在於刻劃性格。這種認識，接觸到了小說這種文學體裁的本質問題。

金人瑞是通過人物的言語和行動分析性格的。例如第十回描寫林沖謀求王倫等人收錄時，批語曰：「林沖語。……雖非世間齷齪人語，然定非魯達、李逵聲口，故寫林沖，另是一樣筆墨。」又如第二十五回寫武松從東京趕回陽穀縣，急着與哥哥武大見面時，批語曰：「並不用『友於』『恭敬』等字，卻寫得兄弟恩情，筋纏血滲，觀今之採集經語塗澤成篇者，真有金屎之別。」說明文人運用概念化的陳腔濫調無法塑造豐滿的形象，只有通過行動描寫人物才能刻劃出有血有肉的性格。

金人瑞用比較的方法分析人物的性格，例如第四十二回描寫李逵殺虎之事，就用武松打虎一事進行比較。批語曰：「寫武松打虎純是精細，寫李逵殺虎純是大膽。」這種分析是細緻的，有助於讀者清楚地掌握人物的性格特徵。他還用比較的方法，在一組同類型的人物之中，分析出每一個人獨特的個性特徵來。《讀第五才子書法》中說：「《水滸傳》只是寫人粗鹵處，便有許多寫法，如魯達粗鹵是性急，史進粗鹵是少年任氣，李逵粗鹵是蠻，武松粗鹵是豪傑不受覊靮，阮小七粗鹵是悲憤無說處，焦挺粗鹵是氣質不好。」這裏根據前人的意見作了發揮，分析得更細緻了。他在正文中對上述人物還有許多精彩的分析，讀後可以進一步領會此書的文筆之妙。

《水滸傳》中人物眾多，上至英雄豪傑，下至淫婦偷兒，各式人等，無不寫得栩栩如生。作者為什麼具有這樣的能力，能夠寫出這麼多複雜的人物？他能塑造英雄豪傑的形象，尚有可說，因為他或許具有英雄豪傑的氣質；但他「寫淫婦居然淫婦，寫偷兒居然偷兒，則又何也？」金人瑞在第五十回總批中回答道：

> ……惟耐庵於三寸之筆、一幅之紙之間，實親動心而為淫婦，親動心而為偷兒。既已動心，則均

矣，又安辨泚筆點墨之非入馬通姦，泚筆點墨之非飛簷走壁耶？

這裏說的「動心」，也就是有關形象思維問題的粗淺說法了。作者之「心」深入到了書中人物的思想感情中去，猶如演員的進入角色，演英雄就是英雄，演豪傑就是豪傑，演淫婦就是淫婦，演偷兒就是偷兒。不管人物如何千變萬化，只要作者臨文「動心」，就能寫出各種各樣形象逼肖的人物。問題在於：作者需要長期積累生活知識，才能達到揮灑自如的境地。《水滸傳序三》曰：

《水滸》所敘，敘一百八人，人有其性情，人有其氣質，人有其形狀，人有其聲口。夫以一手而畫數面，則將有兄弟之形；一口而吹數聲，斯不免再吷也。施耐庵以一心所運，而一百八人各自入妙者，無他，十年格物而一朝物格，斯以一筆而寫百千萬人，固不以為難也。

他用哲學上的問題來說明文學上的問題。所謂「十年格物而一朝物格」，對一個寫作小說的人來說，就是要求他隨時隨地細心觀察社會上的人和事，長期積累生活知識，對於書中描寫到的一切全然爛熟於心，臨文執筆，自然左右逢源，一百八人之性情、氣質、形狀、聲口，不難活靈活現地表現出來。這種見解是很精到的，已經深入到了創作過程中的許多重要領域。

總觀明清人的小說研究工作，可以認為，不論在生活積累、創作構思、體裁特徵、文字表達等方面，都已取得了很多成果。其中對人物性格的探討工作尤其值得重視。他們一般都很注意遵從生活的真實進行創作，這自然是現實主義的創作方法所要求的。睡鄉居士在《二刻拍案驚奇序》中說：「今小說之行世者，無慮百種，然而失真之病，起於好奇。知奇之為奇，而不知無奇之所以為奇。捨目前可紀之事，而馳鶩於不論不議之鄉，如畫家之不圖犬馬而圖鬼魅者，曰：吾以駭聽而止耳。」就是對不遵循這一原則而進行創作者的譴責。所謂「無奇之所以為奇」，是說一些遵循現實主義原則進行創作的作品，看似平淡無奇，但若反映了生活的真實，也就可以取得「奇」的效果。反之，作者如果一味追求新奇詭異，那就只能起到驚動視聽的作用，而不能產生「使人欲歌欲泣」的效果。這裏可貴的是，睡鄉居士還把運用浪漫主義創作方法而出現的「奇」給區別了開來。「有如《西遊》一記，怪誕不經，讀者皆知其謬。然據其所載，師徒四人，各一性情，各一動止，試摘取其一言一事，遂使暗中摸索，亦知其出自何人，則正以幻中有真，乃為傳神阿堵」。這裏對《西遊記》中的性格描寫作了充分的肯定。這些人物是非現實的，書中的故事情節也是非現實的，但這不是僅能「駭聽」的「鬼魅」，作者並非「馳騖於不論不議之鄉」，因為《西遊記》「幻中有真」，所以能夠「傳神」，這裏對《西遊》之「真」的敍述，不是接觸到了浪漫主義作品中的藝術真實問題了麼？

第十一章　浙派和常州詞派的詞論

明代詞學中衰，其時沒有產生什麼著名的詞人，也沒有產生什麼深刻的理論著作。清代號稱詞學中興，相繼出現過幾個詞學流派，並曾出現過一些有影響的理論。

清初出現了以朱彝尊為代表的浙派。朱彝尊（字錫鬯，號竹垞，公元一六二九——一七〇九年）是秀水（今浙江嘉興）人。他學識淵博，詞亦著稱，曾編《詞綜》三十四卷，體現他的愛尚。汪森在給《詞綜》作序時，反對柳永一派的言情之作，認為失之於「俚」；也反對蘇、辛一派的激昂之作，認為失之於「伉」。「鄱陽姜夔出，句琢字練，歸於醇雅」。這就表明了浙派的宗旨。他們推崇南宋的詞風，以姜夔、張炎等人為宗師。他們的創作「句琢字練」，追求「醇雅」的風格。

浙派詞人一時稱盛，其後繼者為厲鶚（字太鴻，號樊榭，公元一六九二——一七五二年）等人，創作上更講求格律，但在理論上沒有什麼進展。張其錦於凌廷堪《梅邊吹笛譜目錄》後跋曰：「朱竹垞氏專以玉田（張炎）為模楷，品在眾人上。至厲太鴻出，而琢句煉字，含宮咀商，淨洗鉛華，力排俳鄙，清空絕俗，直欲上摩高（觀國）、史（達祖）之壘矣。又必以律調為先，詞藻次之。」說明浙派的後輩更為重視形式上的琢磨，然而不能再開闢什麼詞學上的新境界。

總的說來，浙派詞的所長在於字句之間，因而所作的詠物小詞，尚能達到形似的境地，然而他們的作品內容普遍缺乏深厚的寓意，因而產生了意旨枯寂的流弊。這與他們理論上的不足有關。朱彝尊《紫雲詞序》曰：「昌黎子曰：『歡愉之言難工，愁苦之言易好。』斯亦善言詩矣。至於詞或不然，大都歡愉之辭，工者十九，而言愁苦者十一焉耳。故詩際兵戈俶擾、流離瑣尾，而作者愈工；詞則宜於宴嬉逸樂，以歌詠太平，此學士大夫並存焉而不廢也。」這就明確地把詞作規定為「歌詠太平」的一種文體，在這種思想指導下產生的作品，不可能有什麼先進的思想內容。結合清初社會的具體情況來看，這種理論正反映了統治者的要求，它和詩歌中的神韻派一樣，也是在改朝換代社會秩序漸趨穩定而又處在高壓政策之下產生的一個文學流派。朱彝尊在《詞綜．發凡》中又說：「詞至南宋始極其工，至宋季而始極其變。」則是一種缺乏歷史發展眼光的純藝術觀點。詞在唐末五代之時正式形成，南、北宋之際發生變化，南宋末期刻意追求格律，形式趨於凝固。浙派詞把「句琢字煉」的作品作為效法的物件，當然會帶來偏重形式的缺陷。

常州詞派重視詞的特點，強調內容的首要意義，是在浙派詞的缺點充分暴露之後代興的一個詞派。

常州派的創始人是張惠言。張惠言（字皋聞，公元一七六一——一八〇二年）是武進（今江蘇常州）人。他曾編《詞選》一書，只錄唐宋詞人四十四家，詞一百十六首，態度極為謹嚴。中國古代詩文傳統中向有講求比興的傳統，這時他有見於浙派「無寄託」之弊，以比興說詞，產生了很大的影響。

作為兩種不同的表現手法，比與興是有區別的，前人對此作過很多分析，但到後來應用時，也就作為一個詞組，不太區別其間的同異了。「比興」只是一種譬喻的意思，但這不是修辭手法上常用的譬喻，而是通過作者精心構擬的一種完整形象，以小喻大，以近喻遠，藉以暗喻某種寓意。詞人強調比興，目的不僅在於着重這種手法，更為重要的是着重其寓意，以及由此體現的諷喻或美刺的運用。張惠言《詞選序》曰：「傳曰：『意內而意外，謂之詞。』其緣情造端，興於微言，以相感動，極命風謠。里巷男女，哀樂以道。賢人君子幽約怨悱不能自言之情，低徊要眇，以喻其致。蓋詩之比興，變風之義，騷人之歌，則近之矣。」這裏他用《說文解字》中對「詞」字的解釋來說明詞這種文體的特點，不免附會，但其意思是明白的，那就是強調寓意，即內容的重要。他說詞的手法近於詩騷，則是藉以抬高詞的地位。

常州詞派追求「低徊要眇」的效果，也就是尋求含蓄雋永的情趣。繼張惠言以比興說詞之後，又出現了周濟的以「寄託」說詞和陳廷焯的強調「沉鬱」。

周濟（字介存，號止庵，公元一七八一——一八三九年）在《介存齋論詞雜著》中說：「初學詞求有寄託；有寄託則表裏相宜，斐然成章。既成格調，求無寄託；無寄託則指事類情，仁者見仁，知者見知。」這也是他在《〈宋四家詞選〉目錄序論》中所總結的：「夫詞非寄託不入，專寄託不出。」

常州詞派突出比興手法而講求寄託，有其合理的地方。他們注意到了中國文學寫作上的一個特點，那就是比興的運用，奠基在事物的聯想之上。事物之間常有某些類似或相通之處，詞人通過豐富的聯想，將某些不便明言或不適於明言的話借用另外事物來表達，語在此而意在彼，這就是比興的運用。讀者通過詞人構擬的完整的優美形象，領會到更深的含義，享受到雋永的情趣，這就是「有寄託」的作品。但作者既要看到聯想的可能性，還要注意到聯想的多種可能性，詞人應該塑造一種形象，聯想的彈性最大，讀者可以由此引起多方面的極為豐富的聯想。他在從事創作時，就不能把聯想的途徑局限在某些很具體的事物上，束縛讀者聯想作用的充分發揮，這就是「專寄託不出」的原意所在了。因此，周濟的「寄託」之說，是在張惠言「比興」說的基礎上作出的發展。

這裏試舉一例以說明之。周濟輯《詞辨》，錄馮延巳《蝶戀花》詞，詞曰：「六曲欄干偎碧樹，楊柳風輕，展盡黃金縷。誰把鈿箏移玉柱，穿簾燕子雙飛去。　滿眼游絲兼落絮，紅杏開時，一霎清明雨。濃睡覺來鶯亂語，驚殘好夢無尋處。」描寫的是一片春殘景象，好夢乍醒時的悵惘情緒。閱讀此詞，每一個人都可以用自身的體會去豐富詞作的內容，這就給各種各樣的聯想展示了無限的可能性。譚獻評曰：「金碧山水，一片空濛，此正周氏所謂『有寄託入，無寄託出』也。」周濟追求的就是這麼一種空濛迷惘的境界。

但常州詞派的這種學說也很容易產生流弊。從創作上來說，作者內心感受不深，或雖有某些感受，卻不明白說出，偏要用美人香草的手法來迷離恍惚地描畫一番，表示自己「有寄託」，這種生造的「寄託」，往往是陳陳相因的濫調。況周頤《蕙風詞話》卷五曰：「詞貴有寄託，所貴者流露於不自知，觸發於弗克自已。身世之感，通於性靈。即性靈，即寄託，非二物相比附也。恒亙一寄託於搦管（握筆）之先，此物此志，千首一律，則是門面語耳，略無變化之陳言耳。」這是創作方面常見的弊病。而從欣賞方面來說，有一比興之念存於胸中，往往刻意求深，流於牽強附會。例如張惠言評溫庭筠《菩薩蠻》詞中「小山重疊金明滅」一首曰：「『照花』四句，《離騷》『初服』之意。」這就不免與事實距離太遠。因為晚唐之時詞體產生不久，一般用於歌台舞榭，溫庭筠也是一個喜作狹邪遊的人，所寫的作品，不可能有什麼忠君愛國之思，更不能與屈原的《離騷》硬相附會。假如把它作為「有寄託」的佳作而捕風捉影地亂加猜測，只能與事實隔得更遠。

其後陳廷焯（字亦峰，公元一八五三——一八九二年）著《白雨齋詞話》十卷，進而提倡「沉鬱」之說。卷一中說：「所謂沉鬱者，意在筆先，神餘言外，寫怨夫思婦之懷，寓孽子孤臣之感。凡交情之冷淡，身世之飄零，皆可於一草一木發之，而發之又必若隱若見，欲露不露，反覆纏綿，終不許一語道破。匪特體格之高，亦見性情之厚。」卷二中說：「感慨時事，發為詩歌，便已力據上游。特不宜說破，只可用比興體。即比興中亦須含蓄不露，斯為沉鬱，斯為忠厚。」說明「沉鬱」之說乃是將儒家的「詩教」說結合比興手法而提出的一種美學要求。常州詞派由比興而倡言「寄託」，由寄託而追求「沉鬱」，理論上有一系相承的地方。他們重視詞的特點，固有合理之處，作品確是應該意蘊深厚而耐人尋味，但把沉鬱誇大為最好的風格，並且認為只有用比興手法寫出的作品才能具備這種風格，這就排斥了作品風格的多樣性，並且否定了「賦」這種表現手法的重要意義。例如韋莊的《思帝鄉》「春日遊」一詞，純以直率之筆出之，一氣直下，略無餘蘊，然而千古以來視為佳作。賀裳《皺水軒詞筌》曰：「小詞以含蓄為佳，亦有作決絕語而妙者，如韋莊『誰家年少足風流，妾擬將身嫁與一生休，縱被無情棄，不能羞』之類是也。」常州詞派反對直捷痛快的詞作，也就顯得極為偏頗，只是反映了部分封建文人的情趣。

第七編

清代中後期的文學批評

⊙自一八四〇年鴉片戰爭之後，隨着帝國主義侵略的逐步深入，中國淪入半封建半殖民地社會。腐朽的清統治者，先是閉關自守，後又屈從帝國主義勢力，共同壓迫人民，而廣大的人民群眾也就展開了不屈不撓的鬥爭，進行着反帝、反封建的革命。反映在文化上，主要表現為資產階級的新文化反對封建地主階級的舊文化的鬥爭。這時衰殆的統治階級已經拿不出什麼新的貨色，只是利用桐城派和宋詩派，散播其消極的影響。隨着民族危機的不斷加深，統治者為了挽救自身的危亡，地主階級內部出現了一些開明的改革派，提出了一些要求變革現狀的主張。其後隨着國內資本主義經濟因素的不斷擴大，階級結構起了較大的變化，晚清之時，更出現了資產階級改良派和資產階級改革派。前者的思想中仍然夾雜着濃厚的封建成分，但他們熟悉各種傳統的文學樣式，而且把主要精力放在通過文藝爭取群眾上面，所以在文學創作的各個方面都有新的嘗試，從而在理論領域內也提出了一些新的主張。這時寫作的一些研究小說、戲劇的理論文章，已是嚴謹的學術性論文，不同於前此的序、跋或隨筆，説明他們在寫作方式上也有了發展，作出了貢獻。資產階級革命派中一些最先進的人物大都集中精力從事武裝鬥爭，因此在文化領域之內，除在詩歌和戲劇上有些成就之外，總的看來，成績是不大的。當然，這和中國資產階級本身的幼稚與軟弱也有關係。

第一章　地主階級改革派的文學見解

就在鴉片戰爭前後，正當封建政權發生嚴重危機之時，從這一陣營之中分裂出了某些帶有民主色彩的官僚和知識份子。他們具有較開闊的眼界，瞭解一些西洋的知識，能夠看到封建制度的某些弊端，提出過一些局部改革的主張。這些人物可以龔自珍（字定盦，公元一七九二—一八四一年）、魏源（字默深，公元一七九四—一八五七年）、馮桂芬（公元一八〇九—一八七四年）、王韜（公元一八二八—一八九七年）等人為代表。由於所處歷史階段不同，他們的思想也有很多差異。特別是王韜，後期的思想已經發展而成資產階級改良派的體系。但他與康、梁等人的情況又有不同，其文學思想，仍與地主階級改革派的觀點相近，故而仍然可以放在這裏敍述。

他們一致要求擺脫前代各種文學流派的束縛，而在當時來說，尤其反對那些無病呻吟的陳腐之作。魏源在《定盦文錄序》中介紹龔自珍的創作特點時說：「昔越女之論劍曰：『臣非有所受於人也，而忽然得之。』夫忽然得之者，地不能囿，天不能嬗，父兄師友不能佑。其道常主於逆：小者逆謠俗，逆風土，大者逆運會。所逆愈甚，則所復愈大，大則復於古，古則復於本。」龔、魏論文主「逆」，也就是要求與傳統詩文決裂；而所謂「復於古」，從文學上來說，則是要求繼承《詩》《騷》的傳統。魏源在《詩比興箋序》中主張恢復比興的手法，反對「專取藻翰」、「專詁名象」、「專揣於音節風調」，均「不問詩人所言何志」的作風。龔自珍在《歌筵有乞書扇者》詩中也說：「天教偽體領風花，一代人材有歲差；我論文章怨中、晚，略工感慨是名家。」推崇那些區別於「偽體」的作品，作家應該有真實的感受，作品中有不平之氣。《己亥雜詩》之一有云：「少年哀樂過於人，歌泣無端字字真。」既是個人風貌的寫照，也是理論上提出的新要求。

龔自珍在《書湯海秋詩集後》中還提出了「詩與人為一」的主張，要求「人外無詩，詩外無人，其面目也完」。所謂「完」，即「要不肯撏撦〔摭拾〕他人之言以為己言，任取一篇，無論識與不識」，都能認出這是某一詩人的作品。這就說明：「完」是要求作家真實而充分地表現個人獨特的創作個性的一種美學要求。

王韜論詩，反對「宗唐祧宋」，「摹杜範韓」，但也不想「別創一格」。因為詩歌重在表現「性情」，「與苟同，寧立異」，只要保留「一家面目」。《蘅花館詩錄自序》曰：「余不能詩，而詩亦不盡與古合。正惟不與古合，而我之性情乃足以自見。」強調反對傳統的束縛而重視表現自己的個性，所論與龔氏之說一致。

這批近代史中首先出現的思想家，要求突破過去的陳舊文風而另闢一條新路，這就使得其中一些詩人比較明確地傾向於採用浪漫主義的創作方法。龔自珍的傾向更為明顯。他對李白的詩作了詳細的研究，說：「莊〔子〕、屈〔原〕實二，不可以併，併之以為心，自白始。儒、仙、俠實三，不可以合，合之以為氣，又自白始也。」（《最錄李白集》）這裏未能對浪漫主義創作方法的特點作進一步的闡述，但他舉出的例子，卻正好指出了中國古代積極的與消極的浪漫主義的兩個源頭，李白的詩也確是混合着這兩種不同的因素。於此可見其眼光有獨到之處。龔自珍也繼承着這種創作傳統。《自春徂秋偶有所觸拉雜書之漫不詮次得十五首》中有句云：「莊騷兩靈鬼，盤踞肝腸深。」說明他和李白之間有着共同的特點。

魏源在《定盦文錄序》中介紹龔自珍的思想特點時說：「於經通《公羊春秋》，於史長西北地理。……以朝章國故世情民隱為質幹。」其他的人具有更多的西洋文化知識，特別是王韜，不但遊歷過西洋各國，幫助外國人譯書，而且主持香港《循環日報》達十年之久。這樣的經歷迥異於昔人。他們關心的是一些新問題；他們寫作的文章，內容上有了新的因素，這就不能沿用秦漢古文或唐宋古文的筆法來表達了。馮桂芬《校邠廬抗議》和王韜《弢園文錄外編》中的一些論文，可以說是近代政論文的開端。他們要求自由暢達地表達思想，不再容忍什麼清規戒律的寫作方式的約束。馮桂芬還着力批判桐城派古文。《復莊衛生》曰：「……顧獨不信義法之說。」「稱心而言，不必有義法也；文成法立，不必無義法也。」「操觚（執筆）者以義法為古文，而古文卑，必非先秦兩漢之作也。」對桐城派的核心理論作了尖銳的抨擊。因為文章主要是依內容的需要而寫作的，它不能受某種固定格式的限制，作家若要寫好文章，首要的問題在於熟悉需要表達的內容。因此他又說：「道非必『天命』『率性』之謂，舉凡典章制度、名物象數，無一非道之所寄，即無不可著之於文。有能理而董之，闡而明之，探其奧賾，發其精英，斯謂之佳文。」王韜在《弢園文錄外編自序》中也說：「宣尼有云：『辭達而已。』知文章所貴在乎紀事述情，自抒胸臆，俾人人知其命意之所在而一如我懷之所欲吐，斯即佳文。」說明兩人的見解有一致之處。只是王韜在《續選八家文序》中又推尊方苞古文，則又顯示出了略有不同之點；但王韜推崇方文「簡潔有法」，或許是後來的一些散文作家也能接受的寫作要求吧。從馮、王等人的散文寫作上，可以看出其下開「新民體」的發展脈絡來。

第二章　太平天國的文學主張

為了反對帝國主義的侵略，為了反對腐敗的清統治者，中國人民前仆後繼，展開了堅決的鬥爭。一八六〇年時，爆發了太平天國的農民起義。他們建立了自己的政權，採取了一系列的革命措施；限於條件，他們還不能系統地提出文學理論主張，但以洪仁玕為首的一批起義領袖，結合鬥爭實踐的需要，頒佈過幾項文教政策方面的命令，闡明他們對文學問題的一些看法，提出了文學服從於政治的要求。

太平天國的領袖們從農民的利益着眼，反對封建文人的陳腔濫調。洪仁玕（公元一八二二—一八六四年）在《軍次實錄．諭天下讀書士子》中宣告説，他到處禁止焚書，想尋求經濟之方策，但所見多是吟花詠柳之句，空言無補，「與其讀之而令人拘文牽義，不如不讀尤有善法焉」。可見其時文風之糜爛。因此他在《戒浮文巧言諭》中又申述道：

> 照得文以紀實，浮文所在必刪；言貴從心，巧言由來當禁。……況現當開國之際，一應奏章文諭，尤屬政治所關，更當樸實明曉，不得稍有激刺、挑唆、反間，故令人驚奇危懼之筆。

這是內容方面提出的要求。與此有關，在具本章應用的詞彙方面，不能用「龍顏」、「龍德」等字樣；在祝壽用詞方面，不得用「鶴算」、「龜年」等字樣：因為這些都是「妄誕」的浮詞。但這些不良的社會現象又是怎樣出現的呢？「蓋由文墨之士，或少年氣盛，喜騁雄談；或新進恃才，欲誇學富。甚至舞文弄筆，一語也而抑揚其詞，則低昂遂判；一事也而參差其説，則曲直難分。倘或聽之不聰，即將貽誤匪淺。可見用浮文者不惟無益於事，而且有害於事也。」這裏對封建文人不良文風的危害分析得很透徹。當然，他們還不可能對這種文風產生的社會根源作深入一層的挖掘。

太平天國提倡的文風，要「切實明透，使人一目了然」。「不得一詞嬌豔，毋庸半字虛浮。但有虔恭之意，不須古典之言」。雖然這些都是對日常應用文字方面的意見，但也不難看出他們的文學主張具有農民階級樸素而注重實際效果的特點。

在有關文學源頭的問題上，太平天國的領袖們的看法也與一般封建文人有所不同。在漫長的封建社會中，統治階級總是強調經典為眾理之源，鑽研六經即可求得至理，發為文章，必然符合封建文學的原則。洪仁玕等人則提出了截然不同的看法，認為文章中所應闡明之理，應從生活中去尋找。他們說：

> 蓋讀書不在日慕書卷，惟在誠求上帝，默牖〔誘〕予衷，則仰觀俯察之間，定有活潑天機來往胸中，非古篋中所有者。誠以書中所載之理，亦不外乎宇宙間所著現者，豈天地外復有所謂精理名言乎哉！（《諭天下讀書士子》）

這番道理，用了「上帝」之類的宗教用語，但其內涵之中含有合理的因素，那就是確認現實生活為文學的重要源頭。文人若要取得活潑的文思，就應深入現實生活中去。當然，他們對生活的內容還不能作出具體的闡述，但也不難看出，這是一種在宗教信仰的籠罩下引導文人注意觀察客觀現實的文學主張。

總的説來，太平天國的一些領袖在破除清王朝的腐朽文風方面做了很多工作，這些都是他們革命性的表現。但是農民階級畢竟屬於小生產者，狹隘的眼界，片面地強調文藝服從於宗教，則又使他們的文教方針具有很多落後的地方。對待古代的文化遺產，他們不能採取分析批判的科學態度。為了獨尊基督教，打擊儒家和佛教，他們採取了燒書、刪書的錯誤做法。《詔書蓋璽頒行論》中說：「凡一切孔孟諸子百家妖書邪說者盡行焚如，皆不准買賣藏讀也。否則問罪也。」後來他們又成立了「刪書衙」，所有的書籍都要經過這個機構，將其中「鬼話、怪話、妖話、邪話」一概刪剟淨盡，才能閱讀。當代的人如有著述，要想刊行，在《詔書蓋璽頒行論》中也有規定，「今將真命詔書一一錄明，呈獻我主萬歲萬歲萬萬歲旨准頒行。但世間有書不奏旨、不蓋璽而傳讀者，定然問罪也」。而在人民日常的文化生活方面，「演戲鬥劇」等等都在該禁之列，乃至聚眾演戲者也要全行斬首。這樣一些規定，或許當時未能一一實行，但是他們在這種偏激的指導思想下實行的文化方針，定然會給文學活動帶來極大的破壞；這種在上帝的名義下限制文化乃至取消文化的錯誤做法，必然會使人民大眾的文化生活陷於極端貧乏的境地。對於太平天國這一方面的活動，也可汲取很多具有借鑒意義的經驗教訓。

第三章　資產階級改良派的文學理論

晚清時期的資產階級改良派以康有為（公元一八五八——一九二七年）、梁啟超（號任公，別署飲冰室主人，公元一八七三——一九二九年）、譚嗣同（字復生，公元一八六五——一八九八年）、黃遵憲、夏曾佑（字穗卿，公元一八六一——一九二四年）等人為代表。他們雖說已經初步建立起了資產階級的思想體系，但仍帶有濃厚的封建意識。為了不動搖國本，企圖通過「保皇」的道路，從上而下地進行改良。他們普遍從事文藝活動，把它作為宣傳武器，擴大影響，爭取群眾，因而注意到了文學的樣式與形式的問題。但是他們就在這些地方也還表現出了「改良」的特點，一般只在舊有的文學樣式的基礎上作出局部的革新，而不能進行根本性的革命。

一、翻譯理論

資產階級改良派介紹進許多西方資產階級的理論，嚴復（字又陵，又字幾道，公元一八五三—一九二一年）翻譯了幾種有代表性的社會科學著作。在當時的語文水平之下，用距離口語很遠的文言翻譯西洋號稱「理深」的思辨性很強的理論著作，無疑會有很大的困難。為了創造一個恰當的詞彙，嚴復甚至「旬日踟躕」。為了糾正當時翻譯界粗製濫造的風氣，他在《譯〈天演論〉例言》中還提出了「信、達、雅」三條標準。「信」即忠實於原作，「達」即透徹地傳達出作者原意，「雅」即行文雅馴。這就完整地提出了翻譯上的重要原則，對後代影響很大。但嚴復的思想帶有濃厚的復古色彩，這些翻譯理論，也是依傍經典立論的。《易》曰「修辭立其誠」，孔子說「辭達而已矣」，又說「言之無文，行而不遠」，嚴復以為這也就是翻譯的最高標準。他甚至還說用漢以前的字法、句法為達則易，用近世通俗文字求達為難。這是一種違反常理、片面追求古雅的謬論，也是跟他輕視人民大眾的觀點密切相關的。

二、新民體

梁啟超是改良派中著名的宣傳家。在古文的舊有範圍內，能夠突破散文寫作上的一些老套，起過解放文體的作用。試看他有關寫作經歷的自我介紹：

> 啟超夙不喜桐城古文。幼年為文，學晚漢、魏、晉，頗尚矜練，至是自解放，務為平易暢達，時雜以俚語韻語及外國語法，縱筆所至不檢束；學者競效之，號新文體。老輩則痛恨，詆為野狐。然其文條理明晰，筆鋒常帶情感，對於讀者，別有一種魔力焉。（《清代學術概論》二十五）

改良派從事政治活動，有向中下層知識份子作宣傳的客觀需要，艱深古奧的先秦、兩漢古文顯然不適於用，唐宋古文也嫌不暢達，由是相應地產生了梁啟超開創的這一種新文體。他以主編《新民叢報》而出名，因而又被稱作「新民體」。

新民體是一種改良的古文，和口語還有距離，當時這一政治派別中的有些人物，採取更為進步的立場，要求廢止文言，改用白話文寫作。如裘廷梁，不但創辦了《無錫白話報》，而且發表了《論白話為維新之本》一文，鼓吹使用白話開通民智，對於振興中國具有十分重要的意義。文中論證了白話文的功能，作為文學語言來運用，將使文言文的表達能力相形見絀。「且夫文言之美，非真美也。漢以前書，曰群經，曰諸子，曰傳記；其為言也，必先有所以為言者存，今雖以白話代之，質幹俱存，不損其美。漢後說理記事之書，去其膚淺，刪其繁複，可存者百不一二。此外汗牛充棟，效顰以為工，學步以為巧，調朱傅粉以為妍，使以白話譯之，外美既去，陋質悉呈，好古之士，將駭而走耳」。這對當時迷戀於文言的人來說，是有力的揭露。

三、詩界革命

除散文之外，改良派中人物還進行過「詩界革命」。梁啟超事後追憶道：「當時所謂新詩者，頗喜新名詞以自表異。丙申（公元一八九六年）、丁酉（公元一八九七年）間，吾黨數子皆好作此體。提倡之者為夏穗卿，而復生亦綦嗜之。」（《飲冰室詩話》六十）例如譚嗣同詩《金陵聽説法》有句云：「綱倫慘以喀私德，法會盛於巴力門。」喀私德是caste的譯音，今譯種姓，即印度世襲的階級制度；巴力門是Parliament的譯音，即英國議會。這類作品，忽視詩歌的特點，所用的詞彙和語法，不中不西，生吞活剝，外人自然「無從臆解」。他們濫用新獲得的知識，雜湊成章，只表現其崇拜西方文化的熱忱而已。譚、梁等人後來寫的作品，雖不像前期幼稚，但成就總不大。資產階級改良派中，詩歌創作上成績最好的人，當推黃遵憲。

黃遵憲（公元一八四八—一九〇五年）字公度，廣東嘉應州（今廣東梅縣）人。曾經出使日、美、英等國，瞭解到「歐洲詩人出其鼓吹文明之筆，竟有左右世界之力」（《與邱菽園書》）。因此也想運用詩歌宣揚「維新」的主張，通過創作積極參與當前的政治鬥爭。《與梁啟超書》自述志趣道：

> 意欲掃去詞章家一切陳陳相因之語，用今人所見之理，所用之器，所遭之時勢，一寓之於詩。務使詩中有人，詩外有事，不能施之於外日，移之於他人，而其用以感人為主。

若要達到這樣的要求，必須具有獨創的精神，力避擬古剽襲，力戒空洞浮泛。但在當時的人來說，大都見識固陋，缺乏創造性。他在少年時代寫的《雜感》詩中說：「俗儒好尊古，日日故紙研，六經字所無，不敢入詩篇，古人棄糟粕，見之口流涎。沿習甘剽盜，妄造叢罪愆。」這是多麼迂腐的見解！黃遵憲認為：後之視今，亦猶今之視昔，「我手寫我口，古豈能拘牽？即今流俗語，我若登簡編，五千年後人，驚為古斕斑」，則是一種識見通達的主張。當然，詩並不以古斕斑為貴；用「我手寫我口」的方法作詩，不應該存心求名於千載之後。這種意見，用來反對盲目崇拜古人的陋習，倡導一種與口語一致的通俗易解的新詩，則有其進步意義。

黃遵憲在少年時期已有「別創詩界」之志。《人境廬詩草自序》曰：「嘗於胸中設一詩境，一曰復古人比興之體；一曰以單行之神，運排偶之體；一曰取《離騷》、樂府之神理而不襲其貌；一曰用古文家伸縮離合之法以入詩。」這裏提出的四項原則，一、三兩項偏重於內容，即繼承楚辭、樂府等民間文學的優秀傳統，寫作有寄託的作品。二、四兩項偏重於寫作方法，即突破前人的詩歌格律，運用散文作法做詩。這是適應時代需要而提出的主張。後來他在《與梁啟超書》中說，報中有韻之文「當斟酌於彈詞、粵謳之間，句或三、或九，或七、或五，或長、或短……」亦即此意。後代社會生活的內容比起前代來要豐富和複雜得多，生活中已經出現了很多新事物和新問題，如果再依過去的調子寫作，已經不能再適應了，必須採用更自由的表現方式才能應付。

黃遵憲的這些新鮮意見，顯然受到民間文學的很大影響。他重視家鄉的民歌，也喜愛日本的民歌，先後筆錄和摹寫過《山歌》《都踊歌》等好些作品。而在倫敦作外交官時，曾於所寫山歌後題記曰：「十五『國風』，妙絕古今，正以婦人女子矢口而成。使學士大夫操筆為之，反不能爾。以人籟易為，天籟難學也。余離家日久，鄉音漸忘，輯錄此歌謠，往往搜索枯腸，半日不成一字。因念彼岡頭溪尾，肩挑一擔，竟日往復，歌聲不歇者，何其才之大也！」民間歌謠中健康的內容和自由的形式，對他的作品都有影響，這在理論上也反映出來了。

黃遵憲在突破舊詩格律的束縛方面作過很多嘗試，所製《軍歌》二十四章、《幼稚園上學歌》十章、《小學校學生相和歌》十九章，就是帶有民間歌謠特點的作品。與前相較，面貌很新。但總的說來，他還不能遵從口語內在的音樂性，徹底突破舊的程式，真正從事詩界革命。因此，他的大部分作品，仍是一些解放了的古詩。這一流派中的理論家梁啟超標榜他們的作詩宗旨曰：「吾黨近好言詩界革命。雖然，若以堆積滿紙新名詞為革命，是又滿洲政府變法維新之類也。能以舊風格含新意境，斯可以舉革命之實矣。」（《飲冰室詩話》六十三）在他們這一批人中，黃遵憲的創作成就最高，梁啟超稱他「能熔鑄新理想以入舊風格」，似乎已經實現了詩界革命的要求，然而黃遵憲在與嚴復的信中說：「公以為文界無革命，弟以為無革命而有維新。」說明他也認識到自己的理論和創作都還沒有能夠開創嶄新的局面，只在「舊風格」中求變而已。這和他的政治活動一致，只是起了「維新」的作用。

四、小說界革命

資產階級改良派極為重視小說。他們不但鑽研理論，而且從事創作。所以如此，原因有二：一是汲取西洋資產階級革命的歷史經驗，二是看到了人民大眾喜愛小說。

梁啟超介紹說，過去歐洲各國「變革」之始，一些思想家和革命家，經常用自身的經歷或政治的議論寫成小説，「往往每一書出，而全國之議論為之一變」。對學生以及社會上的各種人物發生極大的影響。梁啟超稱這類作品為「政治小説」，並且採取有關中國時局者譯之，編成《譯印政治小説》，作為改良派的宣傳讀物。

從另一方面來説，這時要想對群眾作宣傳，也只能用小説等文體為工具。古時正統的經史、詩文，只能在上層人物中傳播，一般的人是不太容易接受的。康有為《聞菽園居士欲為政變説部詩以速之》曰：「我遊上海考書肆，群書何者銷流多？經史不如八股盛，八股無如小説何。」為此嚴復、夏曾佑編《國聞報》時首創附印説部（小説），所擬《附印説部緣起》曰：「夫説部之興，其入人之深，行世之遠，幾幾出於經史上，而天下之人心風俗，遂不免為説部之所持。」顯然，他們的目的是想通過小説掌握人心。

但人民大眾又為什麼這樣喜歡小説呢？梁啟超的解釋是有代表性的。他一方面説「凡人之情，莫不憚莊嚴而喜諧謔」（《譯印政治小説序》）；一方面又説，小説有「淺而易解」和「樂而多趣」的優點，所以「人類之普遍性」嗜他書不如其嗜小説（《論小説與群治之關係》）。

這種説法過於簡單，梁氏自知破綻很多，因為小説內容千差萬別，不一定是「樂而多趣」的。有些人閱讀能力很高，但還是喜歡讀小説，其他一些通俗文體，如信札、文牘，可也引不起大家的興趣，這都是上述理論無法解釋的。梁啟超乃進而作了深入一層的探討。他説「凡人之性」，常不能滿足於「現境界」，而人身能直接感觸到的境界很有限，因此常想「間接有所觸、有所受」，「小説者，常導人遊於他境界，而變換其常觸常受之空氣者也」，此其一。人對自己懷抱的想像和經歷的境界，常若知其然而不知其所以然，「有人焉，和盤托出，徹底而發露之」，則必感人至深。此其二。最後他又總起來説：

小說為文學之最上乘也。由前之說，則理想派小說尚焉；由後之說，則寫實派小說尚焉。小說種目雖多，未有能出此兩派範圍外者也。（《論小說與群治之關係》）

這種說明，已經進入創作方法的研究：前一類小說，近於浪漫主義；後一類小說，近於現實主義。看來這也是汲取了西洋關於小說的理論而提出的。正像很多資產階級的小說理論一樣，梁啟超用抽象的人性論的觀點解釋讀者的閱讀心理，並用來說明創作方法的不同，是不科學的。好像每個讀者都因不滿現實才去看小說，那像前面的解釋一樣，仍有不能說通的地方，為什麼有些很滿足於現狀的有權有勢的上層人物也喜歡讀小說呢？

創作方法的不同，應該從作者對現實的態度和採取不同的虛構方法等方面加以解釋。梁啟超把這個問題引入理論領域，引起後人的注意和研討，對推進理論研究起過先導作用，但他本人作出的解釋則並不完整，且有錯誤。

梁啟超還對小說的感染力作了分析，認為「小說之支配人道也，復有四種力」：一曰熏——小說能逐漸烘染人心而變化之，受影響的人更影響他人，輾轉以至無窮。這是從空間方面說的。二曰浸——「人之讀一小說也，往往既終卷後數日或數旬而終不能釋然。」這是從時間方面說的。三曰刺——上兩項指小說的潛移默化的作用，這種力則指小說的刺激作用，「能入於一剎那頃，忽起異感而不能自制者也」。四曰提——前三種感染力「自外而灌之使入」，「提」則更高一層，能使讀者如自歷其境，身入書中，而為其書之主人翁。「然則吾書中主人翁而華盛頓，則讀者將化身為華盛頓；主人翁而拿破侖，則讀者將化身為拿破侖」。這是更高一層的感染力。這裏所作的分析是細緻的，對文學作品的形象特點作了種種說明，對藝術的感染力量作了充分的宣揚，從而對推動小說的發展和傳播起了很大的作用。時人詠之曰：「高論千言出胸臆，有如天馬無羈勒；稗官小說能移情，不信但看四種力。」（《新小說》第五號登載之《新小說第一號題詞十首》第一首）可見其影響之大。只是熏、浸、刺、提之間實際上是很難分割的，梁氏強行割裂，或許在不同角度的理解上有所幫助，但讀者也只要心知其意就行了。

基於上述原因，梁氏得出結論，說是小說的性質和地位，如空氣，如菽粟；從事創作與出版的「華士坊賈，遂至握一國之主權而操縱之矣」。但中國過去的小說內容都不好，「狀元宰相」，「佳人才子」，「江湖盜賊」，「妖巫狐鬼」，一切「中國群治腐敗之總根源」，無不出於小說，尤其「下等社會」受小說影響，「遂成為哥老、大刀等會，率至有如義和拳者起」，更使他感受到了政治上的威脅。這些地方暴露出了資產階級改良派害怕人民群眾展開武裝鬥爭的一面。

梁啟超對中國古典優秀小說也橫加誣衊。他在《譯印政治小說序》中作出了如下的概括，「述英雄則規畫《水滸》，道男女則步武《紅樓》，綜其大較，不出誨盜、誨淫兩端」。這種片面的結論，又是一種資產階級改良派盲目崇拜西洋文化、否定本國優秀歷史傳統的錯誤觀點。

但從總的方面來看，梁啟超的小說理論儘管還有很多不足之處，然而聯繫到它產生的時代，則還是應該予以高度的評價。因為近代歷史發展到這階段，對於充斥市場的那些宣揚封建意識的小說，確實需要作一番摧毀廓清的工作。也只有把廣大人民的思想從封建傳統的束縛中解放出來，社會才能得到進一步的發展。因此，梁啟超要求革新小說，有其進步意義。在此之前的小說理論，側重於一些具體手法的研究，深度和廣度上都有局限。梁啟超汲取西洋有關小說的理論，結合中國的實際，對小說的創作方法和美感特點等重要領域進行了研究，把人們對這種文學體裁的認識水平提高了一大步。這是改良派在小說問題上作出的貢獻。

梁啟超對小說的社會作用作了過高的估計。作為一種宣傳工具，小說確實具有很大的作用，但若把它說成決定社會政治動向的主要力量，則又是一種本末倒置的論點了。他想把小說從封建文化傳統的束縛中解放出來，把它納入改良主義政治活動的軌道，這樣既可發揮他們的特長，通過文化活動爭取群眾，把社會心理潛移默化地吸引到資本主義的道路上去，而又能保存封建政權內的某些基礎。因此，梁啟超對這項活動寄予無限希望，他三番五次地說：

……故今日欲改良群治，必自小說界革命始；欲新民，必自新小說始。

第四章　資產階級革命派的文學思想

資產階級改良派在文學的各個領域都進行了改良的嘗試，隨之興起的資產階級革命派也有利用文學進行政治鬥爭的打算。在詩歌領域中，柳棄疾（一名亞子，公元一八八七——一九五八年）、陳巢南（字佩忍，筆名陳去病，公元一八七四——一九三三年）、高旭（字天梅，公元一八七七——一九二五年）等人於一九〇九年十一月組織的「南社」，活動的面較廣，影響較大。高旭《周實丹烈士遺集序》曰：「當胡虜

〔對滿族的侮辱性稱呼〕猖獗時，不佞與友人柳亞子、陳巢南於同盟會後，更倡設南社。固以文字革命為幟志，而意實不在文字間也。蓋陳、柳二子深知乎往時人士入同盟會者，思想有餘而學問不足，故借南社以為溝通之具，殆不得已之苦思歟。」於此可見他們創立南社的宗旨了。

南社中人的文學活動，可分三方面敘述。

詩歌 南社中的一些代表人物，都以能詩著稱。他們的作品，鼓吹革命，富有政治熱情。他們提倡感懷故國的作品，藉以激發民族精神，他們反對擬古主義，對當時一些封建士大夫組成的詩派作了很多批判。清代宋詩很風行，清末更興起了所謂「同光體」，南社諸人起而力加攻擊。柳亞子在《胡寄塵詩序》中說：「論者亦知倡宋詩以為名高，果作俑〔倡導〕於誰氏乎？蓋自一二罷官廢吏，身見放逐，利祿之懷，耿耿勿忘。既不得逞，則塗飾章句，附庸風雅，造為艱深以文淺陋。……其尤無恥者，妄竊汝南月旦之評，撰為詩話。己不能文，則假手捉刀〔請人代筆〕，大書深刻，以欺當世。」這種分析尖銳深刻，顯示出資產階級革命派反對封建餘孽的鬥爭精神。

南社詩人大都能夠突破前人的束縛，重視創新。馬君武《寄南社同人》詩曰：「唐、宋、元、明都不管，自成模範鑄詩才；須從舊錦翻新樣，勿以今魂託古胎。」周實《無盡庵詩話序》中說，詩歌之道，「尤貴因時」。可以代表這派多數人的主張。

柳亞子等人提倡「唐音」，並非模仿唐詩，而是主張寫作音調高亢的詩歌，鼓吹革命。他還提倡「布衣之詩」，以清高自許，有不與統治者同流合污的意思，然而也反映了知識份子的脫離群眾，自我欣賞。因此，他們的作品一般都有流於空泛的缺點。

戲劇 南社中人對於戲劇的看法，可以陳去病的《論戲劇之有益》為代表。他說專制國家中的「民黨」往往有兩大計畫，一曰暴動，一曰秘密（結社），二者相為表裏，卻很少有成功的可能。從事戲劇活動則可包含這兩大計畫。如有「大俠」組班編演漢族滅亡的歷史，「或採歐美近事而演維新歷史」，則可針對群眾的嗜好，激勵士氣，發揚民族精神。陳去病的目的是利用戲劇為革命服務，用意未嘗不佳，但他對武裝起義缺乏信心而把希望寄託在文藝上，表現出了文人的迂腐之見。

小說 南社中人也很注意利用小說進行政治宣傳。他們對小說的看法，一般說來，要比改良派中人物的看法科學一些。梁啟超小說理論中的一些錯誤論點，很多地方受到了批駁。

梁啟超曾把舊中國的腐敗歸罪於小說。曼殊提出了懷疑，說：「今之痛祖國社會之腐敗者，每歸罪於吾國無佳小說，其果今之惡社會為劣小說之果乎，抑劣社會為惡小說之因乎？」（《小說叢話》）顯然，他是反對前一說而主張後一說的。如果承認了前一說，無異開脫了貪官污吏等惡人的罪責，好像只要從事文藝活動，寫出好小說，就可改良社會，不必根本推翻原來的社會秩序。這是改良派宣傳活動目的之所在。如果承認了後一說，那就必然會得出如下結論：只有改造劣社會，才能根除惡小說，這就是一種革命的見解了。它對破除改良派的謬論有進步意義。

南社中人認為小說的位置也應擺正。黃人承認小說對社會的影響極大，但卻不同意梁啟超等人所說的小說能決定一切。他在《小說林發刊詞》中說：「昔之視小說也太輕，而今之視小說又太重也。」前人鄙視小說，甚至看作鴆毒、妖孽，「今也反是」，好像「國家之法典，宗教之聖經，學校之科本，家庭社會之標準方式，無一不�〔盡〕於小說者。其然，豈其然乎？」這種看法，也是比較妥當的。

與此相關，他們還對一切污衊中國優秀小說的論點作了駁斥。黃人認為《水滸傳》「創社會主義」，憑託不得志的英雄譴責了害民的蠹蟲；《紅樓夢》「闡色情哲學」，假借美人香草抒發了故國之思：二者不是誨盜、誨淫的作品。同樣的意見，在並非同一政治派別的王鍾麒等人的文章中也有表現，因而這種解釋在當時來說有其代表意義。他們對這兩部小說的性質還有很多錯誤認識，但其目的都在利用小說作宣傳，使之服從革命的需要，而且是從維護民族尊嚴着眼的。比起梁啟超等人的見解要高明得多。

可以說，梁啟超的《論小說與群治之關係》一文，從理論建設的角度來看，達到了當時的最高水準，對推動晚清的文學創作也曾起過巨大的作用。吳沃堯（字趼人）《月月小說序》曰：「吾感夫飲冰子《論小說與群治之關係》之說出，提倡改良小說，不數年而吾國之新著新譯之小說，幾於汗萬牛，充萬棟，猶復日出不已而未有窮期也。」但是梁啟超的小說理論中也有一些顯然的不妥之處，經過資產階級革命派中人物的糾詰駁難，分清了是非，這就把小說理論的水平推進到了一個新的階段。

這一時期有些倡導小說的人對小說的性質作了新的探索。他們接受了西洋資產階級唯心主義美學的影響，傾向於純藝術論的小說觀，例如黃人說：「小說者，文學之傾向於美的方面之一種也。」有人寫小說而不追求美，「一秉立誠明善之宗旨，則不過一無價值之講義，不規則之格言而已」（《小說林發刊詞》）。這就有把形式置於內容之上的傾向了。東海覺吾（徐念慈筆名）在《小說林緣起》中介紹了黑搿爾（今譯黑格爾）、邱希孟等人的學說，認為「小說者，殆合理想美學、感情美學而居其最上乘者」，它有「醇化於自然」、「具象理想」、「實體之形象而起快感」、「形象性」、「理想化」等特徵與功能，這裏對小說的原理進行了較深入的探討，但明而未融，還不能結合本國的實際，有新的創獲。金松岑和寅半生等人則注意到小説應該有益於社會的問題，他們認為介紹西洋的言情小説「宜少留遺地」，林紓翻譯《迦因小傳》，譯全了迦因戀愛懷孕的情節，他們就認為不如包天笑的節譯本好，則又説明這些人物的頭腦中也還有很多封建思想的殘餘。

第五章 王國維集資產階級美學之大成

一、生平簡介

王國維（公元一八七七—一九二七年）字靜安，號觀堂，浙江海寧人。清末民初的著名學者。早年熱衷於鑽研西洋唯心主義哲學，後又耽讀清代樸學家的著作，因為他能吸收西洋資產階級哲學方面的成就，總結中國經史研究方面的學術成果，再加上本人的深思好學，於是在文學和史學的許多領域內取得了卓越的成就。他把中國古典文學理論與西洋美學融合起來，提出了一些前人從未談過的新見解，開拓過一些前人從未觸及的新領域，把傳統的詩文評方面的研究工作推進了一大步。可以説，後來資產階級學者所介紹的一些唯心主義文藝理論，都可從他的學説中找到具體而微的因子。

王國維的思想中充滿着矛盾。他對封建的舊秩序已失去信心，但對資產階級民主革命也有不滿，《靜安文集續編自序》中説「體素羸弱，性復憂鬱，人生之問題日往復於吾前」，而又找不到理想中的歸宿，因此常感前途茫茫，悲觀厭世。民國成立後，他以曾受清帝寵眷之故，對沒落窘迫的清廷表示同情，而對北洋軍閥時期那種骯髒的政局表示厭惡。王氏一心追求的是超脫於政治而又無法超脫。北伐之役起，急風暴雨般的鬥爭，更使他感到惶惑，受到刺激，於是在革命高潮中投水而死。

在他幾部著名的文學著作中，反映了他學術思想的發展。

二、《紅樓夢評論》

王國維早年所著的《屈子文學之精神》（一九〇六年）、《文學小言十七則》（一九〇六年）、《古雅之在美學上之位置》（一九〇七年）等文，吸收了西洋資產階級學者的一些論點，用以探索中國的文學問題，但還未能形成自己的學術體系。他在一九〇四年所作的《紅樓夢評論》，用叔本華的學說解釋《紅樓夢》，實際上是曲解《紅樓夢》的精神，為叔本華的學說作佐證。這種研究方法雖然牽強附會，但他闡發的論點，適應清末混亂的時局，投合某些對前途缺乏信心的士人的口味，發生過很大的影響。

叔本華是十九世紀初期德國的一個唯心主義哲學家。他繼承了康得的學說，汲取了佛教哲學中一些虛無寂滅的論點，宣揚悲觀厭世的人生觀。王國維因性之所近，將它介紹過來。他首先提出問題道：「生活之本質何？」答案曰：「欲而已矣。」人的慾望又是很難滿足的，如果不滿足，就會感到痛苦，滿足之後，卻又感到厭倦，「故人生者，如鐘錶之擺，實往復於苦痛與倦厭之間者也」。然而厭倦本身也就是一種痛苦，「故欲與生活與苦痛，三者一而已矣」。

「男女」「飲食」為人生基本之「欲」。物質方面的慾望容易滿足，精神方面的慾望不容易滿足，

《紅樓夢》就是這麼一部表現男女情慾的「悲劇」作品。據叔本華説，悲劇還可分為三種，一是由惡人傾陷而成的，二是由命運擺弄的，三是「由普通之人物，普通之境界，逼之不得不如是」的。第三種悲劇尤為可貴，因為它證明了「人生最大之不幸」實為「人生之所固有故也」。照王國維看來，《紅樓夢》中的故事正好證明了上述第三種悲劇的原理，故而他説：「《紅樓夢》者，可謂悲劇中之悲劇也。」

這種解釋，是對《紅樓夢》中反映的內容的歪曲。曹雪芹以現實主義手法描寫的賈府，常見傾軋、淫亂和暴虐，王國維卻認為書中只反映了「通常之道德，通常之人情，通常之境遇」，可見他本來認為這種封建秩序是正常的，所可悲者，只是裏面產生的悲劇難以克服罷了。王國維是抱着無可奈何的心情看着統治階級的淪亡，而又想故作達觀，但又無法掩飾內心的矛盾，於是歸罪到人類社會的存在。這些地方表現出了王國維世界觀中暗淡的一面。

王國維以「飲食男女」為人生最重要之「欲」，無異於把人類有目的的社會生活降低成動物的本能。如何克服這些「欲」所帶來的痛苦呢？他説：「解脱之道，存於出世，而不存於自殺。出世者，拒絕一切生活之欲者也。」這裏賈寶玉又成了完美的榜樣。王國維認為：《紅樓夢》的價值，就在於描寫了人生的痛苦與解脱的途徑，它能使讀者得到啟發，「離此生活之欲之爭鬥，而得其暫時之平和」，而這也是一切文藝作品的目的。

文學作品為什麼能起到這樣的作用呢？王國維續作論證，大意是説：實物之於人，有利害關係，容易引起慾望，產生痛苦；文學作品不同，「欲者不觀，觀者不欲」，能「使人易忘物我之關係」，故而藝術之美優於自然之美。這裏宣揚的是超功利的純藝術觀。

根據這樣的原理，作家自然應該避免寫作重大題材，以免引起讀者的生活之慾，他們應當把注意力放在形式上，這樣才能使人超脫於利害的關係。為此王國維又說：「一切之美，皆形式之美也。就美之自身言之，則一切優美皆存於形式之對稱、變化及調和。……凡屬美之對象者，皆形式而非材質也。」（《古雅之在美學上之位置》）這樣他又大力宣揚了形式主義的藝術觀。

再進一步說，文學既無意義，也就無異於遊戲，因此王國維又說：「文學者，遊戲的事業也。人之勢力，用於生存競爭而有餘，於是發而為遊戲。」（《文學小言》）這裏他又介紹了西洋文學理論上的所謂遊戲說。

以上這些理論，彼此還有矛盾之處，但它奠基在同一種思想基礎之上，只是作了多方面的闡發罷了。在當時的中國，這些學說或許還顯得新鮮，因為這些理論從未在中國古代文壇上出現過，處在半殖民地化的清代末年，還是有不少人盲目信從。但從另一角度來看，則又可以認為，它也起過一些啟發思想、開拓眼界的作用。

三、《人間詞話》

王國維在三十多歲時寫下了這部作品，探討文學藝術中的許多重要問題，開始建成有體系的學說，內容超出了只討論一種文體的一般詞話的範圍。

除宋代外，詞學最盛的朝代，就要數到清代了。清初興起了浙派，以清虛為尚，宗奉姜夔、張炎，其後流為空虛浮滑；常州詞派繼起，標榜寄託，宗奉王沂孫等人，其後流為迷離恍惚；與王國維同時的王鵬運、朱孝臧等人，重視技巧聲律，提倡吳文英的詞風，則又流為晦澀蹇礙。在王國維看來，這些流派成就都不高，因為他們沒有抓住文學創作的核心問題。因此，他在《人間詞話》中首先提出了「境界」之說：

> 詞以境界為最上。有境界則自成高格，自有名句。五代、北宋之詞所以獨絕者在此。

「境界」一詞，見於佛經。如《俱舍論頌疏》中就提到人有眼、耳、鼻、舌、身、意六根，具有六識的功能，能夠感知色、聲、香、味、觸、法六境。前五境指具體的感受，後一境是抽象的領會，然而佛家認為「實相之理為妙智遊履之所，故稱為境」。也就是說認識「實相之理」也能形成境界，說明境界原來就是基於個人感受而產生的。王國維在談論境界時也着重在個人外在的與內在的感受。

王國維有時又稱境界為「意境」。這個概念也不是首先由他提出的。早在魏晉南北朝時期，劉勰等人就討論過有關「意」與「境」諧的問題。其後自唐代至晚清，一直有人進行探討。王國維在闡述自己的學說時，雖然沒有說明繼承了前代的哪些東西，但他的境界說與王夫之等人有關意境的理論有着很多相近的地方，只是王國維又融貫進了很多西洋的美學思想，從而作出了新的發展。他在署名山陰樊志厚的《人間詞乙稿序》中說：

> 文學之事，其內足以攄己，而外足以感人者，意與境二者而已。上焉者意與境渾，其次或以境勝，或以意勝。苟缺其一，不足以言文學。

作品之中包含着「意」「境」兩項要素，這是任何作品都有的。「境」相當於現在所說的文學形象，這是容易理解的，因為形象化的文學作品無不呈現出具體的「境」。但王國維又鄭重指出：「境非獨謂景物也。喜、怒、哀、樂，亦人心中之一境界。故能寫真景物、真感情者，謂之有境界，否則謂之無境界。」這裏特別揭示「境界」中的感情要素，則是着重論證了抒情詩中的形象問題。王國維針對中國古代文學中抒情詩特別發達的這一重要現象，提出了「境界」這一概念，探討抒情詩中作者本人主觀因素的這一方面，藉以全面地探討文學中的形象問題。

他在論證文學特點時強調了一個「真」字。也就是說：景物要「真」，感情要「真」。「大家之作，其言情也必沁人心脾，其寫景也必豁人耳目。其辭脫口而出，無矯揉妝束之態。以其所見者真，所知者深也。詩詞皆然。」這是他反對南宋詞、提倡北宋詞的主要依據。一般說來，南宋詞追求形式技巧，而於性情之真上有所欠缺，清代各詞派反而重視南宋之作，也就引起了王國維的反對了。

王國維在論證作家的寫作態度時，把這區別為「主觀」與「客觀」兩種。他舉李煜為例，說：「詞人者，不失其赤子之心者也。故生於深宮之中，長於婦人之手，是後主為人君所短處，亦即為詞人所長處。」「客觀之詩人不可不多閱世，閱世愈深，則材料愈豐富，愈變化，《水滸傳》《紅樓夢》之作者是也；主觀之詩人不必多閱世，閱世愈淺，則性情愈真，李後主是也。」這種主張「童心」的意見，或許與中國古代的文學理論有關，但西洋也盡多這方面的學說。叔本華就認為天才就是赤子。《人間詞話》中曾云：「尼采謂：『一切文學，余愛以血書者。』後主之詞真所謂以血書者也。」這裏也在說明李煜性情之真，可見這些地方還曾受到尼采等人的影響。

王國維對各種文體的分類，主要依據自亞里斯多德起的西洋分類法。由此可知其本意是在說明：敘事的文學（敘事詩、史詩、戲曲等）作者應該閱世深，即對社會人生要有深刻的體驗和觀察；抒情的文學（《離騷》、詩、詞等）作者應該閱世淺，這樣才能保持「赤子之心」。從王國維對文學上這兩大類作品的不同要求來看，有其合理的地方，但也應該指出，生活在各種複雜的社會關係之中的人而要保持赤子之心，是不可能的。李後主在寫作上所以成功，正因後期生活起了巨大的變化，經歷了亡國之痛，才能產生血淚之作。這是一種與兒童的啼飢號寒無法比擬的深沉之思，是他「閱世愈深」之後出現的深切感受。因此，就以李煜為例而言，這種意見也是站不住腳的。「主觀之詩人不必多閱世」的說法，在理論上是錯誤的，在實踐上是有害的。

王國維把「境界」分為「有我之境」與「無我之境」，這與「主觀詩人」與「客觀詩人」似有關係，實則不同，因為這裏是從「物」「我」之間的關係着眼的。《人間詞話》中說：

> 有有我之境，有無我之境。「淚眼問花花不語，亂紅飛過秋千去」，「可堪孤館閉春寒，杜鵑聲裏斜陽暮」：有我之境也。「採菊東籬下，悠然見南山」，「寒波澹澹起，白鳥悠悠下」：無我之境也。有我之境，以我觀物，故物皆着我之色彩。無我之境，以物觀物，故不知何者為我，何者為物。

這種說法容易產生誤解。照常理來說，世上不可能有什麼「無我之境」，因為客觀事物反映到作品中時，必然經過作者的觀察，融合了他的思想感情，然後再用文學形象反映出來，因此世上不可能有什麼「無我」的作品。實則王國維的學說之中包含着這方面的論證。他曾說過：「昔人論詩詞，有景語、情語之別，不知一切景語皆情語也。」就是為了說明作品中的景物形象無不染上了作者個人的感情色彩。

所謂「無我之境」與「有我之境」，應該聯繫康得和叔本華的學說中有關審美靜觀的理論來作考察。王國維曾說：「無我之境，人惟於靜中得之；有我之境，於由動之靜時得之。故一優美，一宏壯也。」「優美」「宏壯」這一對概念，屬於西洋美學中的重要範疇，王國維在其他許多文章中也使用過，可以由此探索這種學說的真實用意。

他在《叔本華之哲學及其教育學說》一文中曾用比較的方法介紹過這兩種不同的情況。「今有一物，令人忘利害之關係而玩之而不厭者，謂之曰優美之感情。若其物直接不利於吾人之意志，而意志為之破裂，唯由知識冥想其理念（一譯觀念）者，謂之曰壯美之感情。」詩人欣賞外物，物我之間不存在什麼利害關係，因此自觀察到寫作，一直保持着「靜」觀的態度，這時他擺脱了生活之慾，猶如客觀存在之一「物」，「以物觀物」，猶如辛棄疾在《賀新郎》一詞中所説的：「我見青山多嫵媚，料青山見我應如是。」物我之間達到了妙合無垠的狀態，這就出現了「無我之境」，此「境」於「靜」中得之，反映於作品中的是「優美的感情」。物我之間存在着利害的關係，引起詩人七情六慾的波動，生活的意志也為之破裂，於是他努力掙脱這一客體和意志之間的種種關係，智力發揮它獨立的作用，對前此的激動情緒作寧靜的觀照，將之反映於作品中，這就是「壯美的感情」。《文學小言》中説：「激烈之情感，亦得為直觀之對象，文學之材料。」而這樣的文學作品也就呈示為「有我之境」，此境乃「由動之靜時得之」。《紅樓夢評論》中説：壯美之情「其快樂存於使人忘物我之關係，則固與優美無以異也」。這種理論追求的是審美靜觀時主體和客體融合為一，作品呈現出和諧的古雅之美。

這種學説中的主體，是那個在審美靜觀中完全客觀化了的「我」，因此這種意境的理論和中國古代傳統的感物起興説有很大的不同，後者總是強調情隨物遷過程中境的首要作用。比較起來，王氏的學説就是一種純藝術觀了。但是這種學説也有它合理的內核，它要求詩人「胸中洞然無物」，超脱於小我，反對「慶賞爵祿」「非譽巧拙」以及一切個人之私，從而否定「餔餟的文學」、「文繡的文學」、「模仿的文學」；這樣才能做到「觀物也深」，「體物也切」。它對自然美的發現和藝術塑造作了很深的發掘，進行了細緻的分析，這就為後代研究文學理論的人提供了思想資料。

從創作過程來說，作家必須經過觀察和表達這樣一些階段，這些地方也會出現很多不同的情況。在觀察問題上，王國維把「境界」分為「常人之景」和「詩人之景」；在表達問題上，他又作出了「寫境」與「造境」之分。

《人間詞話》中說：「境界有二：有詩人之境界，有常人之境界。詩人之境界，惟詩人能感之而能寫之……若夫悲歡離合、羈旅行役之感，常人皆能感之，而惟詩人能寫之。」這裏強調「詩人之境界」，作為對詩人的要求說，有其合理的地方，因為作家確是應該培養超乎尋常的藝術敏感，能在紛紜複雜的生活現象中汲取具有典型意義的境界，這樣才能打動讀者，使作品具有永久的生命。但他為了強調作家的可貴，又說「一切境界，無不為詩人設。世無詩人，即無此種境界」。因為只有詩人才具有充分的客觀性，能把「天下情景」或「激烈的感情」凝結為優美或壯美的境界。這就說明上述觀點仍然是從審美靜觀的學說中生發出來的。

《人間詞話》中說：

> 有造境，有寫境，此理想與寫實二派之所由分。然二者頗難分別。因大詩人所造之境，必合乎自然；所寫之境，亦必鄰於理想故也。

「寫實」詩人的特點在於客觀地反映現實，「理想」詩人的特點在於主觀地構擬境界。這裏作家表現出來的兩種不同的創作態度，也就是現實主義和浪漫主義兩種不同的創作方法的問題。他又說：

自然中之物，互相關係，互相限制。然其寫之於文學及美術中也，必遺其關係、限制之處，故雖寫實家亦理想家也。又雖如何虛構之境，其材料必求之於自然，而其構造亦必從自然之法則，故雖理想家亦寫實家也。

這裏是在從學理上探討「理想」與「寫實」兩派之間的同異。理想派虛構的境界儘管不是生活中常見的或實有的，但性格或情節的發展等要素卻必須符合生活的真實和法則，否則這樣的作品就是無法理解的了。寫實派創作的作品，根據的是客觀存在着的生動現實，但客觀事物變動不居，而且處在難以窮盡的各種交錯關係之中，作家截取中間一個片斷，進行創作，必然為某種理想所支配，所以作家雖是「寫實家，亦理想家也」。王國維在區別文學中的這兩大流派時，能夠把握住它們的特徵，而且分析到了兩者之間的交錯滲透的關係，說明世上沒有純粹的寫實家和理想家，見解是精闢的。但他說到作家創作時「必遺其關係限制之處」，是說作家要對客觀現實進行生動的直觀，讓那些「寫境」的作品超脫於利害關係和時空限制之外，這樣也就呈現出一種「理想」的境地。由此可見，這種理論的基礎仍然是從康得、叔本華等人的學說中發展而來的。

王國維從作家的創作態度着眼提出了另一組與此有關的新問題。

詩人對宇宙人生，須入乎其內，又須出乎其外。入乎其內，故能寫之；出乎其外，故能觀之。入乎其內，故有生氣；出乎其外，故有高致。

此外有一段文字可以與此並讀。「詩人必有輕視外物之意，故能以奴僕命風月；又必有重視外物之意，故能與花鳥共憂樂。」因為作家具有「輕視外物」和「重視外物」的兩種態度，於是形成了「能出」

與「能入」兩種不同的修養。作家能夠「輕視外物」，所以能夠驅使外物，而不為外物所局限；這樣他才能保持冷靜的觀照，達到「出乎其外」的修養高度。作家又必須「重視外物」，將感情傾注到外物中去，達到「故能寫之」的高度成就。這些理論，仍然是從他的基本文藝觀點發展出來的，但這裏含有深入生活、又要超越於生活的內核，仍能給人很多啟發。這是很有哲理意味的一種文學理論。

王國維在寫作技巧方面也有很多精闢的見解。他說：「『紅杏枝頭春意鬧』，着一『鬧』字而境界全出。『雲破月來花弄影』，着一『弄』字而境界全出矣。」這裏討論的是中國詩文理論中的煉字問題。詩人一般都很重視在動詞和形容詞上進行推敲，如何使詩詞中的形象更為具體生動，王國維則用「境界」說來解釋傳統的「煉」字。上屬詞中的「鬧」「弄」二字，可以顯出「景物」之「真」，也反映了作者感情之「真」，這裏把作者對外界事物的真切感受完美地表達出來了。王國維把這種「境界全出」的作品稱之為「不隔」；反之，作品於「景物」「感情」之「真」上有所欠缺，也就被稱為「隔」了。他用很多具體例句說明過「隔」與「不隔」的問題。總的說來，要求作家在觀察外物時，有「真」的感受，而在表達時，又有「真」的抒寫。反映在作品中，也就是有「真景物、真感情」的「境界全出」的作品。如果作家性情不真，語多浮詞，當然會有「隔」的缺陷。在用詞造句時喜用代字，如周邦彥以「桂華」代月光，也就影響到形象的鮮明具體，這就顯得「隔」了。《人間詞話》中還說：「人能於詩詞中不為美刺投贈之篇，不使隸事之句，不用粉飾之字，則於此道已過半矣。」說明他也反對隸事。但他在這些地方並不採取絕對排除的態度，因為他也說過：「『西風吹渭水，落日滿長安』，美成以之入詞，白仁甫以之入曲，此借古人之境界為我之境界者也。然非自有境界，古人亦不為我用。」可見作家若能情意深長，大氣磅礴，那在一定的情況下，可以把典故和現成的詩詞警句納入自己的境界中去，但這或許只能算是特殊的變例了。

總結上言，可知王國維在寫作《人間詞話》時，雖然受着唯心主義世界觀的限制，在理論中灌輸進了很多錯誤的觀點，在表達上留下了很多艱澀費解的地方，但從總的方面來說，他以「境界」說為核心，緊緊抓住抒情詩中的形象問題展開討論，闡明了文學上的很多基本原理，分析是細緻的，把文學理論的研究工作推進了一大步。在漫長的封建社會中，從文學理論的發展來說，王國維的這些著作，可以看作由舊入新的一座橋樑。

四、《宋元戲曲考》

王國維在民國元年（公元一九一二年）寫此書，把他以前研究宋元戲曲的心得總結提高，組成有系統的學說。從這開始，戲曲史的研究才被人們注意，因此這項工作具有開創性的意義。由於他的研究方法與學術觀點還與過去一樣，偏於材料的考覈和整理，而對元曲的思想內容缺乏瞭解，因此他所闡發的問題主要限於文辭和形式等方面。

王國維在《元劇之文章》一章中介紹了焦循《易餘籥錄》中的學說，認為一代有一代之所勝：自楚辭以下，漢則專取其賦，魏、晉、六朝至隋則專取五言詩，唐則專取律詩，宋專取其詞，元專取其曲。後來好些人寫作的文學史，就是根據這種學說組織材料的。王國維把不為人重視的元曲推崇到和唐詩、宋詞並列的高度，起到了推動戲劇研究發展的作用。但是這種看法還是很不全面的。因為一種文體的成就很難代表一個時代的文學，強調漢賦的地位勢必會抑低漢代散文和樂府詩等其他文體的成就。而且這種研究方法勢必會把文體的演變當作文學史的中心問題，這樣也就否定了作品內容的變化對形式的巨大影響。這種看法也與王國維的形式主義觀點有關，曾在後起的文學史研究工作中產生過偏頗的作用。

隨着中國歷史的發展，文學理論也經歷着不同的階段。王國維為資產階級的美學全面地奠定了基礎，達到了清代末年學術上的最高成就。就在這時候，年輕的魯迅也已開始進行文學活動；五四之後，又介紹進了馬克思主義的文學理論；於是中國文學批評史揭開了新的一頁。人們在新的世界觀的指導下鑽研着古典文學理論批評的材料。

小結

學習中國文學批評史，除了可以由此瞭解中國古代文學理論批評上繼承發展的歷史事實外，還有以下幾個方面的作用：

一、幫助我們更全面地、更深刻地瞭解文學史。

理論和創作是不可分割的。理論總結了創作上的成就，又指導創作的開展，因此有些文學理論起了集大成的作用，例如劉勰的《文心雕龍》，對各種文體的演變和創作經驗進行了全面的總結；有些理論起到了開風氣的作用，例如李贄的《童心説》，曾對明代後期的文學活動產生過極為巨大的影響。

有些文學流派的創作活動和它的理論主張更是緊密結合着的，例如唐代的古文運動和新樂府運動。若要瞭解他們創作上的利弊得失，不能不瞭解他們理論上的利弊得失，而要做到這樣，就不能不研究產生這種理論的時代背景和歷史條件。

各種文學流派之間還有繼承和發展的問題，例如神韻派和《滄浪詩話》，《滄浪詩話》和《二十四詩品》……前後之間都有線索可循。若要瞭解或批判某一種創作傾向，如果找不到它的根子，也就難於把握它的實質，妨礙認識的深化。

二、對古代的文學實踐進行科學的總結，可以豐富文學寶庫，為當前的創作活動提供借鑒。

世界各國文學的發展是受它們內部的一般規律支配的，只是由於各國情況不同，傳統有異，故而呈現出不同的面貌。中國的文學創作也有自己獨特的成就和收穫，理論上同樣如此。總結這方面的成果，可以豐富世界文學寶庫。

中國是一個在詩歌和散文方面有着豐富遺產的國家，積累過許多可資參考的經驗。戲劇、小説雖較後起，但也有自己的特色。總結這方面的創作經驗，明確其優缺點何在，引為借鑒，就可給當前的文學創作提供資料，為寫出富有民族氣息的作品提供參考性的意見。

三、提高民族自信心。

過去有些學者用西洋的框框套中國的實際，從而否定中國古代文學理論上的成就。他們的主要意見有二：一是說這種理論不系統，二是說缺乏作家作品批評。實則中國也有系統完整的著作，如《文心雕龍》《閒情偶寄》等均是。而且中國過去的文人講意境，講神似，講體驗，講韻味……他們大都是作家兼批評家，故而深知創作中的甘苦，所談心得體會，常能片言中的，這樣也就形成了中國文學批評的特色。

西洋小說、戲劇產生得早，為了分析這些篇幅很大的作品，出現了大量的作家、作品批評。中國自明清之後，隨着小說、戲劇的繁榮，篇幅巨大的作家、作品批評也已陸續出現。這些地方彼此各有其特點，似乎也不必強分高下。

而且中國的文學批評方式很多樣，如詩話詞話、眉批夾注、五色圈點等等，豐富多彩。有些著名的論詩絕句，也就是千古傳誦的詩歌名篇。中國具有這樣豐富的遺產，不應妄自菲薄。

當然，中國的學者也不應該是國粹論者。對待過去的歷史遺產，應該運用正確的觀點進行科學的分析。對於古代文學理論家寫作的東西，既不能一味歌頌，也不應一筆抹殺，而要批判地加以繼承。閱讀文學批評史後，可以建立這樣的信心：中國古代的文學家在創作上有突出的成就，文學理論家在理論建設上也有可觀的成績。中國古代的文化，不論在文學創作還是在理論總結上，都是絢爛多彩，碩果纍纍。前輩學者在建設中國文學批評史這門科學時作了很多篳路藍縷的工作，他們在材料的搜集、整理、分析等方面作了大量的研究，為後人的繼續前進開闢了廣闊的道路。我之所以寫作這樣一本小書，目的也在藉前人之餘蔭，為這工程增添一磚一瓦。只是限於自己的水平和本書的篇幅，這裏所作的敍述是很不夠的，遠不能把中國古代文學理論批評的面貌勾勒出來。因此，衷心希望能有更多的學者來作更好的評述。

附錄

一、發見中國文學批評理論的獨特會心

——評周勛初《中國文學批評小史》

蔣凡　汪湧豪

中國文學批評史研究，自二十世紀二十年代發端以來，經由數代學人的努力，已取得了相當的實績。特別是隨科學理論和方法的傳入，乃至二十世紀八十年代以來人文科學研究的再度繁榮，正走向成熟的境地。其中，周勛初教授《中國文學批評小史》一書（長江文藝出版社一九八一年初版），篇幅較其他幾部批評史小，但因有深厚淵博的學識作底裏，其高屋建瓴的立意、宏肆博辯的議論，仍給人留下深刻的印象。海外漢學界每以為瞭解中國古文論的鎖匙，不但港台等地和韓國紛紛盜版，韓國理論與實踐出版社還有譯本，數所大學用為教材，在日本也至少有兩位學者正着手翻譯，於此可見它在海內外的影響正日趨擴大。

《中國文學批評小史》以二十萬字的篇幅，對先秦至晚清文學理論及批評的發展歷程，作了簡明扼要的評述。因是簡明扼要，自然不可能對每個具體問題作充分的展開，有些根本就未論及。不過，要特別說明的是，這種處置方式，不僅基於全書結構特點和篇幅的限制，在作者而言，取捨品評之間，更有自己獨立的思考。那就是看它是否有創造性，有開創一代風氣的新內容。倘「按產生這種理論的時代來說，已經沒有什麼新鮮的意義，也就不一定要在史中佔個位置了」。故《小史》繁簡有別，實是依就史實平衡裁量所得。惟其如此，批評史中重要的問題，基本都包括在內。不但古代部分，即清中後期文論也有專章專節論列；不但詩文批評，即戲劇、小說乃至民間文學理論也未輕棄。而一些派別學說的浮辭蔓說，一些著名理論家無甚發明的觀點和議論，則不予闌入。如此疏而不遺，儉而無闕，使莠稗咸除，菁華畢出，全書的眉目更加清楚，重點也更加突出了。

倘要具體評價《小史》的特點和貢獻，我們以為主要有以下幾點。首先，注重對古代文學批評作全局意義上的深入探討，由此總結其特色，勾勒出它在歷史演進過程中的發展線索。誠如作者所說，中國文學批評史中，固然不乏如《文心雕龍》《閒情偶記》這樣體系完整的著作，但大部分偏重於就事論事，僅對個別作家作品作零星片斷的研究，總的來說缺乏系統的分析和敍述，更談不上釐清理論發展的脈絡。因此，作者總結各個時期詩文評研究成果，將勾勒理論批評的歷史發展線索，作為撰作《小史》的首要任務。由於這種意識在作者而言是至為強烈的，所以它也就自然地貫穿在書的所有章節當中。

譬如關於文學起源及作文動因，歷代論者多有論述，其議論大多瑣碎屑小，且因時代間隔，彼此間聯繫和呼應每不易被人發現。儘管如此，《小史》仍能時時將這一問題的前因後果恰如其分地表達出來。繼論陸機《文賦》關於寫作動機的論述，突出《樂記》感物而興思想的影響後，還進而指出《詩品序》和《文心雕龍·物色》等篇中的論點一致，也都由《樂記》相關論說發展過來，以為佐證和衍展，由此帶出鍾嶸和蕭綱對此問題的新解說，所謂「嘉會寄詩以親，離群託詩以怨」（《詩品序》），「伊昔三邊，久留四戰」，「或鄉思淒然，或雄心憤薄，是以沉吟短翰，補綴庸音，寓目寫心，因事而作」（《答張纘謝示集書》），從而突出了後人是如何給這一理論提供「新鮮因素」的。至論元、白對此問題的論述，能與前此蕭氏所論作比較，指出蕭氏所謂「鄉思」、「雄心」云云，尚只「偏重於個人的遭際和感受」，視野還較狹窄；元、白等人強調感事而作，則已注意到社會事件與創作之間的緊密關係。儘管在具體的論述過程中，有時不免流於片面和偏激，但較之前人的感物感事説，仍有不容輕忽的進步。書中這樣原原本本、條貫分明的論述還有許多。如論唐古文運動中韓、柳的作用，不忘點出其前驅和後繼者的貢獻；論清桐城派文論，也及乾、嘉以後一直到咸、同年間的種種變化。正是這種論述，賦予這本《小史》以深厚的歷史感和學術份量。

其次，基於文學理論的產生，首先與創作實際有關，但還受到當時社會政治、哲學、藝術等其他因素的影響，如果只對若干人物的個別論點進行孤立研究，很難闡明一個時代文學理論的形成與發展，顯示其完整的面貌，作者還十分強調打通文學與非文學的封域，進行綜合研究，從而真正使研究具備了一部史書所應有的豐富和生動。這構成了本書的又一個特點。

兩漢文壇曾圍繞屈原及其作品的評價問題，展開過討論。作者在評價從劉安、司馬遷到班固、王逸等人的不同意見後，指出他們都是以《騷》比《詩》，所以如此，則與各人所處時代有關。前兩人主要活動在西漢，其時儒學尚未有獨尊地位，統治者對人的思想鉗制也不嚴密，故所論尚能比較客觀。班固處在政權重建的東漢初期，為了強調皇室的尊隆地位，為中央集權張目，自要貶低其作品中那些不利於統治的成分；而王逸身處政治日趨混亂的東漢後期，為了匡正時政，移易風俗，所以才對其人端直的品格和作品的諷諫意義大有好評。這是就文學與特定時代社會政治的關係而言。其間，正貫徹了上述那種自覺的學術追求。

又如曹丕《典論．論文》提出文章「乃經國之大業，不朽之盛事」，對其如何「本同而末異」作了分析，並基於「氣之清濁有體，不可力強而致」的事實，指出論文須審己度人，勿「各以所長，相輕所短」。作者以為，這種理論是與漢魏特定時代好論辯才性的思潮影響分不開的。這是就文學與某種時代風氣的關係而言。他如論漢末以來文辭理論的興起，指出其產生「是由研究朝廷公文格式開始的」，如《獨斷》《銘論》等文，即見其由來之跡。魏晉南北朝後，隨文學創作的繁榮，鑽研文體的著作遂不斷出現，涉及的範圍和探討的問題也越來越廣泛深入。論姚鼐義理、考據、辭章三者並重的論文主張，是與他試圖汲取乾嘉以來漢學為古文創作服務的追求有關。這是結合學術思潮的變遷論文。

論晉代葛洪抨擊貴古賤今的復古論調，尤顯精彩。作者指出，其所謂「罽錦麗而且堅，未可謂之減於蓑衣；輜軿妍而又牢，未可謂之不及椎車」之譬喻，實是受東漢以來自然科學發展導致物質昌明的現實成就的啟發，並舉孔融「古聖作犀兕革鎧，今盆領鐵鎧，絕聖甚遠」（《太平御覽》卷三五六引），「賢者所製，或逾聖人，水碓之巧，勝於斷木掘地」（同上，卷七六二引），陸機「夫創始者恒樸，而飾終者必妍，是故烹飪起於熱石，玉輅基於椎輪」（《羽扇賦》）為例，以為兩者一脈相承。這種追本溯源式的研究，已將對影響文學觀念諸因素的考察範圍，擴大到物質文明和自然科學領域。由此得到的結論，自然深厚紮實，與鑿空著議者迥異。

注意將批評史研究與文學史研究結合起來，全面審視文學理論或概念、命題的內涵，進而突現批評史發展的邏輯線索，是本書的第三個特點。

作者長期從事文學史的教學與研究，對先秦以來歷代文學有深厚的造詣，由此史論結合，往往使一些抽象渾涵的問題變得生動和清晰起來，一部文學批評史的實際容量，因此得到了增加。如一般人以為，鍾嶸《詩品》將陸機、潘岳置於上品，鮑照、謝朓置於中品有失公允，至以陶淵明入中品，曹操入下品，更是明顯失當。作者則結合上述諸人的創作實際和風格特徵，指出這些人的地位當時差不多都有定評，如陶詩「質直」，「曹公古直」，華彩均不足，只能列入中品或下品。他如論黃庭堅《與王觀復書》特別提出要學「杜子美到夔州後詩，韓退之自潮州還朝後文章」的原因時，結合杜、韓兩人此期創作的特點，指出黃庭堅論詩講究「奪胎換骨，點鐵成金」，又重詩法探討，杜、韓兩人自此以後，詩中關心現實的傾向有所減弱，更多地注意形式技巧的追求，所以頗契合他的口味；論張戒等人「詩壞於蘇、黃」說之不可盡信，也結合唐以來新詩風初起，每不為人接受和重視的情況，指出蘇、黃等人，特別是蘇軾將某些散文表達方式引入詩歌，以期更自由地表達思想，拓展詩境，正順應了文學創作歷史發展的必然趨勢，宋人對蘇、黃的批評，固然有合理處，但也需作具體的分析。如果把繼起者對他們創作追求有偏至的極端發展，作為徹底否定他們的理由，是不夠慎重的。

與此相聯繫，考慮到古人受道家「得意忘言」說的影響，或偏好佛家「妙悟」，論文多不喜深入展開，而每作啟發式的提示，讓讀者自行參悟；撰成篇章，又尚先秦子書，特別是儒家語錄體的簡練風格，每每辭約旨豐，意餘言外，讀者倘屬初學，常常難於領會，而一些過於玄虛之論，甚而使有一定素養的研究者也不易得其要領，作者還十分注意採用多種方法，幫助人領會這些精粹而又抽象的論述；對於一些重要的論點，盡可能作出解剖式的細緻分析。倘遇到有關風格問題的評語，或一些專門的概念、範疇時，又常選擇若干具有典型意義的作品或例句去印證。如宋人陳師道在討論詩文風格時，曾提出「寧拙毋巧，寧樸毋華，寧粗毋弱，寧僻毋俗」的主張（《後山詩話》），於此很可以見出其自命清高的心態，還有對形式技巧的重視。然而什麼是巧拙華樸，弱俗粗僻，陳氏未加申述。作者特舉杜甫、孟郊、薛能和陳氏本人詩以為說明，顯得既着實又貼切。

論一種特定的命題、範疇也如此。如清人王士禛的「神韻」理論頗為玄秘，不易辨識，時人施閏章乃至有「如華嚴樓閣，彈指即現；又如仙人五城十二樓，縹緲俱在天際」之評（《漁洋詩話》卷中），作者為此舉出一些最能反映他之所謂神韻特色的七言絕句以為說明。他如結合徐陵《玉台新詠序》的具體文句，論南朝文人對語言聲律對偶因素的鑽研；結合周濟《詞辨》所錄馮延巳《蝶戀花》「六曲闌干偎碧樹」詞，論其所謂「夫詞非寄託不入，專寄託不出」（《宋四家詞選目錄序論》）的基本詞學主張，也都如此。較之部帙大小不等的同類著作，作者的這種做法無疑是更容易使人接受的。

當然，這一嘗試的意義還不僅止於此。由於為現代人操練得相當純熟的許多文學理論及批評術語，原是從西方引進的，它們以總結小說、戲劇為主體的文藝創作經驗為主，有時用以論詩歌、散文為主體的中國古代文學，每有不甚契合的情況出現，倘若一味移中就西，以西洋批評原則乃至概念、術語解釋古代文論，不免不着痛癢，甚至扞格難通。而在某些時候，一些理論看似兩相契合，其實細細分析，貌合神離，並無質的共通性。正因為如此，如何用現當代通行的理論和方法分析研究古代文論遺產，是研究者大感棘手的問題。作者認為：「解決這個問題，既要克服佞古的傾向，也要克服過於現代化的傾向，不能讓人產生這樣的印象：批評史的研究只是在用中國古代豐富的創作經驗和理論批評證明現代文學理論中的若干一般原理。」所以，他並不亟亟於讓中西文學概念、範疇和具體理論主張接軌，而是結合史實，實事求是地分析比照。在人們還只是剛踏上探索中西結合比較研究道路的二十世紀八十年代初，這種處置方式無疑是慎重穩妥的，乃至直到今天，仍有其指導意義。

最後，我們還必須特別指出的是，《小史》對史實和史料處理的慎重。如提出司馬遷為司馬相如立傳，錄引其賦作，但對其中某些浮誇無裨時用的部分是不取的。於此數句下，特注出「傳世《史記》各本載《子虛》《上林》全文，當經後人增補。摯虞《文章流別論》曰：『司馬遷割相如之浮説』，可見晉人看到的《史記》還保存着刪賦的本來面目」。引陳師道語，也不忘針對宋以來疑《後山詩話》為依託之作的意見，指出胡仔《苕溪漁隱叢話》引《復齋漫錄》已轉引陳氏有關論述，故可確定真偽。至於對一些具體問題的論述和判斷，更是精彩紛呈，既靈警精闢，又清穩可頌，與領異標新、駕虛行危者迥異。如指出歐陽修雖上承韓愈，但基於政治形勢不同，在文與道的關係上，更突出「道」的重要性，同時對韓愈熱衷仕進頗有微辭，對李翺行道之心及平穩的文風則頗為欽敬。指出明代「唐宋派」要求創作直據胸臆，信手寫出，「使後人讀之，如真見其面目」（唐順之《與洪方州書》），看似有道理，實一味強調倫理道德修養，抹殺生活積養和寫作技巧的重要性，不過是在重彈宋代道學家的老調而已，本質上與他們所不滿的前、後七子並無二致。又指出王士禛頗尚「佇興而就」、「未嘗為人強作」（《漁洋詩話》卷上），實際本人篇章雜沓，未必都因有感於中，也未必不刻意求工。為此，舉出《煙畫東堂小品》所載其捻髭求安、塗乙俱滿之事以為説明。這些看似細微的論述，實關涉到對文學批評史上一些重要問題的評價。惜乎體制所限，作者未作進一步的發揮。

《中國文學批評小史》撰成於二十世紀八十年代初，至今忽忽已歷十餘年。這十餘年來，古文論研究有了長足的進步。今天的研究者，特別是新起的一群，再不會説「作家是階級的喉舌」，文學論爭，通常「採取的是思想鬥爭的形式」，「文學批評史就是研究歷代文學思想鬥爭發展的歷史的一門科學」。當我們回看過去的歲月，理論界的風起雲湧，與現實政治潮漲潮落的密切關係，我們對作者書中的這類表述，實在有感同身受的理解。並且，通覽全書，我們還進而生出一種敬佩。因為，就是在那樣一個時代，作者的研究業已脱略了純政治化的誇張色彩，而注意趨於客觀的事理分析，以至在絕大部分篇幅裏，我們根本看不到以政治原則和階級觀念規範與評價問題的痕跡，這或許也是這部著作在今天仍享有很高學術聲譽的原因之一吧。

應學界和讀者的要求，最近，《小史》又推出了修訂本，台灣由麗文文化公司出版，大陸由遼寧古籍出版社出版。值此舊書新出之際，我們願以上述淺陋的評讚，表達對它的歡迎。正確與否，還請讀者與作者賜正。

（原載《社會科學戰線》一九九七年第五期）

二、《中國文學批評小史》寫作中的點滴心得

屈指算來，我在南京大學教書已有數十年了。任務多變，開過不少課，其中中國文學批評史課教了四遍，已經算是我開過的課中時間最長的了。其間我寫了一篇論文《梁代文論三派述要》，一本書《中國文學批評小史》，兩本教材《中國文學批評重要專著篇目索引》和《文心雕龍解析》；後二者都沒有正式出版，要到將來空閒些時再來考慮如何加工問世。

現在一切都要講效益。回頭看來，這一時期的成果效益不差。《梁代文論三派述要》一文發表在《中華文史論叢》第五輯上，並列作者都是老一輩的知名學者，如高亨、譚其驤、夏承燾、唐圭璋、唐長孺、俞平伯等，而我當時三十剛出頭，因此「文化大革命」中有人開玩笑，說我是削尖腦袋往資產階級學術權威的隊伍裏鑽的。其後台灣楊家駱將此文編入《中國學術類編》（鼎文書局）內的《中國中古文學史等七書》，羅聯添編入《中國文學史論文精選》（學海出版社）、《中國文學史論文選集續編》（學生書局），改革開放後見到不少台灣朋友，好些人都一見如故，就因讀了這篇文章。

《中國文學批評小史》的效益也不差。初版八千多冊，幾個月就賣完了。以後不少人來函索取，但已無貨供應。一九八六年參加汕頭大學舉辦的韓愈國際學術會議，遇到新加坡國立大學講授中國文學批評史的楊松年先生，承告已將此書列為主要參考書。一九九三年韓國學者多人前來南京大學訪問，漢城大學的李炳漢先生告知，他曾用此書作教材，其他幾所大學的教師也先後告知，他們曾用或至今仍在使用此書作

教材。而在前年，韓國全弘哲等三位先生又將此書譯成韓文，已由該國理論與實踐出版社出版。日本奈良女子大學橫山弘教授以此作教材，指導學生譯為日語，且加注釋，最後由其審訂，公開出版。鹿兒島大學高津孝副教授也已將此書譯為日文，正謀求出版。

此書曾被台灣崧高書社盜版私印，韓國某出版社又據此私印。為了滿足社會上的需要，避免以訛傳訛，我作了一些必要的修訂，分別於一九九四年與一九九六年由台灣的麗文文化公司和瀋陽的遼寧古籍出版社再版。

此書為什麼具有這麼好的效益？分析起來似有一些問題可供他人參考。

首先是個定位的問題。不論做什麼事，總要先考慮對象，寫一本書，也應考慮對象是誰？文學批評史的讀者對象較窄，連本國一些大學裏的中文系都未必開此課，更不要說是中小學或其他單位了。它的讀者只能是大學生和一些中國古代文學愛好者，以及部分文學理論研究者。但目下學習中文的學生各種課程負擔很重，不可能抽出時間來讀分量很大的著作。對此我還有另一種體會。年輕時讀書，總想找一本纖悉無遺的大書來看，依仗記憶力還好，可畢其功於一役。事後總結，往往效果不佳，讀後似懂非懂，記不下多少東西。後來明白，學習確實應該循序漸進，先把這一學科的基本問題弄懂記住，然後再求提高。貪多務得，往往欲速則不達。

目下有關中國文學批評史的著作已有一二十種之多，篇幅一般都很大，寫大書固有難處，但也有容易的地方。篇幅小的批評史，至今為數很少，也可見其難處。我的《小史》定位在「小」上，確是不夠大氣，但我追求的是「少而精」，或許正是在「小」上適合了讀者需要。有的朋友問我是否還有計劃擴展成大書，我可不想動，即使這次略作修訂，也不破壞原有格局。

對象既明，就得考慮他們學習時會遇到哪些困難？批評史中有許多術語，現在的人很難把握，這得想辦法解決。例如《古詩源》《唐詩別裁》《清詩別裁》的編者沈德潛屬格調派，這一名詞怎樣理解，李夢陽《潛虬山人記》中說：「夫詩有七難，格古、調逸、氣舒、句渾、音圓、思沖，情以發之，七者備而後詩昌也。」又《駁何氏論文書》曰：「高古者格，宛亮者調。」說明沈氏所追求的藝術境界，以及他所繼承的文學傳統，與七子有關。又如姚鼐在《古文辭類纂》的「序目」中提出：「凡文之體類十三，而所以為文者八，曰：神、理、氣、味、格、律、聲、色。」我解釋道：神當指精神，理當指義理，氣當指氣勢，味當指韻味，格當指體式，律當指法度，聲當指音調，色當指辭藻；並引謝應芝《蒙泉子》曰：「文以理為主，神以運之，氣以充之，醞釀以取味，抑揚以取韻，聲貴能沉能飛，色淡而不黯，麗而不耀。」這樣就可讓讀者自行研索，求得正解。我不太喜歡多用理論界常用的術語像現實主義、浪漫主義等名詞去解釋，因為中西文化背景不同，有時嫌不貼切。

有些風格方面的問題，更是抽象，難以把握，我就試用作品去印證。例如江西詩派中三祖之一的陳師道在《後山詩話》中提出「寧拙毋巧，寧樸毋華，寧粗毋弱，寧僻毋俗，詩文皆然」。不熟悉古代詩文作品的人，就很難理解，我就酌舉一些詩句作為例證加以說明。杜甫《即事》：「一雙白魚不受釣，三寸黃柑猶自青」，是謂「拙」；陳師道《示三子》：「喜極不得語，淚盡方一哂」，是謂「樸」；薛能《自諷》：「千題萬詠過三旬，忘食貪魔作瘦人」，是謂「粗」；孟郊《秋懷》：「商葉墮乾雨，秋衣臥單雲」，是謂「僻」。江西詩派刻意尋求的就是這類詩句，讀者自可玩味得之。

在歷史書中，我很喜歡讀范文瀾的《中國通史簡編》。范老國學基礎深厚，文筆省淨，而又見解高，看問題一針見血。評論古人，說好說壞，態度鮮明，不迎合世俗之見。我在寫作《小史》時，頗欲效其筆法，只是限於水平，而又受到其時極「左」思潮的影響，有的地方批評古人過嚴，例如對江西詩派與黃庭堅的評價就有片面之處。這次修改，適當地做了些糾偏的工作。

文學批評史是建立在歷史、文學史、文學理論等多種學科之上的一門科學。由於中國古代文人往往兼作家與理論家於一身，專業的文學理論家很少，純理論的著作也不多，因此批評史上的思潮起伏，流派紛爭，都應放在當時的歷史背景下，結合文學史而進行闡發，這樣或許更切合中國的實際，寫起來也有血有肉些。當時感到中國的歷史那麼長，要想理清文論的歷史發展線索，如何下手，很費斟酌。記得曾經擬過幾個題目，對每一個時期文壇上發生的重大事件進行剖析，或許能夠執簡御繁，先把古代文論發展史上的幾個重要階段的輪廓勾勒出來。我為先秦擬的題目為「儒道兩家對文論的影響」，兩漢擬的題目是「王充與兩漢文風」，魏晉南北朝擬的題目是「梁代文論三派述要」，唐代擬的題目是「元和文壇的新風貌」，宋代擬的題目是「北宋文壇上的派系與理論之爭」，明代擬的題目是「王學左派影響下的文壇演變」，清代擬的題目是「新舊交替過程中的王國維」。後因「文革」陡起，這項計劃無法實現，寫好的一些稿子，只發表了一篇《梁代文論三派述要》，「文革」之後又發表了《王充與兩漢文風》《北宋文壇上的派系與理論之爭》二文。《元和文壇的新風貌》一文，還是為了籌備唐代文學國際會議而重新寫作的。

由此可見，我在研究中國文學批評史時，重點放在考察文學流派的遞嬗興替上。我很注意產生各種理論的時代思潮，分析理論之間的繼承發展關係，把這放在文學史與大文化的背景下考察。論述的內容，不光限於傳統的詩文，明代之後，着重介紹小説、戲曲理論方面的成就，還有一章專門介紹有關民歌的理論。麻雀雖小，五臟俱全，有關批評史的基本知識，似乎無所遺漏。

上面擬的題目，攤子仍然鋪得太大，無法在短期內完成。於是我又把魏晉南北朝和明代的文論列為研究的重點。前者上繼先秦，下開唐宋；後者則對近代文學起到濫觴的作用。若能研究好這兩個時期的文論，那麼對於其他時期的文論也就融會貫通了。這種看法，我至今仍然堅持。

由於其時運動不斷，任務多變，涉獵此途的時間過短，因而好多計劃無法完成，只對魏晉南北朝時期的文論下了一些功夫，線索理的比較清楚，因而還能在《小史》中列出幾張表格加以表示。

我年幼時多病，高中、大學階段長期生肺病，因而體質很差。這時畢竟年輕，讀書還算用功，在這四五年內幹的事確實不少。當時學生學習中國文學批評史的熱情很高，而又苦於難以入門，缺乏合適的輔導讀物。剛巧我在一九六三年時有一個學期輪空無課，我就利用這段時期，每天上午到南京圖書館去看書。這樣堅持了半年，也就編成了一本《中國歷代文學理論批評專著篇目索引》。

我對各種著作的版本初步摸了一下，挑選一種常見而又可靠的列於首位，讓學生易於借閱。例如歐陽修的《歐陽文忠公集》，有四部叢刊、四部備要、國學基本叢書、世界書局刊行等諸本，我把四部叢刊本列於首位，從中選出《水谷夜行寄子美聖俞》（卷二）等詩文共十九篇，並在《水谷夜行寄子美聖俞》《梅聖俞詩集序》《送徐無黨南歸序》《答吳充秀才書》《答祖擇之書》等文之前加圈，表示這些文章尤為重要。我還在《水谷夜行寄子美聖俞》下提示程千帆、繆琨《宋詩選》（古典文學出版社）有注，《梅聖俞詩集序》下提示王水照《宋代散文選注》（中華書局上海編輯所）、中國人民大學語文系文學教研室

《歷史文選》（中國青年出版社）有注，《送徐無黨南歸序》下提示黃公渚《歐陽永叔文》（商務印書館學生國學叢書）、高步瀛《唐宋文舉要》（中華書局上海編輯所）有注，《答吳充秀才書》下提示王煥鑣《中國文學批評論文集》（正中書局）有注。最後我又加按語曰：「歐陽氏詩話後來通稱《六一詩話》，單行者有歷代詩話本、叢書集成本等多種，近人民文學出版社出版了鄭文的校點本，最便閱讀。」其他著作的介紹也大體如此。

這份教學輔導材料，當然談不上有多高的學術水平，但頗適合學生自學需要，因而也有它的價值。而我通過這番踏實地閱讀原作，就對批評史的內容瞭解得具體多了。這對我後來寫作《小史》無疑有很大的好處。

二十世紀八十年代以來，我的研究重點轉移，古代文論方面的研究不得不暫時放下，只是迫於形勢，有時也不得不重彈舊調。例如一九八四年時復旦大學舉辦《文心雕龍》國際會議，我應邀參加。會議規格很高，與會者很多是中、日兩國與香港地區負有盛名的《文心雕龍》專家，我則過去從未寫過有關《文心雕龍》的文章，這次濫竽充數，可也不能太辜負邀請者的盛情，於是我在舊稿的基礎上，寫了一篇將近兩萬字的論文《劉勰的主要研究方法——「折衷」說述評》。羅宗強教授於一九九一年新加坡國立大學主辦的「國學研究的回顧與前瞻」會議上還特別提到此文，作為研究劉勰理論特點分析深入的範文而推舉。我想此文要說有什麼特點的話，那也就是從劉勰《文心雕龍》的文本出發，而不去學過去與目下理論界常見的工作方法：介紹一些蘇聯的或西方的文藝理論來指引，然後徵引《文心雕龍》中的文句為例證，從而構成一些與現代理論切近的論文。我的研究，一般都是在大量原始材料的基礎上進行概括和提煉，《小史》

的寫作似有不同，實則同樣體現出我的個人特點，即以大量的文獻資料為基礎，然後進行理論闡發。

（原載《古典文學知識》一九九五年第五期）